上官正义 著

微光

北京联合出版公司
Beijing United Publishing Co.,Ltd.

为保护相关人物,本书中人名大都使用化名。

写在前面的话

很多人曾问我：为什么会持续多年关注儿童被拐的问题？

也有媒体直接问我，是否也曾有被拐的经历。

都说人类的悲欢不相通，在这个世界，往往只有亲历者才能深切感知到那些痛苦与欢乐。

但我并没有被拐的经历，我只是出生在贫苦的年代，恶劣的条件让我缺失了对未来的想象力，很长一段时间里，我的人生梦想是成为一名屠夫。

我也曾渴望有人能帮助我，这种渴望，最终化为"遗憾"！

因此我深知，一个人在困难、无助的时候最需要的是什么。

生存的泥沼让我暗暗想着，长大以后一定要去帮助和我一样需要帮助的人。

其实现在想想，我的这点苦算什么呢？在那个年代的偏远山区，谁又不苦？

后来的我才算见识过真正的炼狱般的苦。孩子被拐，让那些本就窘迫、不富裕的家庭雪上加霜。

从军让我更加坚定对国家和社会的责任，虽已退役，可这种责任感早已融入血液。

所以，回到最初的问题：为什么我要关注这些"与自己无关"的人？这或许就不需要特别的理由了！

我把大家看完这本书后想知道的答案，先写在前面吧。

目录

推荐序	明暗之间，正义之名	· 001
自　序		· 005
引　子	万里寻子路	· 017

1　我的梦想，有点不一样

大山里的童年	· 026
外面的世界	· 031
少林，少林	· 036
我是一个兵	· 041
第一份工作	· 043

2　救救孩子

被出租的童年——解救卖花儿童	· 052
扭曲的童年	· 058
寻找蒋峥——我的打拐缘起	· 062
"慈父"卖子	· 066
荒唐的报复，辛酸的解救	· 070

3 荒芜的青春

| 困境中的未婚妈妈 | · 078 |
| 只为骨肉不分离 | · 084 |

4 她们：四个故事

解救云南少女	· 092
16年后的团聚	· 096
盲女小青	· 101
现实版《盲山》案	· 109
站出来，是一种勇气	· 115

5 和人贩子的周旋

诱捕"经典坏蛋"	· 120
漳州抓捕	· 132
一个母亲的悔过书	· 136
潜行者说	· 144

6 "幽灵户口"

海丰"鸿门宴"	· 152
被合法化的孩子	· 159
消失的 4885 份出生证	· 171
不存在的孩子	· 178
神秘人物	· 185
成人户口买卖	· 190
"你们是不是记者?"	· 200
公安部在行动	· 207
抓到一个逃犯	· 209
一点曙光	· 219
买来的孩子,报假警也能洗白身份	· 231
可以买卖的司法亲子鉴定	· 234
阻断当前涉拐儿童身份被洗白的建议	· 239

7 "缅北行动"

警惕境外电信诈骗	· 244
"我们想要出去博一把"	· 246
警惕高薪诱惑	· 254
真诚真的是"必杀技"	· 256

8 让我们一起守护孩子

孩子失踪后应该马上做的几件事	· 262
被拐卖儿童长大后怎么寻亲	· 263
孩子如何自我保护，防止被拐	· 264
必须记住的防拐常识	· 265
防拐关键场所	· 267
DNA 采血重要政策：两类父母、三类儿童应进行 DNA 采血	· 270

后 记

别称我为"英雄"	· 271

推荐序
明暗之间，正义之名

第一次正式见到上官正义，是2022年夏天，在他所帮扶的广西山村。

山路七弯八绕，信号丢失，导航也失灵，他却对复杂的地形异常熟悉。村子里少见青壮年，许多留守的老人、孩子都认识他，拉住他就舍不得放手。他亲近人，也亲近山，绿油油的稻田、小路两侧繁盛的树木，都让他愉快。他兴致勃勃地向我们展示他拍摄的一张张风景照，献宝似的。我感受到，他的心灵与土地有着深切的联系。这一点对我来说有些奇特，因为我父亲也在田间地头长大，却似乎并不享受乡村风光，而是向往大城市的灯火与文明。

他戴着口罩，衣着朴素，脚步坚实有力，相处起来却远不是许多人想象中的某种苦大仇深的英雄模样——他更像"仔仔"，一个幽默、机灵而友善的年轻人，散发着我所羡慕的"社牛"气息。他的自来熟并不会让人感到不舒服，不会让人感到被刻意接近，或许是因为在风趣的表象之下，他无意中流露出一种不设防的真诚。无论你是谁，无论你是寻亲的父母、离家的孩子，还是平平无奇之辈，抑或穷凶极恶之徒，他都尊重你。他让你感到他能够理解你，并且会站在你这边。这或许微不足道，但令我印象深刻，我想这也是"潜伏"所需要的重要能力。在书中，每每他对"坏人"流露出同情和不忍，都让我觉得这是一种真正的慷慨。

我喜欢他的谦卑。一个人做了众人称赞的事，被称为"英雄"，一开始或许感到怪异，感到难为情，久而久之，也可能变得飘飘然，不再能够确认自我的位置，但他对自己的所想所为始终保持清醒和谦卑。他似乎会困惑：为什么要因为我选择做一个好人就如此抬高我？难道我们不是理应如此吗？虽然他比我年长许多，饱经世故，但在这一点上，我总觉得他是个像孩子一样的人，保留着天然的、无私的、真切的善意，并且不以为意——只有孩子如此，可孩子只是还未见过黑暗。这是他所具备的非常罕有的特质，也因为这样的特质，他不会认为自己是一个什么了不起的"英雄"。

这太好了，"英雄"这个词过于脸谱化，往往把一个活生生的人变成了戴面具的雕塑。一张巨大的面具当然是负担，越是诚实的人，越警惕面具。

所以，亲爱的读者，我们在想象上官正义的时候，不必想象一座不苟言笑的伟大雕塑，那就太没意思了。你看，他就在我们身边，是鲜活的、闪烁的、可爱的、嘻嘻哈哈的、不忍的、流泪的……说到底，人永远比雕塑更值得仰慕，更值得喜爱，不是吗？

以上是我个人对作者粗浅的、主观的看法，斗胆倾吐。接下来还是说说这本书吧。

在这本书还早未谈及出版之时，我有幸读过初稿。朴素、克制的叙述读来惊心动魄，我怕自己读得快了，错过什么细节；又嫌自己读得慢了，未能见证故事中各色人物的结局。读了大半才想到，结局是小说才有的，人生没有结局。寻子父亲、未婚妈妈、盲女小青……他们只是短暂路过书页，现实中，他们依然在路上。我不忍想象，因为他们与我同样微末挣扎，真实地生活在这片土地上。

阅读一本书，会影响我们对世界的感受和看法，从而影响我们可能做出的选择，进而影响我们的生命。这一点我感受颇深。往往并不是那种高深的、富有文学性和写作技巧的书，而是那些流淌着真情的经历和感悟，会让你陷入沉思，有所触动。

《微光》就是这样。

除此之外，书中还有许多值得我们共同学习的知识，包括防拐、防诈骗意识，以及具有启发性的教育观念。我个人最不忍卒读的一种新闻，或者说题材，就是"少年犯罪"。还处在天真烂漫的年纪，会去残忍地伤害、强暴和谋杀他人，这样的事确有发生。《中国在梁庄》中写到的奸杀八十二岁老太的"王家少年"给了我极大的震撼。你当然可以说他是恶魔，可他同时也是个缺爱的孩子，这两种身份重合，叫人无从愤怒、无从呐喊。"没有人性的孩子"本身就是一桩社会性的悲剧。这类悲剧最常发生在农村留守儿童身上，也因此，读到上官正义对留守孩子的种种关怀、苦口婆心时，我难言心中感动。

今天，物质的繁荣、科技的发展、法制的进步，还无法让全人类幸福。许多病灶难以根治，人性之恶也难以消灭。只要还有一个孩子被贩卖，在乞讨，不能受到教育，被迫离开父母，走投无路、铤而走险，被强暴、侮辱，身体或心灵被损毁，这人间就依然有黑暗存在。只要还有黑暗，潜行者就被需要，《微光》就被需要。

因为我们不是野兽，更不是牲畜，而是生活在同一片天空下的人类同胞，血管里流淌着同样的血液，眼睛里倒映着彼此的面孔，所以永远不要问丧钟为谁而鸣，它也为你而鸣。如果你也这样认为，你在这个世界上就永远不会是孤独的、无助的。

能为这本书写序，我感到很荣幸。这些故事能够被记录下来，被许多人阅读，本身就是一种安慰。如果没有这样的人、这样的故事，我们会变得多么茫然、怯懦。这种茫然，同样会滋生黑暗，滋生我们对彼此的憎恶。

如今，当我们面对人心的幽暗纠缠，面对命运的摧枯拉朽，面对贫困，面对愚昧，面对暴力，面对黑与白之间错综微妙的灰，我们手握这些故事，一定还能抓住一点点勇气，支撑我们选择与正义站在一起。即使这场斗争不能驱灭所有黑夜，也至少能为我们确认方向。

孙悦

《回家：14 年又 57 天》作者

2023 年 11 月 26 日

自　序

我对朋友说，我曾经梦想当一名屠夫。他们听了都会笑。谁会把做屠夫当成梦想？

是啊，谁会梦想做一名屠夫？在奶与蜜中长大的人，如何能体会一个贫寒家庭的孩子对一块肉的渴望？身处灯火通明的城市之中，恐怕也很难想象遥远的大山里有一个村庄，1997年才第一次通电。

我就是那个因为渴望吃一口肉而梦想当屠夫的孩子，来自那个不通电的村庄，童年的夜晚是在煤油灯下度过的。

小时候，家里甚至没有钟表，我们辨别时间都用最原始的方式，就是看太阳晒到哪里了。上小学时，我每天中午要跑六七里路回家，匆匆地烧饭，匆匆地吃完，再匆匆地赶回去。烧火的时候总担心回校迟了被老师骂，隔一会儿就要跑到门口看看太阳晒到哪里了。

我就在这样的来回奔跑中完成了小学学业。

小伙伴们都去读初中了，我却被告知不能继续上学，因为家里交不起80多元的学费。9月的一个中午，我和我妈在剥玉米，我突然开口道："我要上学。"我妈说："没钱，上什么学！"我哭了，平生第一次哭得那么惨。我妈用剥玉米剩的玉米芯打我，我平生第一次没有逃。

"你打死我吧。"我说。

我蹲在屋檐下哭，天气很热，太阳的影子有点斜，应该是下午2点半光景。蚂蚁在我脚上、身上爬来爬去，可是我一点反抗的力量都没有，哪怕是对一只小小的蚂蚁。那一刻，我有一种想死的感觉。我就这样在地上蹲着，任凭蚂蚁在身上爬来爬去，直到太阳渐渐西斜。我第一次尝到了绝望的滋味。

那时候，我多么希望有人来安慰我一下，哪怕是个陌生人，哪怕只对我说一句话。

后来，我妈说："好吧，卖了秋蚕让你去读书。"但是，读了一年后，我就辍学了。1995年，我第一次踏上离乡路，第一次坐汽车、坐火车，辗转六天，从四川到沈阳的一个砖窑厂打工。那一年，我13岁。

出发那天的情形仍然历历在目。凌晨4点，我们举着火把走在熟悉的山路上。那是冬天的凌晨，露水从树枝上掉下来，声音滴滴答答的，间或有熟悉的鸟鸣。第一次出远门的13岁少年在半明半暗的路上又兴奋又惶恐。外面是一个什么样的世界？我甚至想到了死亡：如果我死在外头怎么办？

此后，我一次又一次走上这条通向外面世界的路：14岁，上少林寺；19岁，去当兵；21岁，去广东打工……路越走越宽。后来，我成了一个跆拳道教练，月收入有时能达到两三万元，年少时的贫困生活渐成回忆。那时，我的梦想是回老家盖一幢小洋楼，一幢全村最漂亮的小洋楼。每天晚上，我精疲力尽地回到家，躺在床上，看着存折上的数字，幻想着要给小楼铺什么瓷砖，在房前屋后种些什么树。

直到2007年，我遇到两个卖花儿童。

2007年7月的广州烈日炎炎，那两个孩子，一个六七岁，一个只有四五岁。他们晒得黝黑，汗流浃背。看到一男一女过来，他们就冲上去，小一点的孩子抱住男人大腿，大孩子在旁边死缠烂打："哥哥，给姐姐买束花吧，姐姐长得这么漂亮。"

我停下脚步看了几分钟。孩子抱住一个男人的大腿，那男人大概脾气比较暴躁，一脚就把他踢出两米远。我一愣，那孩子没哭也没喊，迅速爬起来，就去寻找下一个目标了。

看着他们，我想到了砖窑厂里13岁的自己，也是这么汗流浃背的样子，两只手被粗糙的砖头磨损，伤口反复溃烂，怎么也好不了。我想到了那些躲在被窝里偷偷哭泣的夜晚。

这两个孩子，他们是被人操纵的吗？我决定追踪他们。这一追就是两个多月，然后是报警，抓获，解救。那一次，我们解救了六个孩子，抓获了七个犯罪嫌疑人。出人意料的是，这些孩子都是被亲生父母出租给同村人"谋生"的，一年"租金"2000元。

解救卖花儿童之前，我就已经是一名志愿者了，抓过歹徒，组建过反扒大队，曾经在传销组织里卧底。而在解救卖花儿童之后，一个偶然的机会，我接触到了一个凄惨的群体：被拐儿童的父母。每个家庭都背负着一个让人悲痛欲绝的故事，每个故事都让人战栗。

这些悲痛欲绝的家庭，让我走上了打拐之路。我开始奔波在抓捕人贩子、解救被拐卖儿童的路上：江西、山东、福建、四川、河南……至今，我仍在路上。

很多人问我为什么打拐，还有人以为我小时候有过被拐的经历。其实我没有，但是，我小时候经历了太多的贫穷和苦难，我有过深深的渴望，也体会过绝望的滋味。我深切地知道，一个人在最困难的时候，多么希望能有一双手伸过来，给你力量，哪怕是微弱如一根稻草的力量。

2013年，我在广西横县（现为横州市）见到了小青（化名）。那时她只有17岁，却已是两个孩子的妈妈。她是一个弃婴，被一个疯子捡回家收养了。3岁时，她因为高烧双目失明，12岁时又被一个40岁的男子"领养"，当晚遭受强暴，13岁生下一个女儿，15岁又生下一个儿子。

我见到小青时，她蹲在房前，看起来就是个孩子，个子瘦小，头发蓬乱，衣服很脏，脸也很脏。她扯着两个孩子，大一点的那个和蹲着的她差不多高，小一点的被她搂在怀里，没穿裤子。

看见她蹲在那里，我马上想起小学毕业的那个夏天，蹲在屋檐下绝望得想死的自己。至少我还可以向妈妈提出愿望，我说的话还有人听，可是，她能向谁抗议，又能把悲惨的命运说给谁听呢？一直支撑我在打拐路上走下去的，也许正是这种"共情"、这种"不忍"。

每次打拐我都是自费前往的，出发时，一门心思想着抓捕，从银行取了钱就走。行动结束后，算算又花掉了多少钱，真的是好心疼啊！所以，即便那时当跆拳道教练有不错的收入，我出门仍然只吃5元一份的快餐。从广州回四川老家，我也会选择坐大巴，可以省下几百元，给家里人买一些生活用品。

直到有一天，我仔细算了一笔账，才发现花在打拐上的钱已经有30万元了！回老家建一幢小洋楼的梦想，离我越来越远。可是，我收获了比小洋楼更可贵的东西。直到今天，我已经协助警方解救了100多名被拐卖儿童，抓获了多个人贩团伙，给一些家庭带来了些许希望。

很多人以为抓捕嫌犯特别刺激，但少有人知道，抓捕之前，需要多么耐心地潜伏，多么周密地布局，有时甚至需要潜伏一年多。很多案子都是多线并进的，脑力消耗巨大，曾经有一年时间，我患上了严重的失眠，整夜整夜睡不着觉，最后不得不辞去工作。我也收到过各种各样的威胁，有扬言要杀我的，还有寄子弹壳给我的……

也有人会把我的打拐经历想象成打打杀杀的警匪剧，或者是《无间道》里梁朝伟饰演的角色"风萧萧兮易水寒"一般的艰险与悲壮。的确，我习过武也当过兵，但这么多年来，我庆幸自己没有用到拳脚去解决问题，甚至有时候我可以不到现场，和公安机关默契配合，就可以让犯罪分子无处可逃。

网上有很多人会把拐卖犯罪简单化，把人贩子面具化，"人贩子一律判处死刑"的言论曾一度刷屏微信朋友圈。然而，人贩子并非全是穷凶极恶之徒，他们有些甚至是被卖孩子的亲生父母，他们法律意识淡薄，认为自己是在做"好事"，结果触碰了法律的底线。这个社会远比我们想象的复杂，拐卖犯罪背后有着更深层次的社会原因。

打拐这么多年，我常想，打击拐卖犯罪的根本到底在哪儿，是严惩买家吗？但是，我在2013年的时候发现，严惩买家并不能解决根本问题，因为有些被拐的孩子顺利地上了户口，他们的身份合法化了，买家就成了所谓的父母。

至此，我开始关注打拐中一个更深层次的问题：户口买卖。这些被拐的孩子无法通过正常法律途径落户，那么他们又是如何神不知鬼不觉地上了户口？身份被合法洗白，真实信息石沉大海，给寻子的亲人设置了首重障碍。这也意味着，我的打拐之路进入了一个更艰险的境地，因为我面对的不仅仅是人贩子，也许还有有组织的户口黑中介、他们的上线下线以及更多错综复杂的关系……

但我的努力没有白费。2014年2月，我和央视记者在江西、安徽等地进行的地下户口贩卖调查在节目中播出后，公安部召开了电视电话会议，紧急推进户口登记管理清理整顿工作。接着，我又发现了出生医学证明管理中的漏洞，被央视披露后，又引起了国家卫计委（现已更名为国家卫健委）妇幼司的关注。此后，我通过人大代表和政协委员转交议案和提案，希望能堵住出生医学证明管理和户籍制度中的漏洞，真正从源头上遏制拐卖行为的发生。

从小到大，除了当屠夫，我还有过很多梦想。

14岁时，我在街上偶遇来表演的少林寺武僧团。这不就是电视剧里匡扶正义的少林弟子吗？我脑海里顿时萌生一个念头：去少林寺当和尚！我爬上了他们的炊事车，就这样上了少林寺，成了一个常住寺院的俗家弟子。

19岁时，我又有了一个新的梦想：当兵。因为我年少时的偶像是徐洪刚，一个跟歹徒搏斗身中数刀，仍继续追赶歹徒的英雄。那年，我真的实现了梦想，成为一名武警战士。部队是我人生新的起点，我感觉一条崭新的路就在眼前。我告诉自己走上社会后一定要好好奋斗，实现自身的价值。

退伍后，我去广东当了一名保安。一个偶然的机会，我和队友一起抓住了几个在公园抢劫的歹徒，协助公安机关破获了一起不小的案子，还因此得到了公安机关的表彰。血气方刚的年轻人顿时被一种荣誉感和英雄主义情结包围，我们这些保安每天晚上开始自发去公园抓贼，还真抓住了几个抢劫犯。此后，在公安机关的帮助下，我们组织了退伍军人义务反扒队。

后来我偶然接触了传销组织。本来是陪一个战友去解救他的妹妹，把人救出来后，我们就潜伏下来。经过五个多月的卧底，我搞清楚了其内部组织情况，并联络警方摧毁了这个传销组织。此后，我又多次卧底，协助警方破获了多起传销案件。

接着，我又建立了一个义务反扒QQ群。在公安人员的带领下，我们去巡逻、伏击、抓小偷……在一个又一个梦想的激励下，我走到了今天，成了一名打拐志愿者。

某天，我儿子哼唱了一首歌，那时我并不知道那首歌唱的是什么内容。

突然有一天，我一个朋友对我说："有一首歌的歌词好像就是给你写的。"我问他是什么歌，他放出来给我听，我一听，这不就是我儿子哼的那首歌吗？歌名就叫《孤勇者》。

说实在的，以前别说面对威胁、恐吓，就是面对外界质疑的声音，我也会很在乎。我打拐十几年，遇到的质疑、威胁、恐吓都太多了，但现在的我很淡定，也更从容了，哪怕面对打击报复，我也会理性地去看待，这种理性是以法律为依托的。虽然我没有受过多少年学校教育，但这么多年里，我已经学会了做任何事情都不要莽撞行事，要智取，因为仅凭一腔热血，你是走不远的，更不能想着以暴制暴。现在是法治社会，我们得懂法律，用法律去保护自己。

我认为，要把事情做好，首先要做的是提前做好防护，而不是等遇到了问题，才去想怎么应对。我深知这条路荆棘丛生，但我会想办法降低风险。不管怎么说，我也就是一个普通人，也有父母、妻儿，我所有行动的前提都是保障自己和家人的人身安全，不然的话，我自己先折进去了，谈何其他呢？

所以，我始终记得自己是辅助公安机关的民间力量，政府的力量是我的坚强后盾，我不是在单打独斗，我的背后其实是有着强大支撑的。

在我的理解中，所谓的"勇往直前"不是埋头苦干，而是要不断吸取经验，推动事情往更好的方向发展，只要能有一点点进步，对我来说就是莫大的鼓励。比如，以前我可能会采取层层举报的方式，但这种方式难免路径会长一些，延误时机，好在现在有网络渠道了，那我就通过相关机构的官方自媒体渠道进行反馈，也可能会借助媒体的力量一起去推进。

再如，关于如何取证，我也在不断积累经验，提升自己的判断力和分辨力，以保证协助公安机关取证的过程更快捷、有效。而且，我这些年也研究了与犯罪心理相关的知识，累积了一些经验，从最初的盲目状态，到现在可以在保护自身的同时解决更大的问题，协助公安机关解救更多的孩子。

空有一腔热血确实很难坚持，因为要平衡和考虑的东西太多了，譬如家庭、开销、自身精力、自身安全等，所以要不断调整，用四两拨千斤的智慧手段去解决问题。

好在现在的天眼系统已经十分精密、发达了，不仅仅是天眼系统，现在整体的治安管理和法律制度都更加完善了，与10年、20年前相比有了很大的进步。现在，如果小孩丢了，绝大部分在一天之内就能找回来，尤其是在大城市里。所以，拐卖孩子的现象确实少了很多。

但关于失踪的问题,我觉得有必要多说几句。

失踪有很多种:有一种是走失,比如说一个 15 岁的小孩在公园里面玩,结果两三天都联系不上,这个叫失踪;小孩子跑到河边玩,溺水了没找到,这也叫失踪;还有就是孩子被拐卖了,当然也属于失踪的范畴。我们现在在网络上还是经常会看到孩子失踪的新闻,但因为我有十几年的打拐经验,所以对失踪人员的具体情况会有个基本的判断。

比如,在某大城市曾经有个 6 岁的孩子失踪了,新闻播出后,老百姓的第一反应就是孩子被拐了,其实并不是。为什么呢?首先,正如我上面所描述的,现在和过去相比,那真是天网密布,如今的人贩子不会傻到那个程度,跑到大城市里,在众目睽睽之下偷走一个孩子。所以,现在的失踪与被拐并不能完全画上等号,有的孩子真的就是发生了意外,比如溺水了,也可能是发生家庭纠纷,比如两口子吵架闹离婚,为了争夺抚养权,女方把孩子带走了,之后男方就报警称孩子被拐了。就好比这个某大城市的案例,公安机关一听是拐卖儿童的案子,就非常重视,很认真地去查,结果发现只是夫妻情感纠纷,闹了个大乌龙。

农村里的情况会更复杂,孩子一下子失踪了,尤其是 5 到 8 岁这个年龄段的,老百姓遇到这种情况,可能就会开始大骂人贩子太猖狂了。但大家很容易忽视一点,就是要赶紧先去河边找找,尤其是夏天,情况很可能是孩子去河里游泳,结果溺水身亡了。此外,我们在新闻中还看到过由农村邻里矛盾引发的案件,不少人会对孩子下手,故意藏匿和伤害对家的孩子。

所以,失踪的原因是很多的,老百姓可能不一定清楚,一旦有孩子失踪,他们第一反应就是被拐了,这会误导公安机关的侦查方向,从而耽误宝贵的搜救时间。

因为我长期关注拐卖儿童和妇女的问题,所以我会从人贩子的心理出发去分析。我会想,如果我是人贩子,我跑到大城市里去偷孩子的话,偷了之后怎么转运呢？到处都是监控。尤其是现在高铁、飞机、长途汽车购票都实行实名制了，其实对人贩子来说，在大城市里是处处掣肘的。哪里丢了一个孩子，你立马就无处可逃了，所以，现在每年这种案件的数量可能就两位数，虽然还未归零，但比起以前少很多了。再加上公安机关的侦破手段和技术也有了巨大提升，对于真实发生的拐卖案，基本上都是现案现破的。

你可能觉得很奇怪，如果都做到了现案现破的话，是不是现在没有拐卖案了？当然不是，因为现在还有大量的积案，属于历史遗留下来的案件。此外，虽然公安机关一直在打击拐卖类案件，但非法的需求始终存在，而且一直在变化。比如，以前被拐儿童的年龄一般都在2到6岁，但现在人贩子不敢直接去拐了，因为一来外部环境变了，他们不易得手；二来需求也变了，这类"大龄"的儿童，买家不想要了。所以，现在就演变出一个更加隐秘的新型犯罪手法——网络贩婴。

现在社会越来越开放，有的小姑娘谈对象后没有保护意识，未婚先孕了，又不敢告诉家里人，小男友不负责任，也跑掉了，孩子怎么办呢？她很可能就会去网上找法子。

可能她的初衷并不是要把孩子卖掉或者送掉，只是想着"我应该怎么办"，但她不知道的是，一旦涉足网络上的这个圈子，就会被人盯上，然后那些人会以关心和出主意的名义主动接近她，关怀似的对她说："你这么小就怀孕了，肯定没有经验，我可以帮助你处理这件事情。"有的人甚至还会给女孩子一点营养费。

小姑娘面对这种事情，心想："想不到遇到了好人，既能帮我解决问题，还有钱拿，多好的事儿啊。"其实，网上的这些所谓的"好心人"，就是我们传统意义上拐卖孩子的人贩子的"升级版"。

随着监控系统的普及、大众重视程度的提高，拐卖孩子现象以新的形式继续存在着，并没有杜绝。所以，在关注到网络贩婴的现象后，我开始改变打击策略，将关注点转移到协助公安机关打击贩卖出生医学证明上。

　　孩子到了买家家里，必然要面临落户问题，那买家就要先解决出生医学证明。我干脆到那些中介的圈子中卧底，斩断那只洗白孩子身份的幕后之手。如果我掌握了400张被卖出去的出生证，那就意味着我一下子获得了400个孩子的信息。以前我可能是正向了解谁家买了孩子，有针对性地一个一个解救，而现在我是反向操作，去找出售出生证的中介，掌握证据，切断链条。出生医学证明上必须填实名才能上户口，所以户籍地址都是真实的。我将这些信息反馈给公安机关，他们可以凭借这些线索顺藤摸瓜，从而找到更多的孩子。

　　我每个阶段的工作重点都不一样，也一直在有针对性地研究打击策略。老话现在要反过来说："魔高一尺，道高一丈。"从前的手段比较单一，我现在想反向或者从多元渠道去关注、去参与。

　　近些年来，我参与打击贩卖户口、打击贩卖出生医学证明、打击贩卖亲子鉴定证明、打击报假案等，这一系列工作其实形成了一个闭环，即使看上去我的重点转移到了打击贩卖出生医学证明、打击贩卖亲子鉴定证明，但我心里很清楚，所有工作还是围绕着那个最核心的点——贩卖人口，这是始终绕不过去的原点。

　　时代不同了，我可以采取的手段和策略越来越多样化，写书也是我近几年比较重视的事情。

　　我为什么会写这本书？换作10多年前，我肯定不会有写书的想法。可是，现在有了10多年的积累，我的阅历增长了，受到的关注度也越来越高，相应的争议，或者说不同的声音就会多一些。我就想通过自己的方式，把我经历的点点滴滴记录下来。

　　我不是为了向别人证明什么，我也无须去向任何人解释什么。但我会跟自己较真，所以就有了这本书。我想着，等我老了，在各种嘈杂的声音中，能够给我自己和这么多年支持我的亲人有一个交代。

我会重视写书的另一个原因，是我在书里会提到很多活生生的案例，我希望借此能够引起社会，特别是未成年人家长的足够重视。

可能是因为我现在有了自己的孩子，所以我开始关注家庭教育问题，父母始终是孩子最亲近、最重要的老师。以前我忽略了这一点，现在我协助侦破了不少跨境诈骗的案子，深切感受到家庭教育的缺失对孩子的影响是多么巨大。为什么那些年轻人明明知道出去是九死一生，还愿意铤而走险？我追根溯源之后发现，这与父母的冷漠和放任自流有很大关系。

拐卖案件确实很难杜绝，因为非法需求始终存在，但我能做的至少是推动这类案件不断减少。尽管前行路上筚路蓝缕，但我相信，只要有人关注和推动，减少或遏制拐卖儿童犯罪总会实现！

在这条路上，还有很多人和我并肩前行。部分行文参考了相关媒体报道，在此一并致谢。

引 子
万里寻子路

第一次见到伍兴虎时,我感到无比心酸。他比我大不了几岁,却已是满头白发,一脸沧桑。丛生的皱纹和枯井般的眼神,让他看上去就像刚刚经历了一场冬雪的老人。

他内心的雪已经下了整整七年。

2015年12月10日,对伍兴虎来说,是第2555个悲伤的日子。七年前的这天夜里,他1岁零18天的孩子伍嘉诚在睡梦中被人偷走。和电影《亲爱的》《失孤》里被拐孩子的父亲一样,和现实中许许多多被拐孩子的父亲一样,他从此走上了常人难以想象的艰辛寻子路。

2555个日子,他在心里一天一天数着过。这天,他在微信中写下一个父亲最痛苦的思念:"2555个日子里,不知道嘉诚生活得怎么样?他可能根本感受不到此时此刻父亲正颠沛流离地在寒风中苦苦寻找他……我只奢望有个窗口能让我看看嘉诚现在过得怎么样了,哪怕只看一眼……"

你难以想象一个心碎的父亲有着多么大的决心和毅力。他骑着三轮车万里寻子，为了筹集路费，他扮过蜘蛛侠，卖过玩具，下过煤矿，干过苦力，还曾潜入乞讨组织……七年了，风刀霜剑，寒冬酷暑，他一直奔波在寻找嘉诚的路上。

伍兴虎是陕西省蒲城县翔村乡陶池村人。"伍嘉诚"这个名字，是伍兴虎看了电影《宝贝计划》后取的，因为他很喜欢电影里的小宝宝"家成"，于是给儿子取了一个同音的名字。电影中，家成被黑帮掠走，万万没想到电影里的情节竟然复制到了现实生活中。

2008年12月10日晚上，他们一家人在屋里熟睡，半夜醒来，伍兴虎发现身边的孩子居然不见了！

他发疯似的到处寻找，可是，只找到屋里的几个脚印，还有一个烟头。房门敞开着，外面的大门也敞开着。

后来根据村里人回忆，曾有人开着一辆深色的车子在他家门口打听孩子的性别。

伍兴虎认为，肯定是人贩子下迷药把孩子偷走了。因为如果要抱走睡在里侧的孩子，必须从大人身上跨过去，可是他们竟然毫无知觉！

从此，这个家的天塌了。

伍兴虎一家开始到处寻找孩子。张贴寻人启事，在网上发布信息……一天，他接到一个电话，对方说自己是吉林省磐石市人，从网上得知他在找孩子。那人说，邻居从陕西做生意回来，带回一个孩子，看起来特别像伍兴虎的儿子。

伍兴虎高兴得不知如何是好，激动地让对方发照片过来看。对方就发了一张，照片中，一个男孩正拿着一把玩具冲锋枪。

看着照片，伍兴虎幸福得快要战栗了。这不正是他的嘉诚吗？一模一样，连眼神都一样，只是看起来瘦了点。他激动地和对方说："请你帮帮我，我一定重谢你。"

对方说："不用不用，我也很同情你，你过来看一下，如果真是你的孩子，我一定会帮你的。"

伍兴虎想都没想就去了火车站。没有买到坐票，他一路站着去了吉林。看着窗外掠过的风景，他心里被巨大的希望填满，丝毫不觉得累。他还带了土特产，专门用来感谢对方。

到吉林之后，伍兴虎给对方打电话，对方不接，而是发了条短信过来，让他先打1万元过去。伍兴虎东拼西凑打了7000元过去，那人就再也联系不上了。

站在东北的冰天雪地里，伍兴虎觉得心也结成了冰。他知道自己遇到了骗子。那张照片，是骗子用电脑合成的。

伍兴虎的遭遇，几乎每个被拐孩子的父母都经历过。

那次被骗是伍兴虎第一次出远门。回家后，他听说蒲城县城里有个浏阳花炮厂，花炮厂里有个浏阳人带了个孩子回去。他马上赶到花炮厂，看门老头同情他，就把那个浏阳人的身份证号码和地址告诉了他。

他再次上路，一个人去了人生地不熟的浏阳，按照地址找到那户人家。几经哀求，他看见了那个熟睡中的孩子，得知孩子确实是从陕西买来的，但不是他的小嘉诚。

他又一次失望地回到家，内心却一直惦记着，孩子会不会被临时调包了呢？

后来，他认识了很多寻子家长，于是又去了一趟浏阳，想方设法偷拍了一张孩子的照片，发到寻子网站上，希望有父母能认出自己的孩子，遗憾的是到现在还没有找到信息相吻合的家庭。

拐卖无异于谋杀，伤害的是整个家庭，伍兴虎一家原本平静幸福的生活就这样被罪恶的黑手摧毁了。

得知孙子被偷走后，伍兴虎的父亲突发脑溢血，所幸被抢救回来。但伍兴虎 82 岁的爷爷受不了打击去世了，老人留下的最后一句话是："孩子什么时候回来？"

伍兴虎的妻子一度有些精神异常。她会把孩子的衣服塞到襁褓里，再放一个皮球进去，当成一个婴儿搂在怀里拍啊拍。

伍兴虎害怕了。他想不出什么好办法，只听说闽南买孩子的现象比较严重，就决定带着妻子去闽南找孩子。

怎么找？他买了两辆自行车，妻子一辆，自己一辆，车上挂着很多玩具。他俩就装扮成卖玩具的货郎，一个村庄一个村庄地找。他们想着玩具可以吸引孩子，说不定上天垂怜，奇迹出现，某一天，他们的嘉诚真的就出现在被玩具吸引的人群里。

可是世间怎么可能有这么巧的事情？

三个多月过去了，他们去了泉州、莆田、漳州、石狮……一无所获。唯一打听到的和儿子有关的信息，是像嘉诚这样的男孩，在当地可以卖到 20 万元。

2009 年 6 月，伍兴虎从志愿者那里得到线索：在南京，有个戴眼镜的男子带着一个男孩乞讨，那男孩看起来像嘉诚。他又立马赶过去。

伍兴虎在南京找了一个多月，几乎找遍了所有地方，还发放了 1 万多份寻人启事。白天在火车站、超市门口找；到了晚上，他就到地下通道找那些乞讨的老人，买瓶水和他们套近乎，打听他们晚上会去哪里住，然后想方设法潜入乞讨团伙。这样，一来可以省下住宿费，二来方便探听情况——每个被拐孩子的父母，最担心的就是自己的孩子成为乞讨工具。

每次看到街上乞讨的孩子，伍兴虎都会一阵心悸。

一个多月后，伍兴虎终于见到了那个传说中的眼镜男，但是，他带着乞讨的孩子却是一个女孩。

之后，伍兴虎又去了沈阳，因为听说那里有个乞讨的孩子，容貌和耳朵特别像嘉诚。只要听到哪里有线索，哪怕希望再渺茫，他都会放下所有事情赶过去。

他总害怕一个疏忽就会与儿子失之交臂。可是，希望之火一次次点燃，又一次次熄灭。

伍兴虎听说很多乞讨者是从甘肃岷县出来的，于是又特意跑到岷县寻找线索，可到好几个镇打听之后才知道，原来那里的人是职业乞讨者，带的都是自己的孩子。

后来，伍兴虎又遇到了很多同病相怜的家长。他们开始组团找孩子，一位家长提供了一辆面包车，车身贴上寻子海报，大家就一起开车出去找。

有一年，浙江金华一个好心人捐了一辆三轮车给伍兴虎，他骑着三轮车开始了悲壮的万里寻子行。

为什么要骑三轮车上路？伍兴虎说："因为汽车开得太快，一闪而过，路过的人们看不清我是干什么的，三轮车却可以慢慢地骑，让大家看得更仔细，看清楚我儿子的照片和信息。"

有一张照片，拍的是冰天雪地里，伍兴虎站在三轮车前，照片让人看了想哭。他就这样一路轧过冰、碾过雪，骑过了大半个中国。

伍兴虎有时还会把自己扮成蜘蛛侠，他说，儿子嘉诚已经8岁了，而七八岁的孩子都特别喜欢蜘蛛侠，自己扮成蜘蛛侠就是希望奇迹出现——有一天，嘉诚会突然出现在自己面前。

有时候看到和嘉诚年龄相仿的孩子，伍兴虎会情不自禁地盯着他们看。几年过去了，他只能凭想象描绘儿子如今的样貌，看到他认为相像的，伍兴虎甚至会跟着孩子走很远。

他只是想看一眼，再看一眼；确认一下，再确认一下，那是不是他失散多年的儿子。

我曾经得到关于嘉诚的线索，第一时间通知伍兴虎一起去解救。他坐火车过来，还没吃早饭，同去的媒体记者带我们去了一家当地餐馆。进去时伍兴虎迟疑了一下，坐下后，他只要了四个馒头、一碗粥，说这一顿可以撑到下午了。

可以想见，他在寻子路上是如何风餐露宿的。为了寻找孩子，他耗光了自己的积蓄，四处借钱、贷款。到后来，钱借不到，贷款也贷不到了，他就下煤矿，打短工，挣多少钱，走多少路……

我懂得他的坚持。那次行动之前，我对他说："也许你会失望，那孩子也许不是嘉诚。"他说："没事，即便不是我的孩子，也可能是别人的孩子。哪怕明知道不是我的孩子，我也会去，每个丢了孩子的家长都能够联合起来，坚持不放弃，才会让打击拐卖犯罪引起社会的关注和重视。"

很多被拐孩子的家长一开始走遍全国单纯是为了寻子，但到后来，很多家长都变成了打拐公益志愿者。伍兴虎也是如此。

如今，伍兴虎又有了两个孩子，但他从未忘记也从未放弃过寻找儿子嘉诚。

一年里，他十个月用来工作，两个月在路上寻子并做防拐公益宣传。夜深人静时，伍兴虎会想，现在的嘉诚也许已经背上书包去上学了；也许孩子不会知道自己的身世，不会知道自己的亲生父亲——一个陕西汉子，为了寻找他，曾经怎样踏遍千山万水，直到如今……

2015年年末，伍兴虎再次踏上寻子之路。"儿童安全基金"特意为他众筹了一辆寻子车，车上有展板、海报，还有4万多份防拐宣传日历。

"我们希望通过自己的努力，让每个家庭不再流泪。"伍兴虎说。这也是我的愿望。我见识了太多被拐孩子家长的悲伤。找不到孩子，他们的内心就永远存在一个黑洞，那是一个阳光无法照耀的角落，再多的快乐也不能将它填满。

很多媒体朋友问我，为什么在打拐路上坚持至今。除了纯粹的喜欢关注，也许还因为，我的成长经历也曾是一段阳光无法照耀的岁月，我渴望温暖的心和他们一样。

> 我在少林寺学过武术，我也当过兵。
>
> 我想，如果没有走上后来的这条路，我的人生应该也挺酷的。

我的梦想，
有点
不一样

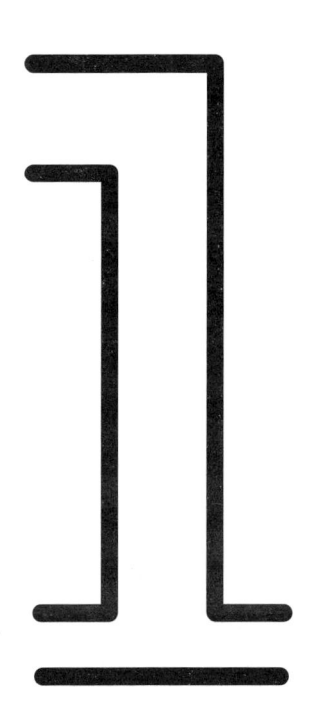

1

大山里的童年

我童年的夜晚是在煤油灯下度过的。

一定要等天完全黑透，灶里的微光也熄灭了，煤油灯才会被点亮。煤油灯是用空墨水瓶自制的，盖子上钻个洞，放根铁管，塞上粗糙的草纸，纸上沾点煤油，就成了一盏在夜里闪着微光的灯。

我家的煤油灯总是很暗。我和姐姐在同一张桌子上做作业，煤油灯放在我俩中间，风一吹，火焰就会晃。做完作业一抬头，你看着我笑，我看着你笑，两个人脸上都被油烟熏得黑黑的。

其实，在我出生之前，我们家家境还算可以，父亲开了一个代销店，母亲是裁缝。我的出生改变了一切。

我比姐姐小两岁，按照计划生育政策，是超生的。在秦岭和大巴山间的那个小村庄里，超生给家里带来了灾难性的惩罚，父亲的店没了，还要罚款250元。父亲一气之下把村里管计划生育的人打了一顿，不但罚款涨到500元，还为此进了拘留所。所以，我小时候的一个记忆就是，每年农忙一过，各路人马纷纷来我家讨要罚款。

因为超生，我家还被罚划拨走一个人的土地，这就意味着，四个人的口粮，得从两个人的土地里刨出。所以，我小时候的另一个记忆就是母亲去外祖父家时总会背点谷子回来。

我总是觉得吃不饱。七八岁时，我有了人生第一个梦想：当屠夫。

村里有个屠夫，长得五大三粗的，总是背着个背篓，里面放着几把锋利的刀，手里杵着一根铁棍。

在一个总是饥肠辘辘的孩子眼里，屠夫真的好威风啊！每逢年节、喜事，村里人都要请他杀猪。杀猪当天，他是最有权势的人，他说今天晚上要吃哪块肉，厨师就会给他烧哪块肉；走的时候，他还可以带上猪的内脏和2元工钱！屠夫又有钱赚又有肉吃，对当时的我来说，未来没有比这更好的工作了。

那一年我开始读小学。我的书包是母亲用一块花布缝的，我一个男孩子背一个花布包，总是会被人笑话，心里不是没有难过和尴尬的，但是又毫无办法。

上学第一天，大家都把书包里的东西拿出来。我的铅笔盒和笔都是姐姐用过的。圆珠笔的笔油用完了，我就自己想办法，灌上墨水，笔芯上端插进一块生红薯，用来封口，然后把圆珠笔笔端的那颗滑珠磨掉，当成钢笔用。只是写字的时候要非常小心，不然就会划破作业本。

贫困，以及随之而来的自卑，丝丝缕缕填满了我童年的记忆。

都说穷人的孩子早当家，也许是因为他们的心中都有一种改变家庭环境的强烈渴望。

我有个远房叔叔很会抓黄鳝。冬天的水田很冷，都结冰了，叔叔还在田里走来走去地抓黄鳝。父母说，你看人家多能吃苦。我就喜欢跟在他的屁股后面跑，跑着跑着就学会了抓黄鳝。

小学二年级我就开始抓黄鳝，天一黑就出去，举着一个火把，找遍每一块水田。黄鳝能卖个好价钱，最多的一次，我卖了27元。我用那笔钱给家里称了两斤肉，还买了20只小鸭子，打算养大了卖钱。

为了养鸭子，我就在夏天中午的时候弄一个网兜，去别人家的猪粪池里打蛆喂鸭子。地面被太阳晒得滚烫，粪池臭气熏天，我拿着网兜挨家挨户"光顾"粪池。养大鸭子卖了，就可以给家里买种子、买化肥。

我也养鹅。小鹅很贵，一只要3元。而买鹅的钱是我采草药换来的。我们那里出产很多草药，夏枯草、过路黄、鱼腥草、金银花什么的，市场上有收草药。我采了很多草药，才换到了买鹅的启动资金。

鹅是吃莴笋叶的，家里没有莴笋，我就去跟村里人讨要。因为我嘴甜，村里人都喜欢我，大方地让我自己去地里摘。我摘莴笋叶，踩了别人的地，摘完后会帮人家把地松一松。

一天，舅舅从煤矿回来，那时我的鹅已经很大了，家里没东西招待，他们要杀我的鹅。我养的每只鹅都很听话，只要我一吼，它们就会向我飞扑过来。那天，母亲让我到水塘里抓鹅，我一下子跳到水里，想把它们打散，可那些鹅和平时一样都向我扑了过来……

最后没办法，家里还是杀了一只鹅。我什么都没吃。其实我并不是吝啬，只是一个孩子有他自己的渴望。

我从小就很勤快，每天早上父母一叫就会起床，把鸭子、鹅、羊赶出去。

割谷子、打谷子、收小麦、背农家肥，我什么都干。装农家肥的背篓高过了我的头，每次两个肩膀都被勒得生疼。我会给自己设置目标，太阳到哪儿的时候，我要背够多少背篓的肥。我想尽最大可能为父母减轻一点负担。

读小学三年级时，因为南充地区的小学学费要贵上十来块钱，父母就让我去巴中的小学读书。

我读的是"复式班"，教室里第一排是一年级，第二排是三年级，边上是五年级，后面还有一些幼儿园的小朋友。书桌就是一块板加四根柱子，凳子要自己从家里带。

每天早上从家去学校要走六七里路，中午再走六七里路回家做饭，自己吃过，剩下的留给在田间劳作的父母，然后跑回去上学，下午放学回家。每天要跑几十里山路。

在这样的来回奔跑中，我顺利地完成了小学学业。

9月，小伙伴们都去读初中了，我却因为家里交不起80多元的学费，只能在家帮母亲种田、养蚕、养鸭。为此，我哭了很多次，也没少挨打。可是家里一分钱都没有，母亲也实在没办法。

我记得很清楚，后来母亲去求了巴中的老师，让老师先收下我，学费等卖了秋蚕补交，老师同意了。

差不多一个学期过了三分之一的时候，母亲卖了秋蚕，才交给老师26元，还不到学费的一半。

后来很长一段时间里，只要看到老师，我就躲。我怕他催问学费的事情。

初中那一学期，对我来说是最煎熬的一段时间，我的内心承受着巨大的压力。面对老师，面对家庭，我感觉自己就像一个蹩脚的演员，努力应付着各方。以前我不理解，甚至会抱怨父母，长大后，我才知道生活的不易。我也理解了老师，因为只有把拖欠的学费收齐后，他们才能领到工资。

姐姐那时已经快初三毕业了，她成绩很好。她的学校在山顶，上学要走两个半小时。

我和姐姐一个星期回家一次，带一瓶自家腌的大头菜，用油炒一下，香香辣辣的，特别好吃。

那年秋天，家里用来当油用的一点腊肉已经吃光了，油壶里的菜籽油只剩一斤左右了，那个周末我带的大头菜就没有用油炒，而是直接从坛子里抓的腌的大头菜，使劲在杯子里压实带到学校，吃一个星期。

连着两个星期，我吃的都是没炒过的大头菜，还好够咸。直到第四个星期回家，母亲看看油壶里仅剩的一点点菜籽油说："给你们姐弟俩炒大头菜吧。"

母亲烧上火，我说先给我姐炒，然后就把剩的那点油都倒进了锅里。

我妈伸头看了看，问："你不给自己留一点？"

"没事，没事。"我说，"给姐姐炒吧，她课业重。"

我妈沉默了。

炒菜的时候，我看见火光映在妈妈脸上，亮晶晶的，是她的眼泪。

那一个月的时间，我几乎没有吃过油。腌大头菜虽然下饭，但是很刮肠子，让人心里总有一种发慌的感觉。

我知道，如果我继续上学的话，家里的负担就更重了，姐姐的学业也会受到影响。另外，我也确实不想上学了，上学对我来说变成了一种折磨。因此，初中读了一年，我就辍学了。

外面的世界

13岁时，我辍学了，只能天天在家放牛。看着村里那些20多岁的年轻人出去打工可以给家里买回各种物品，我也特别想出去。后来，我卖了草药、黄鳝就把钱存起来，想着为将来出去打工攒一些路费。

过年的时候，一个出去打工的邻居回来了。我找到他说："我要和你一起去打工。"他告诉我，过完年，他们要去沈阳的一个砖厂。如果我家人同意，他可以考虑带上我。

回家后，我就和母亲说了这事。她沉默许久，还是答应了。

过了年，沈阳砖厂那边果真有人过来招工。母亲带我去了，可对方一看我就摇头："不行，年龄太小。"母亲说："他力气很大，能搬大石头，不信你让他试试。"

那人坚决地摇头，还是说"不行"。

招工的人要在这里待五天，母亲又像以前求老师那样去求人家："让他去吧，他很懂事，也很有力气，不会给你们添麻烦的。"

也许是出于同情，也许是碍于母亲的多次请求，砖厂招工的人最后同意收下我。

要出发了，我好高兴，一大早起来收拾东西。

我身上只有2块钱，母亲又给了我2块钱。因为路费由老板垫付，我就把自己卖草药和黄鳝攒下的50元给了母亲。走的时候，父亲不在家，母亲在劈柴，我喊了一声："妈，我走了！"心中似乎也没有伤感。

我到外祖父家，告诉他我要出去打工了。外祖父很心疼我，给了我20元路上用。

那一晚，外祖父跟我讲了一宿的话："你去了那边一定要听话。外面乱，自己要小心，记得给家里写信……你也知道，家里边情况就是这样，出去就只能靠自己了。"

那时的我对外面的世界一无所知，之前，我最远也只到过镇上。

我们先坐中巴车到阆中去，然后再从阆中坐车到广元，从广元转车到西安，从西安坐火车到北京，再从北京转车去沈阳，一路上要走六天。

到阆中后，我有点晕车。刚上了从阆中到广元的车，我就吐了。因为没有座位，我蹲在发动机方位上，吐得昏天黑地。到广元后，还要坐车去西安，这段路我已经基本处于迷迷糊糊的状态了，在西安怎么上的火车都不知道。

这也是我人生第一次坐火车。闹哄哄的绿皮车厢里，有大批大批和我们一样外出打工的人。我夹在那些大人中间，随着列车摇摇晃晃。印象最深的是火车上的盒饭，那是我第一次吃盒饭。我觉得盒饭好高级啊，太好吃了，把汤汤水水喝了个精光。

第四天到了北京西站，我们都看呆了，怎么会有这么气派的大房子！

"这是亚洲最大的火车站！"我们中的一个人用很懂的口吻说。

从北京又坐了20多个小时的火车，我们半夜到了沈阳。砖厂老板包了出租车把我们拉到抚顺乡下的砖厂。那时，抚顺有个叫顺城区的地方。这也是我第一次坐出租车，车里暖烘烘的，好舒服。一路上，路灯明晃晃的，我暗自诧异：这些路灯都不用关吗？

到了砖厂，老板让我们先吃饭，洋葱炒油渣，满满一盆饭。这是一路以来吃的第一顿饱饭。

吃完饭,我们被领到一间平房里,里面是大通铺,中间有一个火炉,烧的是煤渣。因为烧煤,门不能关死,必须留一道缝,知道情况的工友早早占据了里面的位置,我只好睡门口的铺位。晚上寒风刺骨,呼啸着从门缝里钻进来,我用被子把头蒙住。第二天早上起来,浑身还是冰凉的,得赶紧到煤炉子边烤个火,才能暖和起来。

第二天,我们到砖厂附近走走,觉得这里的人生活比我们山区富裕:家家户户都有大瓦房、拖拉机。

开始干活。

砖厂的活儿分为打砖、推生砖、收干砖、码窑、晒砖。打砖的活儿是本地人干的,推生砖、收干砖都是重体力活。厂里安排我和那些女工一起晒砖,就是把砖一块块摆好晾晒,到了晚上,给晾晒的生砖盖上草帘子,第二天掀开,下雨的时候还要蒙上塑料布。

到了五六月,老板就给大家预支工资,那一次我寄了500元回家。

后来,我不想再干盖帘子的活儿了,因为钱实在太少。我找到老板,说想推生砖。推生砖用的是一种很长的板车,一车能放几百斤砖。推生砖不仅需要力气,还需要技巧。

砖厂老板考虑了一下说:"要不你进窑收干砖吧。"收干砖就是把干砖推到窑里去烧,用的是小斗车。这也是个力气活,但比推生砖稍微轻松一点。

推砖的路很窄,只能容一辆车过去,稍微慢一点,后面的人就会吼:"快点,快点!"窑里很热,温度至少50摄氏度。有时候不小心碰到墙壁,刺溜一声,头发就烧焦了。每天下班时,头上脸上都会蒙上厚厚一层灰。

夏天中午可以午休,我睡不着,每天中午就在窑旁边的大杨树下蹲着。我不是在玩,而是等活儿干。因为有些买砖司机是一个人来的,他们需要找人把砖搬上车。一顶砖有200块,搬一顶能挣到2块钱,一车能装好几十顶。

搬砖有专门的夹子，但砖夹子用起来不太顺手，于是很多工友把轮胎的皮剪成手掌的形状，每个指头那里剪两个洞，前后用绳子拴一下，就变成了"皮手套"。可即使是这样的"皮手套"我也没有，我只有一双手。搬一车砖下来，手都磨破了，但司机给的是现金，搬一车砖能挣好几十块钱。我一下子觉得自己好富有！

有钱了！我去街上买了咸菜，还吃了一碗馄饨，里面放了虾米，我把汤全喝了，真好吃。

有时候我也会想家，特别是晚上双手疼得不行的时候。白天手磨破了，牙关一咬继续干活，也不觉得有什么，但是到了晚上两只手就钻心地疼。如果是在家，妈妈肯定会用酒帮我冲洗一下，再涂一点牙膏，包扎一下。可是在这里，我只能躲在被子里，偷偷地哭一下。

第二天起来又要干活，上第一车砖的时候最痛苦，每次都要咬紧牙关。伤口反反复复的，总也不好，有时候裂开的口子还会流出脓水。我在杨树下等活儿的时候，苍蝇都会来舔我的伤口。

车子开出砖厂时经常会掉落几块砖，我看见了都会捡起来放回厂里的砖垛上，哪怕只是半截砖。有一次，我从街上回来，提着一个装榨菜的袋子，看见路上掉了七八块砖。夏天的中午，砖晒得滚烫，我就摘了几片叶子，垫在手上把砖搬回去。我个子矮，砖都顶到了下巴，路上正好碰到老板，他问我在干什么，我告诉他这些砖掉了，我捡起来放回去。第二天，老板骑着摩托车送了些自己包的饺子给我。这是我离家第一次感受到爱的温暖。

后来，砖厂就宣布散场了。10月12日那天算工钱，我领到了967元。

老板对我挺好，问我要不要帮我把钱寄回去。我说不用了，我要给家里买点东西。搬砖赚来的钱还有200多元，加起来就有1200元。这是我第一次挣到这么多钱，好开心，没事的时候我就拿出来数。

我买了一些糖果，2.5元一斤。出来打工前我就想好了，等我回去，也要像其他打工回去的人一样，买些糖果给左邻右舍的老人孩子吃。

买好东西，我就穿着新衣服回家了。路上转了好几次车，走了五天，光车费就花了500多元。到家的时候，身上只剩700元了。

回去后，我给了外祖父50块钱，又买了些肉给他。然后，我把剩下的钱都给了母亲。

后来我才知道，砖厂预支的那500元寄回家时，村里人都沸腾了。大家都在议论，说这娃儿真能干，别的孩子都还在玩儿，他就已经能给家里寄钱了。

回去后，很多人夸赞我小小年纪就能挣钱，只有母亲拉着我的手看。一个孩子的手上有那么多死茧，指甲很长，指甲缝里都是泥污，母亲的眼泪一串串掉进了我的手心。

书中记录的这段经历，我从未向人讲述，包括我的母亲。

少林，少林

从砖厂回来后不久就是农忙的时候，家家户户都在种小麦，我也帮着家里干活。

出过远门，接触了外面的世界，回来后，我总感觉有什么不一样了。看着同龄的孩子背着背篓追赶嬉戏，我总觉得自己和他们不同，我是个大人了。

在家待了20多天后，11月初，家里让我给姐姐送生活费。那时候，姐姐在阆中县城读中专。我妈给了我90元，让我给姐姐80元，那是她一个月的生活费。我因为身上还有点钱，就给了她100元。

从姐姐学校出来，到车站时，回乡的车已经开走了。下一趟车是到镇上的，要两个小时后才到。时间还早，我就出去晃悠晃悠。

走到一条街上，我看到一帮和尚在表演功夫，牌子上写着"嵩山少林寺"，旁边还停着几辆客车，几个和尚在车里聊天，最后一辆车上放着锅碗瓢盆。

我一愣：这不就是电视里的少林寺和尚吗？

小孩子那时候最喜欢看武打电视剧，大家讨论的主题永远只有一个：谁是好人，谁是坏人。而一看到少林寺的僧人，大家就知道这是好人。

此刻,看着这些突然出现在眼前的和尚,我心中出现亮闪闪的两个大字:好人!

我站着看他们表演,心情很激动。表演结束了,看他们把刀啊、棍啊、剑啊什么的往车上搬,我脑子里顿时萌生一个念头:去少林寺当和尚!

可是怎么去呢?身上没钱,也不知道该怎么办。

最后,眼看所有人都上车了,我来不及多想,飞快地跑到最后一辆车的后面。那是一辆炊事车,里面放着很多锅碗瓢盆。我趁人不注意上了车,藏在锅碗瓢盆中间。我想,等车到了下一站,他们就会发现我。出家人以慈悲为怀,只要我磕头拜师,他们肯定会收下我的。

一路颠簸,也不知道过了多长时间,我都快饿晕了。天黑了,风很大,我就扯过篷布裹住自己,迷迷糊糊地睡着了。

过了很久很久,只听"咣咣"两声,我惊醒过来,知道车停了。

一个年轻和尚过来,把锅移开,看到我,大吃一惊,大声叫道:"师父,这里有个人!"

来了个年纪大点的和尚,操着一口河南腔问我:"你是哪儿的?怎么跑我们车上来了?"

"师父,我想当和尚,我要出家!"我脱口而出。

"哈哈……"四周看热闹的人都在笑。师父说:"不行,我们这儿不收你。"

我哀求道:"师父,收下我吧!我是四川的,家里穷,我想当和尚,以后做好事。"

师父语重心长地说:"和尚不是你想做就能做的。你这样跑出来,家里人肯定会担心的,赶紧回去吧。"

我想他们不可能赶我走,于是就坐在那里,也不说话。

过了一会儿,一个40多岁的和尚走了过来,对我说:"我们可以带你去少林寺，如果你表现好，就可以留下来。"

就这样，我跟他们去了少林寺。

到达少林寺时已经是晚上了，寺院里有一片古树，静谧幽暗。第二天早上，负责管理我们这些俗家弟子的师父过来对我说："我们给你半年时间，如果你表现不好，就从哪儿来回哪儿去。"

师父还对我说："家里穷不可怕，人一定要有骨气，要不怕苦。"

我说："我不怕苦，我还去砖厂打过工，那里的苦我都吃过了。"

"这里的苦和那里的苦不一样。"师父说。

后来我才知道师父为什么这么说。少林寺真的很苦，而且这种苦和在家种地、在砖厂打工完全不同。

我学的是散打。师父说："你这时候怕苦，实战时就会挨打。"我听了这话，就会联想到如果今天不努力，明天就可能没饭吃。所以，别人都休息了，我还在做体能训练；别人跑七圈，我跑十圈。我用了一个星期的时间咬着牙拉韧带，在师父的"强训"之下劈叉，疼得眼泪都快出来了。

那种苦让人感觉脱胎换骨。10多天后，我慢慢习惯了少林寺的生活。

一个月后，我给家里写信说了自己在少林寺，让他们不要担心，以后我就想留在这里。这次是父亲给我回信的。父亲以前从来不会给家里任何人写信，这是他第一次提起笔。他写道："既然你选择了自己喜欢做的事情，我们会同意的，但你一定要遵纪守法，听师父的话。"

我把这些话都烙印在心里。

我那时14岁，每天在少林寺上半天文化课、半天武术课。在师父面前，我是最听话的一个。

我们是少林寺常住寺院的俗家弟子，其他俗家弟子是要交学费和生活费的。他们有的是家里有钱，去学点功夫；有的是因为太调皮，家里送去锻炼一下。我知道自己和他们不一样，我必须刻苦。所以每次训练完，我还会去扫院子、提水。

五个多月后，师父突然叫我过去。我心想，这还不到六个月，不是说好给我半年时间吗，难道是要我回家了？

师父慢悠悠地开口："时间也差不多了……"

一听到这句话，我心里就开始盘算身上还有多少钱，能不能回得了家……于是，没等师父说完，我就打断了他："师父，你就直接说吧，什么时候让我走？"

师父还是操着那口河南话："谁让你走了？"

我一愣。

师父说："你表现不错，以后好好练吧！"

就这样，我在少林寺留了下来，一待就是五年。

在少林寺时，我训练很刻苦，没有辜负我的师父们，我多次参加各级武术比赛，都取得了优异成绩，这也是我报答他们的方式。

有一次，我比赛得了100多元的奖金。那时，姐姐已经毕业在实习了，给我来信说想要一个小录音机。于是我就在街上买了个小录音机，还买了一些磁带，分别用报纸包好，再用绳子缠好，到邮局去寄。那一刻，我觉得自己真的是长大了。

每次实战课之后，少林寺的师父都会给我们讲一些道理。对我来说，这些道理是刻骨铭心的。

师父说："不要以为有力气就能战胜别人，要思考，要研究别人，研究透了才能战胜对方。你们以后到了社会上遇到其他事情也要多动脑、多用心，勿动手。"

真正学武的人对礼节要求很高。少林寺里小的尊重大的，大的爱护小的。也有一些小师弟不懂事，会拿棍子敲别人一下转身就跑，大孩子对此也就是笑一下。师父对我们说："在社会上哪怕吃亏，哪怕被别人欺负，只要不触及你们的底线，你们要做的也只是笑笑。因为，你打我一下我受得了，万一我打你一下你受不了怎么办？这是一种基本的武德修养。"

在少林寺的几年经历，可算是我人生路上的一个新起点。

我是一个兵

2000年12月,我们师兄弟中有人回老家当兵了,还寄了照片回来。大家一看他穿了军装的照片,都很激动:当兵好威武!很快,我们这群人中就兴起了当兵潮。

于是,我给家里写信,说我想去当兵。家里人当然马上同意了。

2001年9月中旬,我拜别师父,从河南回到四川。

那一年,我有机会参加了部队招兵的体检和面试,顺利过关之后,父亲还要为我的政审和各种证明一趟一趟往村干部家跑。想想真的很不容易。

2001年11月底,我终于要去当兵了。走之前,我又去了外祖父家。外祖父说,到了部队好好干,听领导的话,要学点技术,厨师啊,开车啊什么的,回来后容易找事情干。

外祖父还说:"娃儿,你没读成书,就看当兵有没有造化了。"

我们要先去乡里报到,也是走路去,也是一早出发,也是冬天,但是我的心境和几年前去砖厂打工时完全不一样了。

当年的那条路已经拓宽了。那天天气晴朗,我背着舅舅打工拿回来的手提包,穿着舅舅的衣服。这次是母亲送我,她笑呵呵的。一路上,我明显看到了她脸上闪耀的光芒。

就这样，我成了一名光荣的武警战士。因为在少林寺已经习惯了高强度的训练，所以部队里的苦对我来说不算什么，第一年我就拿到了"优秀士兵"称号。第二年，我生了病，连长就让我去当文书，在少林寺学到的文化知识也派上用场。

在部队里，两年的时光很快就过去了。退伍之前，我们的团副政委、20多年的老兵双国来，到训练驻地给我们进行思想政治教育。

他的话，我深深地记在了心里。他说农村兵大多想学个技术，学当厨师，学开车，有的想出去做保安。但是，厨师、司机每个连队都只有一个培训的名额，不可能满足所有人。从部队出去后，不要老想着给别人当厨师、当司机、当保安。开车又怎么样？你难道给别人开一辈子车？要改变自己的面貌，改变农村的面貌，不要老想着去打工，必须先学会用自己的头脑，要不断地学习，不断地完善自己、提高自己，要树立好自己的价值观和人生观。

这些话给了我很大的触动，我把这些都记在了本子上。

退伍之前我就想好了，出去以后要好好奋斗。我清楚自己家境不好，一切只能靠自己。连长对我说，只要今天比昨天有进步，就可以了。

第一份工作

2003年12月，21岁的我退伍了。

在家待了半个月后，我就联系了在广东的舅舅，想去那边打工。可突然有一天，一个在少林寺时的师兄给我打电话说让我去河北廊坊做押运，一个月工资2000多元。

我觉得2000多元还可以，就决定去看看。

到了廊坊，师兄和一个主任来接我。一个晚上没睡觉，我其实很困了。但他们说："走，我们先去吃饭。"吃饱喝足之后，我心想现在总该让我去休息了吧，可他们还是拉着我到处转，转了一下午。

傍晚的时候，他们把我带到一个破房子里，里面铺了泡沫地垫，坐了很多人，一看我们进去，他们就开始鼓掌，齐声说："欢迎欢迎，热烈欢迎！"

我一愣，马上意识到这是传销。

然后就有老师开始讲课。听课的人极其配合，疯狂喊口号。这伙人吃饭前还要唱歌，互相加油鼓励。

我得找个办法脱身，但那个主任使劲缠着我，我走到哪儿，他跟到哪儿。最后，我还是义正词严地提出要走，并且让师兄跟我一起走，但是他不肯。我提着包走到门边，有几个人马上过来拦我，我眼睛一瞪，马上摆开了一个架势。估计是听师兄讲过我会功夫，他们中一个穿着拖鞋的家伙赶紧说:"把门打开,让他走,让他走。"

那是我第一次接触传销。

跑出来后,我到了广东东莞。在舅舅那里待了几天后,我一个在中山的战友过来,说他那边的酒店在招保安。我也想找个工作先安定下来,于是过去了。

一个多月后我就做了内保,穿着黑色中山装,站在酒店大堂里,很神气的样子。保安的实习工资是每月650元,三个月后转正可以涨到每月800元。

其他保安下班后会去网吧打游戏、聊天,可我对游戏没兴趣,只是在同事的帮助下注册了一个QQ号,用了"仔仔"当网名。那时的我完全没想到,"仔仔"会成为我日后"行走江湖"的名号。

某天下班之后,我和两个同事一起去广州找一个战友。战友说那边有个物业公司,保安的工作比较自由,工资也更高,我们想去看看。

和我一起来的两个保安也是退伍军人,我们快到战友宿舍时,已经是半夜了。突然,对面跑来一个女人,拎着包,提着高跟鞋,大喊:"抢劫!抢劫!"我们还没回过神来,她已经跑到我们面前。后面有四个家伙追上来,都只有十六七岁的样子,染着红头发,拿着砍刀,一看就是小混混,边跑边喊:"让开让开!"

我们当时就笑了,心想力气正好没处使呢,就问那女人到底是怎么回事。那女人说是抢劫。这时,小混混也追过来了,冲我们挥舞砍刀,说:"少管闲事!"

抓他们实在是小菜一碟,我们三下五除二,摁倒了三个,还有一个很快从旁边公园跑掉了。我知道,这时候应该马上报警。我让那女人不要走,走了这事情就说不清楚了。

打通报警电话之后,我们一起去派出所做了笔录,出来时已经是凌晨2点多了。

后来，派出所又通知让我们过去一下。这回是要给我们发见义勇为的奖金，每人500元。

我在部队里就喜欢看报纸，在新公司当保安后，有时会在报纸上看到附近人民公园有歹徒抢劫行凶的新闻。我们几个战友就想，要不晚上去公园守株待兔？抓到一个歹徒，就有500元奖励，最重要的是还能得到警察的表扬，这太有成就感了。

现在想想，那时候真的很单纯，哪有歹徒等着让你抓啊？再说了，怎么可能抓到一个歹徒就奖励500元？

不过，我们那时说干就干。别人上网打游戏的时候，我们几个人就到公园里蹲着。

守了七八天，我们真碰到了抢劫的。那天，一起去的有六个人，大家分开蹲守。其中一个比较瘦小的躺在一块石头上，跷着二郎腿玩一块电子表，那块电子表很像BP机。

不知从哪儿来了两个三四十岁的人，高高大大的，他们走过来，很强硬地说："你把这个BP机给我们！"

战友说："这个不是BP机，这是手表。"

那两人一把抓住我战友。

战友大喊一声："来啦！"

我们五个人飞奔过去，很快就把他俩摁倒在地，还从他们身上搜出了针管。

针管？这两人难道是医生？我想，不管三七二十一，先报警。

警察来了，看着我们说："咦，你们不是上次抓小混混的那几个小伙子吗？"

我们笑着说："是的是的。"然后我们将详情告知警察，并拿出针管，说这两人可能是医生。

警察的表情凝重起来，他说："不要乱动针管，这两个人有可能是吸毒的。"

那是我第一次接触吸毒人员。事后，警察还带我们去检查了身体，看有没有传染上疾病。

后来我才知道，这两人也都有案底，其中一个还被通缉了。

第二天，很多人都知道了这件事。我们还上了报纸，当地报纸报道了：某某保安队的几个保安深夜抓获吸毒抢劫犯。连前台服务员都用崇拜的目光看我们，说："你们好厉害啊！"

从那天开始，很多保安下班后也不去玩了，要和我们一起去公园守株待兔。

就这样，我们成立了退伍军人义务反扒队，有几十个人，我是队长。派出所还给我们配备了对讲机和"指导员"。当时，我们感觉自己好神气，就像电影里的便衣一样。后来，就连长得比较壮的厨师、服务员也加入了我们，队伍最庞大的时候有140多人。

派出所给我们做了培训，教我们怎么抓人、怎么保护自己。

我们还制订了一系列方案，例如歹徒会怎么逃跑，我们该怎么拦截，人员怎么部署，等等。我们等于是在工业区里织了一张网，基本上公园的每个角落都有我们的人。

义务反扒队持续了半年多的时间。

后来，我应战友邀请到广州天河做跆拳道教练，虽然很辛苦，但工资能有3000多元，和之前比境况好了很多。

一段时间过后，我一个广州战友的妹妹建议我们去她所在的武汉某金融公司做押运，说一个月能挣2万多元，而且很轻松。

我怀疑是传销，力劝战友不要去。可战友有些动摇，老是来找我说："要不我们去看看吧？"我告诉他："现在辛苦赚来的钱我们拿得心安理得。

天上不会掉馅饼，一个月轻轻松松挣2万元，你觉得可信吗？"

不管我怎么说，战友还是坚持要去武汉。后来我想还是陪他去一趟，一方面放松一下，另一方面探探那边的虚实也好。

我们坐火车到了武汉，他妹妹来接我们。全程基本上和在廊坊遇到传销组织的经历一样，先是请我们吃饭，然后来了几个衣着光鲜的人，说是什么主任、副总。

其中一个人说："我比你们读的书少，只读到了小学一年级，可现在嘛，月薪也不多，就4万元。"

另外一个人说："我刚来了半年，也就3万多元吧。"

我听了心里暗笑，这双簧演得还真不错啊。

第二天，战友的妹妹陪我们到处转转，后面有几个人跟着。我们去了城中村里的一幢破楼，虽然破旧，但收拾得很干净。到了屋里，又是有很多人鼓掌欢迎，然后开始听课，我也不记得都听了什么，大概就是些激励的话，不努力就会被淘汰什么的。听完课，战友彻底相信了这是个传销窝点，但是他又想离开时把妹妹也带走。战友说："要不你先走吧。"我怕我走了之后他定力不够，又被蒙蔽了，于是说："要走一起走。"

大概四五天时间里，他们带着我们到处玩。我的假期快结束了，只好打电话再次跟单位请假，说要过段时间再回去。我和战友商量，要不我们将计就计，潜伏下来，搞清楚头目是谁，配合警方把他们抓了。

但是要留下来，就要先交3800元，传销组织的头目给我们规定了最后期限，不得已，我们只好假装给朋友打电话"借钱"，还解释说"家里的钱存的是定期"之类的，一直拖延时间。

因为睡的床铺靠近窗口，我经常可以看见楼下有村里的治保会在巡逻。

有一天晚上，快到11点的时候，我把窗帘慢慢拉开，正好看到治保会的警灯在闪，我就和战友冷不丁地大吼："治保会来啦！治保会来啦！"

整幢楼开始骚动。我们全都被带到了隔壁那幢楼，他们还很神秘地不让

047

大家讲话。原来，这两幢楼是相通的。结果治保会的人真的来敲门了，但治保会毕竟不是警察，他们只是敲了几下门，见没人应答就离开了。

这么一吼，真的有了效果。第二天就有人来找我们，说我们发现了治保会，成功转移了所有人员，对团队有贡献，经理命他请我们吃饭。

经过这一吼，他们暂时也不会再问我们要钱了。我们还得到了重用。

吼了一次后，我被升为主任；吼了两次后，我就变成了副经理。除了这些封号外，其他什么也没有。不过，得到重用后，有人给我们洗衣服，吃饭的时候会让我们先吃，恭敬地说"你请"，每个人都对我们毕恭毕敬的，出去还要跟我请假。我和战友进进出出也没人管了。

我们还成了典型，大家纷纷议论，说这两个人为团队做出了重大贡献，得到了几万元。我暗笑，这空头支票开得可真大啊，我可是一分钱也没见到过。

过了很久我才知道，管理我们这两幢楼的是一个叫"周伯通"的老头。于是我们故意给"周伯通"透露信息：谁不太老实，谁可能会带人过来，等等。我还给了他一些管理建议，比如团队高层晚上要巡逻，及时掌握队员动态，等等。有一天，"周伯通"竟然和我说，我的经验在其他团队被推广了，还让我去做分享。

三个月后，我把我们那一片传销窝点的基本情况都摸清了。但每个人刚进来时交的3800元去哪里了呢？我一点也不清楚。传销组织的结构自然是有他们的隐秘之处的。

不知不觉又过去了三个月，我已经成了西区的经理，但那只是个虚职，我还是不知道他们收的钱都去了哪里。

直到有一天，真的有人来查我们这幢楼。我当时刚做完分享，回来时看到警察在查我们的楼，我赶紧返回去通知大家先别回去，警察在查我们那幢楼。

隔了一个星期,"周伯通"说有人要单独见我们。然后来了个神秘人物,西装革履,梳着大背头,说自己是负责整个中国区的老总,特意来请我们吃饭,感谢我们为公司做出了突出贡献,将损失降到了最低。

那人拿出一张纸,说:"我今天是来向你宣布任职命令的,你现在已经被升为华南区的副总了。"

吃完饭后,老总说,回去会有人来接应我们。结果我们回去一看,愣了:接应我们的人居然就是平时负责买菜的王老师。他是福建人,40多岁,头发有点长,不爱洗头,身上总散发着一种怪味,平时就负责买菜、扫地什么的,大家甚至有点排斥他。谁也没想到,他竟然是这一片的头儿。

果然武功最高的其实是扫地僧啊!

王老师也是"周伯通"的上线,每个成员的钱收上来后,都会交给他。事已至此,我和战友商量,是该动手的时候了。我对战友说:"你去报警,通知公安,我在里面接应。"

那时是2006年过完年不久,初春的时候,天还很冷。早上6点,警察来了。行动前一天晚上,我假装喝酒喝多了,在宿舍装疯,还故意把战友妹妹带走,让她在网吧里不要走。

公安局来了很多人,把他们都控制住了。王老师供认不讳,所谓的中华区老总后来也在韶关被抓获。据公安机关说,那次抓住了2500多人,涉及好几个省份。

> 常有人问我,是怎样的使命感让我走上这条漫长而伟大的打拐之路的。
>
> 我不太想用'使命感'这样严肃而宏大的词,我是一个很平凡的个体,只是自然地走在路上而已。
>
> 走着走着,我恰好看到了一些步履艰难的人,不自觉地想和他们一同走一程。

救救孩子 2

被出租的童年——解救卖花儿童

2005年,我开始在其他跆拳道馆做兼职,每天跑好几个场馆,非常辛苦,但收入高了很多。晚上回家累倒在床上,我就会打开存折,想下个月又能有多少钱:一个月存1万元,一年就是12万元,两年就是24万元……存折上的数字是最好的解乏药。坚持了半年后,一个从台湾地区来的学生请我做私教,我才结束了满城跑的日子。

这样安宁的生活持续到了2007年7月1日下午4点,那一天,我遇到了两个孩子。

7月的广州很热,在太阳底下一站就会有火烧火燎的感觉。那两个小孩在广场上来回穿梭:大的是女孩,六七岁的样子,穿着短裤、凉鞋;小的是男孩,四五岁,打着赤脚。两个孩子晒得黝黑,全身都已经被汗水打湿了。他们只要看到一男一女过来就冲上去,小男孩马上抱住男人的大腿,女孩在一边念念有词:"哥哥,给姐姐买束花吧,姐姐长得这么漂亮……"如果那人不买,她就马上换一套说辞:"哥哥,你到底爱不爱姐姐啊……"

我的心似乎被什么东西轻轻扯了一下。

我站在那里看了大约半个小时,他们总共卖了两束花,拿了钱,就跑到水池那边比较阴凉的地方,把钱交给坐在那里的一男一女,那两人四五十岁的样子。我思忖着，他们是两个孩子的爸爸妈妈，还是……这时，我看见另一个路口也有一男一女两个孩子在卖花。

这些小孩不会是被拐卖的吧？于是，我在附近找了个地方坐下，观察他们。

有一阵，孩子跑累了，想休息一下，就听见那女人呵斥："起来！去卖花！"由此，我确定他们不是孩子的亲生父母。

我试着和孩子搭腔，但他们根本不理我。我想可能是因为我是单身，他们在我身上看不到"商机"。

我得想个办法去接触这些孩子。因为反扒，当时我在广州的志愿者圈子里已小有名气，于是我在论坛上发帖征"女友"，与我假扮情侣一起关注卖花儿童。没想到大家热情高涨，应征的人很多，其中还有北京甚至美国的志愿者。

我选了两个本地人，一个是妈妈，一个是学生。考虑到妈妈的时间比较多，而且当了妈妈的人知道怎么与孩子打交道，于是我就让那个妈妈扮演"女一号"，学生当替补。

果然，我和那个妈妈假扮情侣一走过去，就被抱住了大腿："哥哥，你给姐姐买束花吧，姐姐这么漂亮！"我买了花后，问那个小女孩："你热不热啊？从哪里来的呀？"她也不理我，跑掉了。

我想，人都是有感情的，只要我一直找他们买花，说不定哪天他们就开口了。果然如此，四五天之后，只要一看到我们，他们就主动跑过来让我买花，还把另外两个小孩也叫来做我的"生意"。

有一天，因为那个妈妈有事，我就让学生来扮演"女朋友"。那天，小女孩一见到我们就说："哥哥，你好花心啊，今天带的姐姐不是昨天那个！那你还不赶紧给姐姐买花，姐姐这么漂亮！"

这么油滑的话从一个六七岁孩子的嘴里说出来，让人觉得不可思议。我在心里叹息了一声。

混熟之后，我又问他们："你们从哪里来的？"他们马上警惕地回头看那对男女。

有时候，我会买一些汉堡和可乐给他们，然后我们一起躲在大榕树后面吃，避开那对男女的视线。

我问小男孩："你妈妈有没有带你吃过肯德基？"

他一边大口啃着汉堡，一边含混不清地说："我没有妈妈。"

我问："那个女人是谁啊？"

他说："那不是我妈妈。"他还说，他们每人一天要卖到100元，卖不够就要挨打。

我问谁打，他指指那女人说："她。"

和我说话的时候，小男孩的眼光不时瞟向那女人。快速吃完东西后，他们又去卖花了。

这些孩子每天的生活就是这样，下午3点出去卖花，一直到凌晨一两点才被"押"回到简陋的出租屋。没有书，没有玩具，也没有父母在身边，他们每天的工作就是抱住别人的大腿卖花，小小年纪就过起了完全没有尊严的生活。

有一次，一个小女孩告诉我们说，现在有便衣在抓人，如果抓到小孩就会把他带到密室里打，发现有家长就会拘留15天，如果验血发现不是亲人就更惨了！说这些话的时候，小女孩表现出十分惊恐的样子。

这些惊惧的"小鸟"，真不知道大人都给他们灌输了什么。

我想知道孩子们是从哪儿来的，但他们很敏感，只要被问及这个问题就不回答。一个多月后，一个小女孩才告诉我他们是江西人，来自萍乡桐木镇的一个小山村。我问他们住哪里，她说他们几个小孩一起住。我问那女人是谁，她说不知道，反正他们也叫她"妈妈"。

回家后，我上网查了查，发现桐木镇确实有那个村庄。我愈加相信这几个孩子是被那两个大人控制了，我一定要把他们解救出来。

为了知道他们住在哪儿，我决定跟踪他们。为免被发现，我只能一段一段跟。因为夜班车越到后面人越少，难免会让那两个大人产生怀疑："这人怎么老是在附近晃悠？"为此，我随身带了好几套衣服，买花时穿一套，上车时换一套，下车步行跟踪时再换一套。

一开始跟踪并不顺利，有时跟着跟着就跟丢了。

一天晚上，我们又跟着他们上了车。小孩子嘛，坐不住，车前车后地跑。小男孩一抬头看到了我，好奇地问："哥哥，你怎么也在车上？"我说："是啊，我要去那边玩。"小男孩笑嘻嘻地跑开了，小女孩似乎产生了怀疑，平时很多话的她那天比较沉默。

第三天晚上，我们又跟踪他们上了车。到了白云区那边，四个小孩先下车了，两个大人还坐在车上。我们到底该跟谁？我犹豫了一下，决定还是跟孩子。四个小家伙一直走了半个多小时，到了一个城中村，奇怪的是这里明明有公交车站。原来孩子们是提前两站下车了。

后来，我把我的两个"女朋友"都叫来，让她们一人守在房子的一侧，看他们上去时哪个房间的灯会亮，这样就能锁定他们住哪个房间。没想到有天晚上，他们回去后不久，又有两个大人和三个小孩上去了。我这才知道，原来还有另外一伙人。

掌握了所有情况之后，我跟南方电视台（现已更名为大湾区卫视）的朋友说了这些情况。

接着，我们又跟了两天，南方电视台的记者拍了很多画面。

9月22日，我们确定孩子们都回家了，就打电话报警。警察来了之后，把楼道一封，把他们都控制在了房间里。

那几个孩子住一间房。警察问那几个大人，孩子跟他们是什么关系，他们竟然说没关系,根本不认识那些孩子。但记者已经拍到了他们在一起的证据,过不多久,这些大人就招认了。警方审查发现,这些孩子居然是被亲生父母出租给村里人出来"对生活"[1]的,一个孩子出租一年的费用是2000元。天底下竟然还有把亲生孩子当成赚钱工具出租的事情,太令人震惊了。

那天是一个小女孩的生日,我掏出50元,想让民警给她买一个小小的生日蛋糕。民警没有收,说:"你放心吧,我们会好好照顾他们的。"

我因为有事要先走,那个平时经常和我说话的小女孩哭了,拉着我的手不放:"你是不是不管我们了?"

我鼻子酸酸的,感觉眼泪就要落下来。我说:"别难过,哥哥会回来的。"

我只能骗她。我又能继续为他们做些什么呢?接下来,他们会被遣送回家,可是,回家之后呢?

这是我第一次解救卖花儿童。此后,很多网友向我提供卖花儿童的信息,我又只身去了武汉、桂林、成都等地。因为有了之前的经验,我很快就可以掌握情况,确定人员、锁定住处,然后通知警察进行解救。在成都,我们一次就解救了11个孩子,他们无一例外都是被亲生父母租出去的。

很多人会对卖花儿童产生厌恶,因为他们总是抱着人家的腿不放,也有很多人会对他们抱以同情。后来,我在论坛上发过帖子,呼吁大家看到类似的卖花儿童,不要买花,同情心帮不了他们,但可以报警,报警的人多了,社会各界包括警方才会对这种现象更加关注。从根源上杜绝这种现象,才是对这些孩子真正的解救。

现在回忆第一次参与解救的情形,我其实心里挺羞愧的。那时候我还很年轻,盲目自信,完全没有把外界因素和隐藏的危险考虑进去,只是想着

---

[1] 对生活:方言,指赚钱改善家庭生活。

"就几个女的，我还不是手到擒来吗"，觉得就算打不过，我也能跑掉。可见我对行动暗藏的危险是没有什么概念的。而且，我想着自己在广州，还是比较安全的，犯罪分子总不至于太过猖獗。

说到底，那时候缺乏经验，谈不上有什么技巧，非常莽撞地就行动了。我记得自己因为没有跟踪技巧，就直愣愣地尾随在他们身后，其实这样做的风险太大了。换作现在的我，就能想出更合理的方式。如果昨天晚上我是在某处跟丢的，那我今天直接去那里等他们不就行了？这样就能降低风险。至少，我还会第一时间向公安机关求助，与公安机关的人一起去，而不是等自己取完证之后再反馈给他们。

所以，我刚开始参与行动时，脑子里想得更多的还是怎么解决问题，现在看来，我处理事情的方式还是比较单一的，纯粹是初生牛犊不怕虎吧。

扭曲的童年

再次遇见被出租的孩子，是六年之后。

那是 2013 年 5 月，上海网友"疯狂的石头"给我提供信息，说在上海浦东的酒吧里，有一个大人带着四个孩子表演柔术。那些表演动作，对孩子来说都是趋近人体极限的。他怀疑这些孩子是被拐来的。

"疯狂的石头"试图接触他们，但都被其身后的大人阻止了。后来他想了一个办法，谎称自己开了一个酒吧，也想请他们去做类似的表演。于是，对方给他留下了一张名片。

当天晚上，我来到那个酒吧，可是从晚上 8 点一直坐到凌晨 1 点，都没有看到网友说的柔术表演。第二天晚上我又去，还是没看到。难道他们已经察觉并且转移了孩子？我又到附近的酒吧了解，这才知道原来他们的表演是不固定的，哪里需要就到哪里去。

于是我拨打了名片上的电话。名片上印的是上海某艺术团，接电话的是个女人，自称单老师，是艺术团的经理。我说，我在普陀区开了一家酒吧，想看看他们这里有没有合适的表演。单老师说没问题，可以先来看看孩子们的演出，如果觉得合适，就继续谈。她留了一个浦东莱阳路的地址，约好第二天中午 12 点见面。

第二天，我约了《新民晚报》的记者一起去。我们提前一个小时到，先观察了一下周围的环境。这是一个居民小区，外面有很多孩子，大都由爷爷奶奶或者外公外婆带着玩耍，其乐融融。

单老师和孩子们住在一楼。屋里很黑，散发出一股霉味，里面有两个房间，各放了一张上下铺，房间里凌乱不堪，到处挂着服装，堆着道具和包裹。

孩子们被单老师叫到我们面前。总共有六个孩子——四个男孩、两个女孩，8到12岁，他们都叫单老师"姑姑"。

单老师介绍，孩子们会表演的节目有换帽子、柔术、顶花瓶、溜冰等。我说，看看他们的表演吧。音乐响起，孩子们开始表演柔术。他们小小的身体像蛇一样柔软，扭曲成常人无法想象的姿势。一个小女孩的双腿绕过后背，脚伸到头顶，一动不动地趴在地上，就像一个被扭坏的布娃娃。

我有点震惊，心里非常难受：这么小的孩子就要置身五光十色的酒吧，用自己小小的、柔软的身体进行表演，给那些喝酒的大人取乐……

表演完，孩子望向单老师的眼神有一丝害怕，单老师笑一下，他们就跟着笑一下。

我问孩子们："你们是哪里的呀？想不想家？"

我以为他们会说"想"，但是他们都摇了摇头。

单老师在一旁开口了，说他们是河南开封人，四五岁就跟着她来了上海，都是自愿的，因为家里穷，养不起，学柔术也算是一条出路。孩子在这边，她每年也会给孩子家里一些钱。

"一年多少钱啊？"我问。

"几千块钱吧。"

"他们上学吗？"

"我们这里有人教他们学文化知识。"单老师说。

但是，我在房间里看来看去，也没有看到学习用具。

一个多小时后，我们告辞出门。外面依然阳光灿烂，孩子们奔跑笑闹，在家人的庇护和宠爱下，无忧无虑的。童年，不就应该是这样的吗？

5月15日上午，我向上海市公安局浦东分局报警。警方向我了解详细情况后，进行了周密的部署。与此同时，我也向河南开封警方报告了情况，因为孩子来自开封，希望他们也能积极介入调查。开封警方得知案情后，随即派人赶赴上海，协助上海警方进行调查。

当天上午，浦东分局金杨新村派出所的民警到了现场，将孩子们和单老师等人带到派出所了解情况。

警方的调查结果是，单老师并没有任何虐待孩子、强迫孩子劳动的情况，他们的确是父母主动送到这儿学艺的。当天晚上，孩子们被送到上海市浦东新区救助管理站，5月19日下午，他们又被送回了开封老家。

后来，我看了河南记者的报道，说是孩子不愿意待在老家，"上海哪儿都好，老家哪儿都不好"。在繁华的大都市漂泊了这么多年，他们已经适应不了农村的生活，甚至适应不了爸爸妈妈在身边的日子。孩子的父母也不理解，认为我破坏了他们家当前的生活状况。现在，他们不仅少了一笔收入，孩子们的回归还加重了家里的经济负担。

贫穷，是他们出租孩子的唯一借口。可是他们并不知道，被出租的童年，被扭曲的身体和心灵，会对孩子造成多么大的伤害。

大众曾经认为，在街头卖花、乞讨的孩子肯定是被拐来的，因为按照正常人的逻辑，谁舍得让亲生的孩子上街乞讨呢？

但经历过这些之后，我才明白，事实并非如此。

根据我这些年的接触和了解，儿童在街头流浪乞讨，基本上都是在亲生父母知情的情况下进行的，甚至很多孩子被自己的亲生父母当作敛财的工具。当然，也不排除确有走投无路、真正需要帮助、处在困境中的，在街头流浪和乞讨的孩子！如何界定他们的基本情况，这需要经验，我们需要引导大众理性看待和关注这类孩子！

  不管怎样，孩子的生命和健康等权利不能被剥夺，他们应该得到基本的保护。关注他们的今天，就是在关注我们自己的明天，这也是我会关注这类孩童的原因。

  尽管法律有规定，但从实际情况来看，儿童行乞现象要得到解决并没有那么容易，因为它不仅是一个法律问题，更是一个社会问题。

  "呼唤和平，呼唤公正，呼唤仁慈，呼唤同情，呼唤人道，呼唤文明！"这是柯灵先生给《三毛流浪记》写的序言中的句子，而这，也是我们对社会的呼唤。但愿有一天，这世界上不再有被扭曲的孩子、被出租的童年，希望所有孩子都是幸福花园里的小花蕾。

寻找蒋峥——我的打拐缘起

都说2008年是中国志愿者元年,汶川地震让志愿者这一群体大规模地走进了公众视野。那时论坛还很火,论坛和QQ群成了志愿者交流的平台。我因为经常在论坛上发布一些关于反扒、解救儿童的信息,结识了很多志愿者。

一天,我接到了一个电话,电话里是个女人的声音,问我是不是"仔仔",我说:"是啊。""你能不能帮帮我们?"电话那头开始哭泣。然后,我听到了一个令人发指的故事。

她叫曹美玲,丈夫蒋平元在广西全州县才湾镇开诊所。2006年2月,一个姓彭的男子来到才湾镇租住,他说自己是湖南道县人,常到蒋平元的诊所打针。一来二去,大家就混熟了,蒋平元5岁的儿子蒋峥还喊彭某"叔叔"。2006年3月4日上午,蒋峥出门玩耍后一直没有回来,中午家人出门寻找,村里有人说看到彭某把孩子带走了,大家还以为是蒋家亲戚带他出去玩,谁都没有想到,竟然会发生拐卖小孩的事情。家人赶紧报了警。

2006年6月,公安人员在广东江门抓到犯罪嫌疑人的大哥陈广文(陈广文1996年杀人后一直在逃),这时曹美玲才知道,拐走她儿子的彭某原来就是陈广文的弟弟陈广兴。可是,陈广文不承认自己参与拐卖蒋峥这个案子,对陈广兴的去向也一问三不知,线索又断了。

明明知道是谁拐走了自己的孩子却束手无策、无能为力,天下最悲惨的事情莫过于此。

公安局一时也没有办法。怎么办?曹美玲希望用自己的诚意去感化陈广兴的家人。她多次来到陈广兴在湖南的老家帮忙干农活,甚至大年初一带着年货去给其家人拜年,只希望获知孩子的一点消息,然而每次都是无功而返……

2007年5月,上海网友"阳光下的小草花"在天涯网上发了个帖子,帖子里有两张令人心酸的照片:一个残疾乞丐的脚边还有一个乞讨的"道具",这个"道具"就是一个被铁链拴着的正在哭泣的小孩。网友呼吁大家共同关注,救出这个可怜的孩子。

一石激起千层浪。帖子发出后,广州的爱心妈妈们自发组织起来,一起来寻找这个"铁链男孩"。她们把这次行动称为"宝贝回家",还建立了QQ群。当地媒体报道了这一事件。

蒋峥表姑的朋友在广州工作,看到媒体上关于"铁链男孩"的报道后,觉得那个小孩很像蒋峥,就告诉了表姑。表姑把报道寄给蒋家。蒋峥的家人觉得那就是自己的孩子。6月4日,曹美玲和已经60岁的蒋峥的奶奶来到广州。9日,她们到广州市公安局报案。

6月14日,一个市民打电话通知,在黄埔酒店附近看到了"铁链男孩"。有志愿者立刻报警把残疾乞丐送到派出所,曹美玲也马上赶到派出所。可经过辨认,那个"铁链男孩"并不是蒋峥,而是一个被剪短了头发的女孩。

之后,蒋峥的奶奶回到广西,一病不起。蒋平元后来反馈,他们回到广西后,曾接到广州警方的信件,警方通知他们,经调查,老乞丐带的四个孩子中没有蒋峥。

曹美玲的讲述让我感到很震惊,我由此加入了打拐志愿者的队伍。那时一个比较火的打拐志愿者群体是搜人网,搜人网是2004年8月由当时的湖北麻城市公安局局长朱伯儒先生创办起来的,这位兄长和他的团队多年来一直关心和支持我的工作。后来，隔三岔五地就有被拐儿童的家长加入这些寻找孩子的QQ群，我这才知道，身边还有这样一个庞大而凄惨的群体。

再后来，得知公安部在2009年开展打击拐卖儿童妇女犯罪专项行动，曹美玲给打拐办写了封信：《救救我的孩子——一位母亲的辛酸泪》。信里字字血泪，令人不忍卒读。

> 自从儿子被人拐走后，我们便陷入巨大的悲痛之中，整日以泪洗面，明知道是陈广兴拐走了孩子却抓不到他本人，全家人都急死了。该想的办法我们都想了，该做的事我们都做了，该找的地方我们都找了，三年过去了，儿子仍然没有一点音信……孩子爸爸因儿子被人拐走，每天借酒消愁，已得了严重的酒精肝，从160多斤瘦到现在120多斤。小孩的奶奶也瘦了30多斤。我对蒋峥爸爸说，为了儿子你一定要把酒戒掉，可他说心里难受，找不到儿子他戒不了酒。为此，我们整天吵架，甚至还动手，他已住了好几次院，仍然戒不了酒……

2022年年初，曹美玲得知，拐卖蒋峥的人贩子陈广兴2009年的时候在湖南江华县的一家宾馆服毒自杀，因无法查到他的真实身份，一直被当作无名尸体，直到2021年警方将人贩子陈广兴的父母DNA样本放入失踪人口档案库后，才将2009年湖南江华县的那具无名尸体比对上。

其实，这些年曹美玲一直没有放弃对儿子蒋峥的寻找。为了感化人贩子陈广兴的父母，每到农忙时节，她都独自一人辗转几天，从广西全州县到湖南湘西龙山县去帮助人贩子的父母劳作。目的也只有一个，希望人贩子的父母能发发慈悲，告知被他们的儿子拐走的蒋峥到底在哪儿。

我曾两次陪同她前往，其中一次是2016年，那时候的龙山县山区道路并不通畅，车辆在大山之间颠簸，曹美玲本就晕车，快到时还需要步行前往他们家里。一到家里，两个家庭的人相拥而泣，那种场景，我这个大男人也很难平复自己的心情，眼泪瞬间决堤了！

半小时后，曹美玲挽起袖子，劈柴喂猪，一切好像都那么顺理成章。她说，每次过来，都是希望多帮老人干一点家务、农活，目的是感化老人，总有一天他们能告知蒋峥的下落。曹美玲说，她在和老人闲聊的时候还说，如果他们告知蒋峥的下落，她愿意认二老为干爹干妈，为他们养老送终！

这么多年，每次出发前，她或许有些心理准备，明知老人不可能告知她蒋峥的下落，明知去了也不会有好的结果，但她依然安顿好家里的老小和用来维持生计的诊所，抱着试试的心态，毅然出发：毕竟陈广兴的父母年龄也大了。

每一次前往，她都万分珍惜，害怕是最后一次，总怕错过什么。

而今，曹美玲知道了拐卖蒋峥的人贩子早在2009年就已经自杀。蒋平元的身体日渐糟糕，所有的生活和精神压力都压在她身上，真是让人揪心！

每一个被拐孩子的家庭，都有一段令人悲痛欲绝的故事。这些家庭令人揪心的悲伤深深地触痛了我，也时时刻刻在提醒我应该做点儿什么。

在打拐这条路上，我越来越坚定。

"慈父"卖子

刚开始打拐时，我的线索都来自网络。只要在网上搜索一下，就能搜到很多有关收养、送养孩子的信息，有些人还明码标价。比如"补4"，指的是需要4万元的补偿。那么，这些声称要送养孩子的到底是什么人？

2007年11月，我在网络上意外找到一个"送养与收养儿童"的QQ群。这所谓的送养，会不会涉嫌买卖？我决定进去一探究竟。

2008年1月17日，群公告出现一则信息："本人因为生活困难，希望送养2岁男孩。"我立即拨打了联系电话，但对方一直没有接听，反而让我觉得这可能是真的。如果马上接电话，谈几句就开价要求汇钱过去，多半是骗子。于是我发了条信息过去："我是一个四川的商人，在广州做生意，结婚多年一直未生育。眼看马上要过年了，希望能带个孩子回家过年。"可是，对方仍然没有回复。

2月9日是农历大年初三，我又试着拨打对方的电话，电话终于通了，是个男人的声音。他说，孩子今年2岁，是他和以前的女朋友生的。生下孩子几个月后，女朋友嫌他家里穷，跟别人跑了，他一个人把孩子养到2岁，难以为继，才想为孩子找一条生路。

他继续说："我把孩子养到这么大，理应得到一点补偿的。……健康方面绝对没问题，我因为孩子还欠了 1.5 万元的债，你出 3 万块，孩子你就抱走吧。"

他把孩子的照片传给了我，那是一个可爱的小男孩，眼睛大大的，虎头虎脑的。他甚至让孩子在电话里叫我"爸爸"。但是，这么可爱的孩子，如果是亲生的，怎么舍得卖呢？他会不会是个人贩子？

于是我让一个女志愿者扮作买家再次和对方联系。结果，对方在电话里说，自己的孩子很多人想要，如果愿意汇 3 万元过来，月底就可以接走孩子。

最后，我们约定 3 月 1 日在德安交接孩子，商定的价格为 2.5 万元。临行前，我想再次确定孩子是不是拐卖来的，于是我在电话里说，要带孩子坐飞机回广州，可能需要出生医学证明。他说，他们是非婚生子，没有出生医学证明。

难道，这孩子真是拐来的？

我联系了《广州日报》和《新法制报》的记者一起去，一个扮演我的妻子，一个扮演我的表弟。

3 月 1 日上午，我们先去了德安县公安局。该局的雷政委听完我的介绍，看了我们的来往短信后，非常重视，立即组织了 12 名民警成立专案组。民警初步分析，案件有三种可能：第一是人贩子团伙犯罪，第二是亲生父亲出售自己的孩子，第三是将外地人骗至德安再进行敲诈。

专案组民警查询了我提供的对方的手机号码，调取户籍资料后，证实对方姓刘，所说情况基本属实。专案组随即在我们约定的交易地点——德安汽车站做了布控。

我和刘某约定上午 10 点半在德安汽车站进行交易。

这时，一辆摩托车开了过来，开车的是一个 30 多岁的男人，头发蓬乱，皮鞋上都是泥。他怀里抱着一个穿黄衣服的小孩。我想，就是他了！

只见他放好摩托车后开始四处张望，看到我们，就拉着小男孩的手，笑嘻嘻地迎了上来。我还没开口，扮演我妻子的女记者就已经弯下身逗小男孩了。可是，当她准备抱起孩子时，孩子马上大哭起来，转过身去，双手紧紧抱住刘某的右腿。刘某连哄带骗，女记者才抱起了男孩。

两名记者依照部署，将小男孩慢慢带开，我继续跟刘某交谈。这时，四名警察从不同方向悄然走到了刘某身后，一下将他控制住。"你们要干吗？"还没等刘某反应过来，手铐已经铐上了他的双手……

审讯结果是：刘某真的是孩子的亲生父亲。他的儿子，那个有一双水灵灵大眼睛的小男孩并不知道发生了什么，哭闹了一会儿后，坐在角落里默默吃着我给他买的饼干，一言不发，泪水一直在眼眶里打转，每个在场的人看着都心酸不已。

为什么一个父亲会狠心地把亲生儿子卖掉？面对警察的讯问，刘某讲述了自己的经历。

刘某出生在大山里一个偏僻的山村，家家户户靠出售竹子为生，年收入只有1000多元。很小的时候，母亲就扔下他和父亲离家出走了。

没想到，20多年后，同样的命运降临到他的儿子身上。2007年12月24日，与他一起生活了两年多的妻子也离家出走了，走前只留下一句话："孩子与你的死活我都不管了，你们要怎么样就怎么样。"那时，他们的儿子还不到2岁。

刘某说，为了找老婆，他每天拉着孩子的小手在大街上奔走。孩子一不小心摔倒了，他心一急，使劲往上一拉孩子的小手，孩子稚嫩的小手脱臼了。这让他十分自责，可是，一个荒唐的想法同时在他的脑海中浮现出来——与其让孩子跟着自己过苦日子，还不如帮他找个好人家送走……说到这里，刘某流下了眼泪。

就在德安警方想方设法安顿这个可怜孩子的时候，一对老夫妻来到德安县公安局。老两口说他们是孩子的亲人，要把孩子接走。这又是怎么回事？

原来，这老两口是刘某的叔叔和婶婶，刘某就是他们一手养大的。刘某口口声声说自己从小没有母爱，婶婶听了这话，鼻子差点被气歪。婶婶说自己把刘某从小带大，一个锅里吃，一个炕上睡，冬天怕他冷，夏天怕他热。这还不算母爱吗？而且，这小男孩也是刘某的叔叔婶婶带大的。孩子在老人那儿过得好好的，前一段时间突然被刘某接走了，去哪儿、去干什么都没交代。

警方经过调查，发现果然事出有因。据当地人说，刘某和妻子一直住在城里，两口子在开发区的一个珠宝厂上班，一个月能挣2000多元，在小城德安，也算是不低的收入了，怎么可能沦落到要卖孩子的地步？

原来，刘某沉迷网络游戏，经常通宵不回家，花光了所有积蓄，还丢了工作，甚至隔三岔五还会对妻子家暴。无法忍受的妻子终于离家出走了……

这是我的第一次打拐经历。说到人贩子，大家往往会想到那些穷凶极恶、坑蒙拐骗，甚至盗抢孩子之徒，但打拐这么多年来，我发现，其实有一大群"人贩子"就是孩子的亲生父母，也就是所谓的亲子亲卖。

无独有偶，2009年我又经历了另一次打拐行动，但那次让我觉得特别辛酸。那次，我是和走遍全国寻找儿子的邓惠东一同前往的。

荒唐的报复，辛酸的解救

2009年2月，我在百度贴吧里看到一个帖子，发帖者说湖北荆州有个男童要送养，还留下了QQ号。我马上加了QQ，和对方联系。对方自称姓周，住在湖北荆州的一个县城。他说孩子2岁多，孩子妈妈跟别人跑了，他无力抚养……这和许多"送养人"的说法如出一辙。

几天后，周某给我发来一张小男孩的照片，同时提出要一些经济补偿，开价5万元。我告诉他，要把孩子的照片拿给家里人看看，接着，我马上把小男孩的照片发到了宝贝回家寻子网上。宝贝回家寻子网是一个给寻亲的家长、孩子、志愿者提供信息沟通渠道的平台，有很多丢失孩子的父母关注这个网站。如果这个男孩是被拐卖的，把照片发上去，或许会有家长看到。

很快，东莞的一个妈妈邓惠东给我打来电话，很激动地说这个孩子很像一年多前她被抢走的儿子叶锐聪，年龄也吻合。我听了也很激动。更巧的是，这个声称要"送养"孩子的周某曾经在东莞待过。

邓惠东在电话里急切地说要来见我一面，进一步确认孩子的信息。

虽然没有见过面，但邓惠东那个令人心碎的寻子故事我在网络上看了很多遍。

2007年11月12日，对邓惠东来说是个黑暗的日子。那天下午5点，8岁的女儿带着弟弟聪仔在门口玩耍。邓惠东正在厨房烧水，准备给九个月大的聪仔洗澡。突然，一辆白色面包车后退着停在两个孩子旁边。邓惠东以为面包车要掉头，正要走上前去抱起孩子，谁知，面包车的车门突然拉开，车内伸出一双手，猛地从女儿手中把聪仔抢走，车门瞬间拉上，绝尘而去。

一切发生得太突然，女儿吓呆了，号啕大哭，邓惠东疯了般地拔腿就追，半路上她还拦下一辆摩托车一直追出寮步镇，直到再也看不见那辆白色面包车的影子。慌乱之中，她只记得那辆车的车牌是用纸包住的。

邓惠东家的天就这样塌了下来，她从此走上了艰辛漫长的寻子之路。

听说男孩子极有可能被卖往潮汕地区，2008年春节刚过，邓惠东就去了潮州。她复印了3万多份寻人启事，在大街小巷散发、张贴，每张都贴着九个月大的聪仔光着身子坐在浴盆里笑的照片，下面写着"悬赏20万元，希望好心人提供线索"。

可是，寻人启事发完了，还是没有半点聪仔的消息。邓惠东又租了一辆自行车，每天一边骑车一边呼喊聪仔的名字，幻想孩子听到妈妈的声音会跑出来，然而回应她的只有路人奇怪的眼神。

她在潮州苦寻了40天，仍然没有任何线索。此后，这个心碎的母亲辞掉工作、卖了房子，踏遍大半个中国寻找聪仔：山东、上海、浙江、河南、广西、湖北……尽管这样的寻找无异于大海捞针，可她从来没有放弃一线希望。她甚至曾经联系过广告公司，要以15万元的价格承包三块大型路牌广告，准备挂上儿子的照片。合同都签好了，但最后广告公司却说工商部门的审批没通过……

和我联系后的第二天，邓惠东就和老公一起从东莞来到广州找我。

邓惠东30多岁，头发有些凌乱，用急切而充满希望的目光望向我，见面第一句话就是："孩子在哪儿？"

那是让人无法承受的目光。

她从背包里拿出了很多印刷资料，寻人启事、海报、悬赏广告……每一张上面都有聪仔的照片。

我把电脑打开给她看那个男孩的照片,让她再确认一下是不是聪仔。邓惠东声音有些发抖,说孩子的耳朵、额头都很像聪仔,但又不太确定,毕竟聪仔已经丢失一年多了。一个九个月大的孩子,一年多的时间里,变化肯定很大。

她问我什么时候可以去见孩子。我真害怕她满心的希望到时变成碎了一地的失望,这样的打击,他们或许已经承受了太多次,于是我很不忍心地对她说:"万一这个孩子不是聪仔,你也千万不要失望。"

邓惠东说了一句让我很感动的话:"没事,即便不是聪仔,万一能帮到其他丢了孩子的家庭,我也能看到希望。"她还说,如果这个周某真是在卖亲生儿子,这样的人应该被严惩。他们在变卖家产找孩子,这些人竟然在卖亲生孩子。

3月3日,是我和周某商量好的交易时间。可是,他突然变得很"忙",一会儿说在荆州学开车,一会儿又说在武汉打工。一天下午,他发来短信,说上海有户人家愿意出10万元买这个孩子。原来是要涨价。他还说,这个补偿价格可能高了些,但如果我们能接受,这几天就可以过去接孩子。我表示很不高兴,但又不得不接受,我还提了条件:孩子必须是健康的,而且在交易的时候,他必须带着孩子过来。

他同意了。

最后,我们约定于3月18日下午,在荆州下辖的松滋市交易。

3月18日上午,我和邓惠东、当地公安分局的两名民警,以及中央电视台的记者和《南方都市报》的记者一起去了松滋。

快要到达松滋城区的时候,周某打来电话,说下午5点30分,在松滋国际酒店交易。

下午4点,在松滋刑警大队里,两地警方开始研究交易过程的布控和抓捕方案。

这时,在刑警队大院内等候的邓惠东紧张起来,来回走动,坐下又站起。

每当手机屏幕即将暗下去的时候,她都会拨弄一下键盘让它再次亮起来。手机屏幕上,小聪仔乐呵呵地坐在浴盆里笑。"他会是聪仔吗?如果那个人发现我们在骗他,会不会伤害到我的孩子呢?"邓惠东有点焦虑,女民警在一旁轻声安慰。

我和周某约定,交易时我会带上我的"妻子"和"大舅子"。下午5点15分,邓惠东、一个民警和我一起坐在酒店大堂等候。

大堂里看起来很平静,没有任何异常。事实上,警方早已做好了布控,负责抓捕的民警已经各就各位。

时间一点一点流逝。邓惠东看起来有些紧张,她挪了挪肩上的背包,又调整了一下站立的姿势。

5点30分,周某没有出现。这时候,对邓惠东来说,一分一秒都是煎熬。

5点31分,一辆摩托车驶进松滋国际酒店的大院,车上下来一个年轻男子,抱着一个孩子。他给我打来电话。就是他了。

我们走了出去,把他和孩子迎进大堂。邓惠东迫不及待地从他手上抱过孩子,说:"来,阿姨给你买糖。"我在她的眼神里看到了一丝失望,她应该已经确定那不是她的聪仔了,但她还是把孩子抱走了。

我和周某说着话,两名民警从两个方向扑来,一人按住一只胳膊,只用了三秒钟,还没等反应过来,周某就被制伏了。

"这不是我的聪仔,但这孩子和照片里的孩子也不是很像啊,他是不是还有别的小孩啊?"在松滋刑警大队,邓惠东哭了起来,一边哭,一边却把孩子紧紧抱在怀里。

孩子也哭了起来,不停地喊"爸爸"。女民警给了他一把糖果,他很快止住了哭声,仰起小脸对邓惠东说:"阿姨,你别哭了。"

令人无比心痛的场景。

邓惠东放下孩子,走出刑警大队的门口。我跟了出去,看见她蹲在台阶上号啕大哭。一时间，我不知道该怎么安慰她。去扶她，她已经哭得没力气站起来了。暮色弥漫了大地，远处的灯火一一亮起。3月的天气微寒，我裹了裹身上的衣服，不知道此时邓惠东的内心正经受着怎样的严寒。我永远无法体会她的感受，但看着一个濒临崩溃的妈妈一天之内从希望到失望，又从失望到几近绝望，我的心也针扎似的疼。

周某接受了审讯。

原来，他姓袁，松滋人。他打算以10万元卖掉的孩子，确实是他的亲骨肉。警方去他家所在的村子调查，村主任看了照片后确认，孩子确实是袁某的，但平时一直由爷爷奶奶带。

袁某今年不到24岁，家境在村里算中上等。村里人说，别人不种的地他们家全包了，十年前就盖起了楼房。一位村民说，袁某曾在广东务工，但没干多久，后来他在广东找了一个四川媳妇，但这个媳妇好长时间没有回来了，最近好像在闹离婚。

警方在村内周密调查后，认为袁某供述的情况基本属实。

后来，袁某说出了一个让大家都感到震惊的奇葩理由。他说，他和妻子结婚后，对她百般爱护，可妻子却和别的男人住在了一起。他无法接受这个事实，去找了妻子很多次，妻子都没有任何回心转意的意思。每次看到儿子，他就会想起负心的妻子，因此才会决定卖掉儿子。"我是想报复她才决定这样做的。是她太绝情了！"

有些人倾家荡产地寻找孩子，有些人却一门心思要把孩子卖掉。在这些年的打拐经历中，我接触了很多出卖亲生孩子的父母，他们也都有一些自以为是的理由，有的说是因为贫穷，有的说是出于无奈，有的说是因为自己无知。事实上，在我接触到的案例中，没有一个是纯粹因为贫穷、无力抚养而出卖孩子的。况且，无知也好，无奈也罢，这些都不是出卖孩子的理由。国家有正规的领养渠道，如果真的无力抚养，完全可以通过领养的方式把孩子送出去。

但在网络中，有一个极大的私下交易儿童的市场。起初，我的线索无一例外都是从网络上来的。前些年，只要在网上一搜索，就能搜出许多关于送养、收养孩子的信息，百度贴吧、QQ群都有相关信息，甚至还有专门的网站，都打着送养和收养的名义，但很多涉及金钱交易。这些送养QQ群的背后往往有不可告人的非法黑手在运作。有时，QQ群的创办者与管理人员会直接扮演贩婴者的角色，以此来谋取利益，他们对群内成员的发言十分警觉，一旦有所怀疑，便会解散QQ群。

有一个叫"圆梦收养送养之家"的网站，成立于2007年，创立人周代富称它为"中国首个私人民间收养组织"。几年来，这个组织从一个200人的QQ群，发展到拥有500人的QQ群11个、各地区分群33个、民间收养群74个、论坛2个、官方微博1个，拥有收养人7万余人、"志愿者"300余人。其实这是一个在网络灰色地带中生存的民间收养组织，涉嫌买卖婴儿。

2013年年初，北京、江苏警方对其展开了调查。该案引起了公安部的高度重视，被列为全国打拐专项行动挂牌督办案件。2014年2月19日，公安部指挥北京、四川、安徽、河南等27地警方开展统一抓捕，同时派出五个督导组，分赴重点省份督战。"圆梦收养送养之家"创立人、网名"离愁"的周代富落网，1094名嫌疑人被抓，解救被拐卖婴儿382名，"圆梦收养送养之家""人人要我""收养吧"和"中国孤儿网"等四个涉嫌买卖婴儿的网站被摧毁。

至今，网络上仍然有很多类似的QQ群，只是更加隐晦。以前是直接说送养孩子、领养孩子，现在的说法则变成了"爱心领养""幸福宝宝"等。但儿童不是商品，不能以任何名义进行买卖，不管是用什么方式，只要从事买卖儿童，就构成了犯罪。如果因为不能生育等需要收养孩子，应该通过正规的、合法的渠道到民政部门领养，而不是私下交易、收买儿童。

如今，邓惠东还在寻找她在家门口丢失的叶锐聪，这也是让我记忆深刻、非常挂念的一个孩子！

> 我想和你分享几个关于未婚妈妈的故事。
>
> 分享的目的不是引起你的同情,而是希望我们一起来关注她们。
>
> 唯有理解这些未婚妈妈的真实处境,社会各界才能够及时地帮助她们,引导她们用正确的方式走出困境。

荒芜的青春 3

困境中的未婚妈妈

在出卖自己亲骨肉的人群中还有一个特殊的群体：未婚妈妈。她们有的亲手"卖"掉了孩子，事后因为极度内疚，又想尽办法把孩子赎回来；有的担心无力抚养，又不敢告诉家里，孩子还未出世就通过网络找好了买家……

2013年，我接到小可（化名）的求助信息时，惊呆了。她说，她要赎回被自己亲手卖掉的儿子！

这乍听之下让人觉得不可思议，但故事背后又有多少悲伤和无奈？

以下是小可对媒体记者的口述：

孽缘

从那个男人讲起吧。

2010年，我在成都武侯区一家服装店当导购。1月时在朋友的生日聚会上，我认识了那个男人。他在龙泉开了一家中餐厅，不帅，但是看起来忠厚老实。

在后来的电话、短信接触中，我知道这个男人离婚了，有一个几岁大的女儿。

他特别细心，特别懂得照顾人。我有胃病，平时胃疼时，吃些止疼药就过去了。有一次他在电话里知道了我的病，马上开车一个多小时，把我送到医院检查。在那之后，他又每天煲汤送来，来回就是两个小时的车程。我11岁时父亲脑溢血去世，从这个中年男人身上，我找到了久违的被呵护的感觉。

认识半年之后，我和这个大自己15岁的男人住在了一起。

他在龙泉给我租了一套三室一厅的房子，让我待在家里，不用工作。之后，我怀孕了，他特别高兴。

变故发生在2011年11月的一天，当时我怀孕快八个月了。那天晚上，我看到一个陌生号码发给他一条短信，是他的妻子发来的，大意是让他别忘了带女儿去玩。

开始我还以为对方只是前妻而已，但我跟踪了他们一次之后发现，他们三个人一起在游乐场玩得非常高兴。我打电话给他，他马上就挂了。晚上他回家，我就问他白天干吗不接我电话，他说在忙。

我非常生气，说我都看到了，你为什么骗我。后来他承认，自己并未离婚，只是和妻子感情不和，处于分居状态。

最后他跟我认错，说等我把孩子生下来，他就和妻子离婚，并且名正言顺地迎娶我。

落魄

2011年12月21日，孩子出生。之后我问那个男人，什么时候去领结婚证，他就找各种理由拖。2012年4月的一天，我和他带着孩子参加朋友聚会，他老婆突然出现了。当时她很激动，一脚就把婴儿车踢翻了，然后大骂我是小三。我也很生气，两个人就吵起来了。

撕扯中，我随身的包不见了，里面有家里的钥匙和所有的现金、证件。随之一起消失不见的，还有那个男人。那天晚上，我回不了家，只能推着婴儿车，漫无目的地在大街上走。

第二天，我把他送我的金项链卖了2000多块钱，暂时够我们母子俩生活一段时间。可我带着孩子，无法找工作，只能靠着变卖家当为生。特别困难的时候，我都想把房东家的空调也悄悄卖了。

最绝望的时候，我甚至想到了自杀。我买回来一瓶农药，刚喝了一瓶盖，就听见儿子哭了，这个时候刚好一个好朋友打来电话。我说，我不行了，帮我照顾一下孩子，然后就晕了过去。

我迷迷糊糊被送到医院，洗胃之后才活了过来。朋友问我为什么那么傻，我讲了自己的遭遇后，两个人在病床上抱头痛哭。

2012年6月的一天，我抱着儿子坐黑车回家。在车上，想起自己的遭遇，我忍不住哭了起来。黑车司机和我搭话，我想反正不认识，就跟他讲了自己的遭遇。黑车司机说自己有渠道，能把娃娃送出去。我当时也不知道为什么，鬼使神差地给他留下了电话号码。

从这以后，黑车司机隔三岔五就会发条短信，问我考虑得怎么样。我开始时觉得这完全不可能，很坚决地回绝了他。

但我的境况越来越糟，家里能卖的东西都卖完了。黑车司机还在跟我联系，说："你是未婚妈妈，以后再开始一段感情，男方怎么看你？你一个没收入的女人，怎么养活这个娃娃？"

我确实支撑不下去了，再加上听了这些话，有点动摇了。儿子八个月大的时候，我身上就只有30块钱了。这个时候，黑车司机介绍了一对夫妇给我，说对方女的是公务员，男的做生意，家境殷实，工作稳定，又极其希望有个孩子。

我说给我一周的时间考虑。这期间，我一个人闷在家里，想：我这么缺钱，娃娃跟着我也只能挨饿。2012年9月14日，我决定把儿子卖给那对夫妇。我给儿子穿上新买的衣服和鞋子，出门了。见到他们的时候，儿子还笑得很开心，我突然特别心慌。

我把儿子抱了很久,然后才交给那对夫妻。他们给了我1.8万元,然后让我数数。我都不记得当时是怎么数的,只记得手在抖,全身都在抖。

我的手机壁纸一直是儿子的照片,儿子穿着红色外套,斜戴着棒球帽,眼睛盯着镜头,眼神清澈澄明。这是把儿子送走当天拍的。我这辈子都忘不了那一天,忘不了失去儿子时撕心裂肺的痛。卖掉儿子以后,我就去了广东汕头投奔表姐。我本以为可以就此摆脱之前的痛苦回忆,然后重新开始生活,但事实并非如此。

表姐也有一个儿子,只比我儿子大1岁。每天,只要看见她儿子在我面前玩闹,我就开始发疯般地想念被自己狠心卖出去的儿子。如果我的儿子在身边,他会不会也这样天真烂漫地笑?我也不知道,他喊我妈妈的时候,会用什么样的语气和表情。

几个月后,我从汕头回到重庆老家,从这以后,我再也不敢看3岁以下的小孩。哪怕他很乖,哪怕他喊我阿姨,我也会扭头就跑,自责、愧疚、后悔、痛苦一直噬咬着我的良心。

每隔几天我就会做梦,梦见儿子哭着喊妈妈。惊醒了,我就蒙着被子哭,直到再次睡着。以前我的头发很多,把儿子送出去以后,我整夜整夜地失眠,头发大把大把地掉。

最后我实在承受不住内心的压力,把卖儿子的事情告诉了妈妈,她一巴掌就把我打倒在地上。那天,妈妈给我讲了很多,我这才知道,她当初不愿意改嫁,就是因为怕我吃苦。同样是那天,我才知道,原来自己是被妈妈捡来的,我的亲生父母当初狠心把我抛弃,至今我都不知道他们是谁。

这就好像是一部电视剧,我的父母抛弃了我,我又抛弃了自己的儿子。是不是很可笑?

我妈坚决要我把娃娃赎回来,我也醒悟了。这半年多,我过得

081

很痛苦，要不回儿子，我这辈子就完了。这不仅是赎回孩子，更是赎回良心。

（小可的母亲向记者这样讲，当她知道女儿把孩子卖了的时候非常生气，当场打了她一耳光，并跟她说："一定要把娃娃要回来！"她迫不得已说出了女儿的身世。"我知道想要回孩子，就要给人家费用，我还专门找亲戚借了2万多元。"）

2013年3月，我又回到成都，开始找人赎娃娃。

但是，小可不知道儿子的养父母的姓名，唯一的线索就是交易那天养父母坐的一辆私家车的车牌号码。

我对她说："要不你去派出所投案自首吧，但这样的话，说不定你会坐牢。"她说："没关系，只要能把孩子找回来，坐牢我也愿意。"她真的带着1.8万元去派出所自首了。但是民警说，她这种情况属于民间私下达成的收养协议，数额不大，没有造成社会危害，不构成犯罪，建议她通过法律途径解决。

我们还帮她找了妇联，妇联也是同样的说法。但是，通过法律途径解决要请律师，这是一笔不小的费用，小可无法承担。

后来，小可通过各种途径，打听到了车主所在的小区。她每天都在小区门口守株待兔，想找到那辆车，但是一直没有等到。她又找到了物业，查到了车主的电话。对方一听她说想要回孩子，就把电话挂了。

再后来，她了解到车主是养父母的亲戚，就给车主发短信，诉说自己的内疚与痛苦，以及对儿子的思念。她还多次上门去沟通。我去四川出差时也陪她去了一次，对方不在家。去的次数太多，小区的保安都已经认识她了。

在四川媒体朋友的帮助下，我们再次找到中间人，严正交涉了她想要回孩子的事情。最后协商之后，养父母愿意送还，但需要小可支付抚养费10万元。他们说，这是半年多来养孩子的费用。他们对孩子确实也挺好。

小可也知道，赎回孩子肯定要钱。找孩子的同时，她拼命打工，一个月工资3000元，她几乎要存2800元。尽管如此，她也只存了2万多元。10万元，对她来说就是一个天文数字。

后来，经过几次协商之后，对方答应降低到6.6万元。小可自己打工存下了2万多元，加上之前的1.8万元，她妈妈又跟别人借了点，终于把钱凑够了。

然而，赎子的过程也是一波三折。对方先是答应下午5点在温江区见面，后来又打电话说家里老人血压升高，来不了了。小可都快急哭了，说今天一定要见到娃娃。之后他们把地点更换到安岳县，接着又换到乐至县。对方要求在一个治安岗亭附近交接，只能小可一个人带着钱过去，不准任何人跟随前往。

于是，这部情节曲折的"电视剧"终于有了一个结尾：小可孤身一人，在夜色中带着6.6万元去赎回自己的孩子。街上路人行色匆匆，车辆穿梭，没有人知道，这个年轻的女孩，在略显激动和紧张的表情下，怀着怎样的内疚和怎样的希望。更没有人知道，那对得到了一个儿子，又在半年后失去的夫妻，他们在这样的时刻，又是怎样的心情。

只为骨肉不分离

除了小可，还有很多有类似遭遇的年轻女性，她们出于种种原因成了未婚妈妈，又无力独自抚养孩子，于是萌生了将孩子出卖的可怕念头。

2013年我通过潜伏发现了一个叫"大爱无言"的可疑QQ群，里面暗藏着一个贩婴中介，也就是群主，他掌握着大量地下贩婴市场的供需信息。如果有想要孩子的买家找到他，他就会联系正在"出售"孩子的卖家，促成交易后收取中介费用，或者从中赚取差价。

我以买家的身份和群主联系，他告诉我有人要转让一个孩子，并把孩子的照片、医院收据等信息发了过来。根据这一线索，我和当地公安机关联系，迅速将这一贩婴中介抓获。

群主在被抓前自觉要出事，就把群解散了，以毁灭证据。就在群被解散前不久，我发现一个自称身在上海的姑娘发布的"送孩子"的信息，就以收养人的身份和她取得了联系。

打拐这么多年来，我接触了很多出卖亲生孩子的父母，我的想法和做法也产生了变化。以前，我在和他们见面"交易"之前会先通知公安机关，然后在"交易"现场进行抓捕。但后来我发现，很多人并非恶意贩卖，而是出于无力抚养等原因，或者因为无知选择"有偿送养"，无意之间触碰了法律底线。我想，打拐是为了孩子，如果这些父母因为涉嫌拐卖而被抓捕判刑，那么孩子也将面临家庭破碎的噩运。所以，在确定孩子是他们亲生的之后，我会先进行劝导，令其悬崖勒马；劝导不成，我就亮明自己的身份进行告诫；如果还是不能说服对方，再通知公安机关进行抓捕。

姑娘姓王，住在上海宝山，儿子还没满月。小王说孩子没有父亲，她自己无力照顾，所以想找一个可靠的人家送了，但有一个条件，就是对方要支付3万元的"营养费"。

我说可以，但是要去上海见一下孩子。小王答应了，我们约在2014年的五一假期见面。可就在我打算去上海的时候，小王打来电话，说孩子已经被另一对夫妇"预订"了。原来，几天前，一对广东的夫妇与小王取得了联系，说要收养孩子，愿意付3万元"营养费"，小王觉得对方比较诚恳就答应了。我连忙"出价"4万元，要她务必先留下孩子，小王同意了。我去了上海，和另一位志愿者扮演来自杭州的夫妻，《新民晚报》的记者扮演我们在上海的亲戚。

我们约在殷高西路的一家酒店见面。小王长得挺清秀，看得出来，孩子确实是她自己的。她把孩子抱到我面前，嘱咐我不要忘记给孩子打疫苗，还拿出了出生证明。"我以后肯定不会找你们要回来的，放心吧，但是我希望还可以来看看宝宝，我想知道他过得怎么样。"小王看着怀里的孩子，眼里充满慈爱与不舍。

《新民晚报》的记者顺势问："你这么爱宝宝，为什么要把他送掉？"小王一开始并不愿意回答这个问题，过了一会儿才说："都怪他有一个不负责的爸爸，我也是迫不得已。"

小王之前在一家美容店上班，收入还算不错，经过朋友介绍认识了一个小伙子，两人成为恋人。2012年8月，因为感情不和，她与男友分手，不料不久后她发现自己怀孕了。她去找前男友商量，对方却告诉她此事与他无关，让她自己想办法解决，接着就音讯全无了。小王准备堕胎，但被告知因为拖了太久只能引产。她不忍心，于是决定把孩子生下来。

为了生孩子，她辞去了美容店的工作，只能暂住朋友家靠积蓄度日，没有能力照顾儿子。加上这属于非婚生子，不能让家人知道，所以万般无奈之下，她决定将孩子送人。她知道自己的行为是违法的，但现在走投无路，生孩子花掉了几万元，所以想收一点营养费补贴一下。

"那你为什么不和家里人说？他们说不定会帮助你。"

小王低下了头，说自己与家人本来关系就比较紧张，如果让家人知道，他们一定会把她赶出家门。况且在她的家乡，非婚生子是奇耻大辱，她不想让家族因她而蒙羞。

"你今后一定会后悔的，现在你觉得这个办法能让你解脱，但送掉这个孩子将是你此生无法抹去的污点。今后就算你结婚生子，也会为自己当年的行为羞愧。"我开始劝导她，并表示如果她现在反悔也可以，我愿意帮助她一起解决生活上的困难。我还把小可的故事告诉了她，希望类似的惨痛经历不会再发生在她身上。小王也许觉得有点奇怪，这人不是来买孩子的吗，怎么反而劝起自己来了？经过我一番劝说，陪她来的朋友有些动摇了，也帮着劝小王再考虑考虑。但小王似乎铁了心，说已经下定决心不要孩子了，不想让孩子跟着她受苦，如果能找一个好人家收养，她宁愿从此背负着内疚生活下去。

我们已经劝说了三个小时，但小王还是态度坚决，没办法，我只能表明身份了："我们其实是打拐志愿者，现在还没有报警，就是想再给你一次机会。"

小王脸色瞬间就变了，沉默很久，她才说出一句话："对不起，我错了。"

其实她也曾经犹豫过，害怕会因此触犯法律，但孩子给她带来的困难实在难以克服，在急于解脱的冲动下，她像着了魔一样坚决要把孩子送掉。

一语惊醒梦中人，她在震惊、惶恐之后醒悟，不能用一个更大的错误来掩盖之前的过错。

"谢谢你们,我不会再尝试送掉孩子了。"告别前,小王流下了眼泪,她感谢我们把她从犯罪边缘拉了回来,"我准备离开上海,把孩子带回老家。我会说服家里人接受孩子,毕竟他是我的骨肉。这次幸亏遇到你们,谢谢。"

但愿小王真的悔悟了,但愿她与儿子不离不弃。

劝说上海姑娘小王成功之后不久,我又遇见了两个要送养孩子的未婚妈妈,而她们竟然是要为腹中的孩子寻找养父母。后来我才发现这种情况数量之多,令人惊讶。

我进入一个叫作"手牵手领养送养之家"的QQ群中,该群标签为"送宝宝""领宝宝""母婴",群成员有800多人。在群里,我联系到了正在待产的宝妈小李,她说自己正在济南的另一个宝妈小王家里。小王也是个待产的未婚妈妈,她腹中的孩子已经被人"预订"了,只待生产后交给领养方。

5月17日,我叫上了《齐鲁晚报》的张子森和李师胜,去见在济南的两个宝妈。

两个宝妈都很小,一个是1990年的,一个是1991年的。她们看起来挺阳光的,只是因为怀孕身材略显浮肿。见面后,我们找了个地方吃饭,边吃边聊,这样容易让对方放下戒心。

小王怀孕已有七个月了,本科毕业后才刚工作一年。她在与男朋友交往的过程中发现对方已经结婚,就在纠结该怎么办的时候,她发现自己怀孕了。

"他不会放下自己的生活,我理解。我让他给我一笔生活费,以后我给孩子买个便宜的房子,做个单身母亲,但是他却说最近生意不好做,没有钱。"小王说,"我也不想把孩子送出去,我一直不去领养方家中待产,就是在等男朋友回心转意,担负起抚养孩子的责任。"

她说自己也是父母领养的,再让养父母帮自己抚养一个没有爸爸的孩子,自己实在是过意不去。另外她还透露了一个情况,说只要生产时将产妇姓名登记为领养方的名字，孩子出生后，对方就可以直接抱走。

小李则是高中毕业后在湖南打工，认识了贵州的陈某，两人举办了婚礼但是并没有领结婚证，已经有一个3岁的女儿。但是，她的妈妈不同意他们的婚事，嫌陈某家太穷。为了阻止婚事，母亲把家中的户口本藏了起来。

"没有户口本，民政局就不给登记结婚，没有结婚证孩子就不能落户口，也不能上学。我去了好几次民政局，就是不给办。"小李说，生第一个孩子的时候没有多想，现在不能再让第二个孩子重复姐姐的悲剧。而且陈某家在山区，收入极少，小李现在的生活全靠陈某寄来的微薄收入，所以她有了送养孩子的想法，希望给孩子找一个比较好的家庭。陈某也同意了。

她说，愿意以4万元的价格把孩子"送"给我。可是，说完这句话，她就流泪了。

我想时机到了，于是告诉她们我是打拐志愿者，我打拐，是为了让骨肉不分离。"你们这种行为往严重了说就是拐卖儿童，我们并不是来害你们的，而是想帮你们。如果我们是人贩子，4万元带走孩子，再以6万元卖出，你们会知道吗？如果孩子在领养家庭中受虐待，你们会不会后悔？当孩子得知自己的身世，来到你们身边，问你们当初为什么抛弃他时，你们怎么回答？"

两个宝妈脸红了。小李哭了起来："我也不想把孩子送出去，可是你们没有去过他家，太穷了，根本就养不起孩子，孩子连学也上不了。"她一边抹眼泪一边说，哪一个母亲不疼自己的孩子啊！

我让小李做通她母亲的工作，拿到户口本，与男友登记结婚。依据政策，完全可以解决孩子上户口的问题。我和记者都表示，将来如果有需要，我们会提供帮助。

在解释劝说了一个半小时之后，两个宝妈做出承诺，不会再将孩子送养，还会劝说其他有类似想法的人。

我劝阻过的这些"卖子"的未婚妈妈，她们的情况都有些类似，大多来自偏远地区，都很年轻。她们很早就出来打工，谈了男朋友，怀了孕，男方消失了或者不愿负责。她们也不敢告诉家人，因为家人会没面子，承受巨大的社会压力。她们不敢跟亲友说，只能上网寻找帮助，一来二去就看到了送养之类的信息。也许她们一开始真的只是单纯想送养，但是会有人对她们说，生孩子要住院费、营养费、误工费……她们听着听着，就会想到要把这些费用赚回来。正是在这种无知的情况下，她们产生了错误的念头，甚至堕入犯罪的深渊。

将心比心，我很能理解她们在那种时刻的困惑和无助。毕竟对一个年轻女孩来说，要独立抚养孩子是件非常困难的事情，不光要面对经济上、生活上的困难，而且要面对社会上许多别样的目光。她们以后还要嫁人，会有新的生活，而一个孩子很多时候会成为她们奔向新生活的障碍。

我自己也来自偏远山区，知道她们生活不易，很同情她们，但孩子毕竟不是商品，不是想要就要、不想要就不要的。而且她们可能没有想到，万一把自己的孩子送到了人贩子手里，人贩子一倒手，她们的孩子就沦为了赚钱的工具。她们的这种行为无形中助长了拐卖犯罪。

我可以说服少数几个未婚妈妈放弃卖掉自己孩子的想法，可无法改变绝望的未婚妈妈们加入地下贩婴市场的现实。更可怕的是，有些未婚妈妈出于害怕还会铤而走险，弃婴甚至杀婴的恶性案件因此而产生。

这是目前需要全社会重视的一个问题。虽然如今妇女救助热线能起到一定的救助作用，但这些社会救助力量还相对薄弱，公众知晓度也有待提高。要避免未婚妈妈卖子这种人伦悲剧的发生，需要社会各界共同努力，给予这些未婚妈妈及时的救助，在她们陷入困境之初就及时干预，引导她们用正确的方式走出困境，让陷于困顿的未婚妈妈们不再走投无路。

> 在拐卖犯罪中，除了孩子，还有一个受害者群体需要社会给予更多的关注，那就是被拐卖的妇女。在我多年的打拐经历中，她们的身影总会特别触动我的内心。

她们：
四个故事

解救云南少女

"我们这里有人公开卖女人，云南的。"2012 年 12 月，一条举报信息被发给了新浪微博的"微博打拐"账号。我马上和举报人联系。对方说事情发生在江西省上饶市鄱阳县鱼塘村，村里有些光棍会花好几万元从云南买媳妇回来。村里有一天突然来了几个人，带了个女孩过来，说是云南的，要卖 8 万元。那个女孩叫林禾（化名），已经被带到好几个光棍家去看过了，有的问能不能便宜点，有的问能不能先给个 5 万元……

我让举报人继续留意，并注意安全，不要暴露自己，我说我们第二天就到。考虑到女孩是云南的，可能语言不通，我联系了《春城晚报》的黄记者，再会同《新法制报》的朋友秦记者一同前往被举报地点：江西省上饶市鄱阳县鱼塘村。

上午 11 点，在从南昌机场赶往鄱阳县的路上，我收到线报："被拐女子不见了，人贩子和村民们正在四处寻找。"我们分析，被拐女子有可能已摆脱人贩子的控制逃脱了，看来我们得赶紧找到那个女孩，防止再有意外发生。

我们到了鱼塘村，结果刚下车，就有个妇女来问："你们是不是从云南过来找跑了的云南女人的？你们好快呀！"在村里，我们走到哪里，身后总有人跟着，就是去村里小卖部买东西也会有人问："你们是哪里的？来这里干什么？"

我们几个人生地不熟，刚来到村里就引起村民这么大的警觉。很多村庄都民风剽悍，我心里有点紧张。

我给举报人打电话，他说带女孩来的一男一女包了村里一个小店老板的面包车去了景德镇。我们就去了小店。抬头一看，小店上方的招牌上正好写着个电话。

为了验证这个号码是不是司机的号码，我们找到老板娘说："我们是外地人，想回上饶，有没有车送一下我们？"

老板娘说："有车，但是要等一下才回来。"

我问："那你能不能把司机电话给我，我们问问。"老板娘就把司机的电话给了我们。

我们给司机打了电话，希望能问出他的位置，然后请警方拦截，但司机很谨慎，一再说他有事，挂断了电话。

那么，接着该怎么办？

我想起举报人说，鱼塘村里有个云南媳妇，这次从云南来的女孩吃住都在她家。在村里调查后，我们得知这个云南女人名叫叶红（音），现已育有一子，据说是几年前被人以6万元的价钱买来的。

叶红自称带女孩来的男子是她弟弟，所以一到村里，几人就直接去了她家。中午，人贩子和村里一户买家公开谈价钱时，大家都跑来看热闹，林禾就是在那时趁乱摆脱人贩子的控制逃跑了。

为防再出意外，我们商量后决定，将所掌握的情况反馈给当地公安机关，请求当地警方帮助。接着，我们会同鄱阳县公安局刑警大队鄱南中队的民警李伟和当地凰岗派出所民警周平（化名），继续在周边村落查找林禾的踪迹。

这时，举报人告诉了我云南女孩的电话号码。但她的手机经常处于关机状态，好不容易接通一下，任凭我们在电话里说什么，她就是不信，没说几句就挂断了。我们把手机号码交给公安机关做技术分析，结果显示她在另外一个村。她身上没钱，怎么能跑那么远？

举报人还给我们提供了林禾"表哥"的电话。"表哥"在电话中说林禾前一天给他打过电话，说自己可能要被卖掉了，让他快来救她。他们已经在来江西的火车上了。

"不管是真哥还是假哥，先控制住他会让案子有很大突破。"民警决定到路上进行拦截。为了找到最佳布控地点，我们开着一辆面包车不停更换蹲守路口，并不时对过往的可疑车辆进行排查。

寒风中，我感觉每一条信息的反馈来得都很慢。我们是不是暴露了？这个被拐女子的"表哥"会不会也是人贩子而在故意误导我们？类似的问题都需要我们在很短的时间内判断，然后制订下一步的行动计划。

晚上6点，天快黑了，我们看到几个皮肤黝黑的小青年骑着摩托车朝村里驶来。

"就是他们！"民警下车快速截住他们，盘问后得知，他们其中一个果然就是我们要找的"表哥"。他们也是刚到村里，希望配合我们一起去见妹妹。在"表哥"的带领下，我们在附近一个村民家中见到了躲藏在此的被拐女孩林禾。她所说的"表哥"是普洱孟连人，在深圳打工，接到林禾的求救电话后，约了两个同乡就赶过来了。

后来据发现林禾的54岁村民李某说，下午天快黑时，她和村里另外两个人在山上的草丛里发现了这个被拐的女孩，就对女孩说："我是好人，你不要怕，卖你的那两个人走了，你没钱回家的话，我可以给你。"劝了一阵，草丛里的女孩才和李某回了家。李某看女孩冷得直发抖，就给她穿了件厚衣服并做了晚饭给她吃。

我们刚找到林禾短短几分钟，周围已有众多的村民围了过来。为防止发生意外，我们带上林禾和她"表哥"快速离开了村子。

在公安局里，林禾对民警说，她19岁，是普洱市西盟县人，出门时身上仅带了70元和一部旧手机，手机没卡，平时只用来听歌和拍照。几天前，在西盟勐卡镇集市上她"偶遇"了两个会说本族语言的老乡，问她要不要去广东的鞋厂打工，每月可挣500元工资。单纯的她当时想都没想，就跟着这两人走了，连户口本都没拿。这两个老乡专门给她准备了一个户口本，以备路上检查和乘车，林禾还因此对两人的照顾非常感激，以为自己遇到了好人。

到鱼塘村后，她根本不知道这是哪里，以为到了广西。第二天一早，林禾就被拉着去见了村里几个长相难看的单身汉。第一个是个40多岁的男人，谈价时，站在一旁的林禾隐约听出他们好像是在卖她，她实在说不清汉话就拼命摇头。第二个30来岁，人贩子要价8万元，谈来谈去，买家提出要林禾的身份证。这下人贩子为难了，他们称没带，说买家可以先给2万元，把林禾留在村里结婚，等婚后让买家自己和林禾回云南找父母办。但买家坚持要林禾的身份证，所以买卖当天没谈成。

觉察到自己被拐了，林禾偷偷地到村里一家小店花50元买了一张手机卡，给远在深圳的"表哥"打电话求救……

短短四五天里，这个19岁的云南小姑娘像做梦一样，经历了被拐、出逃、躲藏、获救的惊险历程。小姑娘是幸运的，虽然遭遇了被拐的可怕经历，但中途得以逃脱，又得到了善良的好心人的帮助。但这样的幸运可能也只是侥幸，拐卖犯罪不杜绝，民众的自我保护意识和对拐卖犯罪的认识不提升，这样的案件还会继续发生。

16 年后的团聚

云南小姑娘逃脱了被拐的命运，但有一个女孩却不像这样幸运，她的人生因为同样罪恶的黑手被彻底改变，与骨肉亲人分离十数载。

2014年2月6日凌晨，我的小伙伴萍姐给我发来一条她刚看到的寻亲信息："本人刘江珍寻亲，因被拐卖。老家在四川省泸州市渠坝镇某个小村，父亲名叫刘海云，望好心人帮忙。"

16年前，一位熟人以介绍工作为名，把刘江珍从四川老家骗到河北邢台。由于不识字，出来时也没带户口本、身份证等证件，再加上言语不通，从此她与千里之外的家失去了联系。现在的刘江珍已是三个孩子的母亲，全家靠丈夫一人打工维持七个人的生活，但公公、婆婆和丈夫对她都很好，她也适应了这里的生活。16年间，她从来没有想过去寻找自己的家。不过，她时常会想起远在四川的父母和哥哥、姐姐，于是一个好心的同村人帮她发了寻亲信息。

虽然渠坝镇人口不多，但要找到16年前失踪人口的信息并非易事。四川志愿者"爱吻花香"联系了刘江珍，其他志愿者一个村社一个村社地询问。最终，志愿者"韩汉"发现，渠坝镇清凉村12社村民刘海云小女儿的信息与刘江珍非常吻合。

2月7日早上，"爱吻花香"查到了泸州纳溪区渠坝镇政府的电话，询问后确定刘江珍就是刘海云的女儿。刘海云是抗美援朝老兵，老两口生活困难，靠低保度日。

我一听是老兵，觉得帮助他们义不容辞。正逢春节，大年初四我就坐车到了泸州，在大学生村官张丽的帮助下，到了刘海云家。

这是一间旧瓦房。刘海云的大女儿正好在家，和照片上的刘江珍很像。刘海云老人坐着抽叶子烟。"老人家，你看这是不是你女儿刘江珍？"我把手机里一张刘江珍的照片给他看。老人眼睛凑近手机屏幕一看，蹦出一句话："这可不就是我女儿江珍，还是那个样子，我认得出！"她妈妈也凑过来看，一下子就瘫坐到了地上："好人啊，你把我们的女儿找回来了！"

从那一刻起，她妈妈和大姐的眼泪就没停过。自从16年前刘江珍被拐后，一家人都以为她已经不在世上了，没想到现在一个天大的惊喜砸了下来！刘海云老人说，知道她还在这个世界上就行了，死也瞑目了。那么巧，那天正好是老人的83岁生日。我问老人家："今天你过生日，高不高兴啊？"老人点点头说："高兴，知道江珍还活着，我高兴。"

我也很激动，因为自己当过兵，所以对这位抗美援朝老兵万分敬重。我一定要好好帮他达成心愿，让这一家人能够团聚。

于是，我拍了一些他们的照片，准备带到邢台给刘江珍。大年初五，我先从泸州飞上海，再从上海飞石家庄，当时的机票很贵，但我也顾不了那么多了。

我联系了"新浪河北"账号的雅婷姐和周娜，她们派车到石家庄机场来接我，然后开车到了刘江珍所在的沙河册井乡。

这时北方还是严冬，雪未消融，路面结着冰。到了刘江珍家，她带着三个孩子迎出门来。刘江珍胖胖的，笑容纯朴，虽然只有40岁，却已经头发花白。

屋里很凌乱，只有一张大铺。她让我坐，可是我不知道坐在哪儿，家里没凳子。我把刘海云的照片给她看，照片中老人穿着中山装。她一看，高兴地喊:"这就是我爹!"

我问她:"你记不记得爸爸的生日啊?"她算了一下说:"我爹应该是前天生日。"

刘江珍和我们说起被拐的经过。16年前,她已经嫁人了,并且有了一个4岁的儿子,丈夫在云南打工。一天,村里一个同姓哥哥的女朋友假意带她去找丈夫,把她和4岁大的儿子骗到了重庆。在重庆,人贩子谎称要给孩子买衣裳,先骗走了孩子,然后又告诉刘江珍孩子去找爸爸了,要带她去找孩子。就这样,刘江珍被骗上了火车,被拐卖到河北邢台。

刚到河北的刘江珍一心想逃回家,但是由于不识字,语言不通,人生地不熟,她根本不知道自己在哪里。几个月后的一天,买下刘江珍的那家人都不在家,她趁机往村外跑,谁知被村民发现,一起把她拖回了家。

后来,刘江珍又有了一个女儿和一个儿子,就逐渐放弃了逃跑的念头,一心养育孩子。可是,天有不测风云,被拐到河北几年后,她的第二任丈夫在外做工时意外溺水死亡,留给不到30岁的刘江珍两个小孩和一对年迈的父母。

那时候,也有人叫她赶紧趁这个机会回老家吧,可是善良的刘江珍说:"我想我带着两个娃娃走了,公公和婆婆就没有人养了,他们的家就散了,不忍心啊!"

这一不忍心就是十年。十年里,刘江珍一人抚养儿女,还要照顾公婆,挑起了一家的大梁。四年前,由于公婆身体不好,无法务农,家里的状况更加糟糕。在这样的情况下,经人介绍,刘江珍的现任丈夫周二红入赘到她家,和她组成了新的家庭,两人又生了一个儿子。

苦命而善良的刘江珍深深触动了我,我下决心一定要帮助她和亲人团圆。

"找到家了,高兴吗?"我问刘江珍。

她嘿嘿笑着说:"高兴。"但是,我看着她家贫寒的样子,担心他们还是无法相聚。我问她有没有户口,她说不知道;又问她有没有身份证,她说从来没有出去过,没有。我让她把户口本拿来,户口本上有她丈夫和孩子的信息,但没有她的。

我本想马上给她买火车票,让她在元宵节的时候回去和父母、姐姐团聚。可是,没有身份证怎么办呢?我带她去派出所,希望派出所能出一个证明,可是因为户口本上没有她的信息,当地派出所没法开证明。我说:"那我们过来报案吧,她是被拐的。"

我就此事发了一条微博,刚好被河北公安厅政治部副主任贾永华大姐看到了。我回石家庄后,她就和我联系,我当面向她汇报了所有情况。于是贾大姐在网上公开回应,想尽一切办法帮助抗美援朝老兵和家人团圆,她还带着刑侦局的人和河北的媒体一起去邢台了解情况。其实,刘江珍在四川还是有户口的,只是没有更换二代身份证,就这样,临时户籍证明很快就办好了。

可是,他们一家这种情况,哪里有钱买火车票?我们就尝试在新浪微博上呼吁,看有没有爱心企业愿意赞助抗美援朝老兵圆这个梦。果然,有一家汽车公司愿意出机票钱。但刘江珍他们从来没有坐过飞机,希望我能送他们回去,于是我自己掏钱买了机票,陪同他们回四川和家人一起过元宵节。

临出发时,刘江珍带上了几个自己做的饼,准备给父母、姐姐吃。这是一个女儿失踪了16年后带给家人的礼物。我感觉有点心酸,想起在老家有喜事时都会发点糖果,这对刘江珍一家来说可是件大喜事,于是我就买了一些糖果让她带上,"新浪河北"账号的员工还给老人买了衣服。

飞机抵达成都后,我联系了四川电视台的李中和成都电视台的张周琦,他们用车把刘江珍一家送回了家。

大学生村官张丽早已经把这事告诉了村里,所以那边也一早就准备开了。我们早上从石家庄出发,到刘家时天已经快黑了。刚到村口,四处就响起噼里啪啦的鞭炮声。刘家家门口人山人海，围了很多村民。

刘江珍的家人都出来了。大姐一看到她就一把抱住："妹儿，你还活着，你回来了！"她们的哭声瞬间掩盖了人群的嘈杂声。一家人紧紧抱在一起很久，很久。

我站在一旁，心里非常高兴，终于帮助革命前辈圆梦了！

这时一个老人过来说："先回去吧，先回家里去。"家里已经摆好了酒席，村里、镇里来了很多人。他们把我请进屋，让我坐。

他们家变化很大。第一次来时，家里的蚊帐是用尿素袋子做的，都已经破得掉须了。这次来，帐子是崭新的，水缸也是崭新的，整个家焕然一新，来欢迎这个失散多年的女儿。

我想把这最快乐的时光留给刘江珍的家人，于是就和成都的媒体朋友去了派出所，当时她儿子是和她一起被拐走的，后来就不知去向了。可刚到派出所大院，我就晕倒了，可能是因为连续几天的劳累。我住了两天院，出院后就带着刘江珍去报了案，提取了血样，希望能找到她儿子。接着，我又把他们一家送回邢台。后来我得到消息，当年把刘江珍拐走的一名犯罪嫌疑人已被警方抓获，另一名犯罪嫌疑人早已死亡。遗憾的是，她的儿子至今没有找到。

盲女小青

刘江珍的故事令人唏嘘,拐卖犯罪令多少家庭饱受分离之苦,而在我的打拐生涯中,还有一段故事深埋在我心间,每当想起那个弱小的身影,我的心都会隐隐作痛。

2013年秋天,我来到广西横县(现为横州市)这个盛产茉莉花的地方,我要去找那个深山里的盲女孩小青(化名)。

这个故事是小青儿时的玩伴小蓝告诉我的。即便我已经见识了太多的人间悲剧,听到这个故事还是忍不住哽咽。

如果没有遇到那个捕蛇的疯子,小青也许在出生一个月后就夭折了。那是1996年3月初,春寒料峭,傍晚时分,广西横县的莽莽大山里,一个30多岁的男人在空无一人的公路上走着。他头发蓬乱,身上脏兮兮的,散发着一股臭味。村里人都叫他"疯子"。其实他也不疯,只是有点傻,经常对着天空骂骂咧咧。他不打人,而且能自食其力,是个捕蛇好手。

"疯子"在山里穿行一天一无所获,傍晚时,正沿路回家,隐隐约约听到有婴儿啼哭的声音,前面不远处的路边似乎有一个包裹。他走过去一看,是一个大红色的襁褓,一个女婴蹬开一角,正哇哇大哭。包裹里还有一张字条:"我孩生于1996年2月13日。"

这个大声啼哭的女婴，不知怎的触动了"疯子"心中一根柔软的弦。他把襁褓往怀里一抱，呵呵笑着跑回了家。

"疯子"的父母见到这一个月大的女婴，也笑了。他们家很穷，有三个儿子，"疯子"是老大，老二、老三也未成家，都在广东打工。年过六旬的老人一直渴望有个孙辈。

这间破烂的旧瓦房就成了女婴的新家，两位老人成了她的爷爷奶奶，她成了他们的孙女。两个老人悉心照料着这个幼小的生命，没有母乳，更不用说什么奶粉，他们只能磨米糊喂她。刚开始女婴不肯吃，老是吐，后来也就慢慢习惯了。女婴坚强地活了下来。他们给她取名小青，带着暖暖的、明亮的希望。

小青渐渐长大。

这是一个活泼可爱的小姑娘，有着银铃般的笑声、清澈的眼睛。她像小尾巴一样跟着爷爷奶奶，种菜、除草、编竹器……两位老人也很疼爱这个孙女，宠着她，有什么好吃的先塞到她嘴里。

小青3岁那年，噩运突然降临。

一天晚上，小青发起高烧，撕心裂肺地哭闹。二老急得不知所措，赶紧用偏方医治，可是一点用都没有。小青高烧三天三夜，黏黏的眼屎糊住了她明亮的双眼。两位老人急成了热锅上的蚂蚁，请来"土医"救治，可是仍然一点用也没有。在一次双眼流血后，小青的视线渐渐模糊。

村干部说，这样可不行，要带她去医院看看。两位老人这才想起带小青上医院。在偏僻的农村，医院总是排在偏方和"土医"之后，是最后的救命稻草。两位老人带小青去镇上的医院检查，医生用手电筒照了照小青凸出的眼球，摇头叹息。

渐渐地，世界在小青眼中变得一片黑暗，她不知道眼前的黑暗意味着什么。爷爷奶奶告诉她，她这辈子再也不会看见任何东西了。她稚气地问：

"为什么呢？"二老哽咽得说不出话来。

在广东打工的老二听说小青已经双目失明，写信回来说要把她送走。两位老人大骂老二没良心。在他们的极力反对下，小青没有被送走。爷爷奶奶待她和从前一样好，只是她再也看不到爷爷奶奶慈爱的脸了。

不再有清澈双眸的小青，仍然有着银铃般的笑声。她单纯、快乐，像是山间一只活泼的百灵鸟。村里的歌佬教她唱歌，聪明的她很快就学会了。

小青10岁了。她第一次意识到一个问题：别的孩子都有爸爸妈妈，为什么她没有？奶奶告诉她："你是从外面捡来的。"知道了自己的身世，小青倒觉得没什么，因为爷爷奶奶对她很好，她很知足。

2006年，在村干部的帮助下，她去了城里的特殊教育学校读书。学习、吃住都是免费的，每到节假日，爷爷就会来城里把她接回家。

小青开始学盲文，学说普通话，结识了许多和她一样的孩子。老师和同学对她都很好。而且，她那么聪明，歌声也很动听，总能得到老师的夸奖。一个丰富广阔、前所未有的世界在她面前徐徐展开。

然而，上天有时候并不垂怜世间那些可怜的人。2006年秋季学期结束时，来接她的不是爷爷，而是村干部。爷爷生病去世了。

奶奶老了，身体也不好，没法去学校接送她。小青的学业中断了。外面美好的世界向她展示了短暂的笑容，很快又把门紧紧关上了。小青又回到了村子里，回归她单调、没有色彩的生活。

她不知道，更严酷的命运正等待着她。

2008年春天，广西遭遇百年一遇的严寒。那时，奶奶已经病得连话都讲不清楚了。她知道自己将不久于人世，老大疯疯傻傻的，老二、老三都在外地打工，根本不会接纳小青。她得在自己走之前给小青找户人家。

经人介绍，奶奶找到附近村庄一个40岁的单身汉，跟他约定："小青现在太小了，才12岁，你好好地养她，把她养到十五六岁的时候，她就给你当妻子生孩子。"十五六岁的新娘在当地并不稀奇，有些女孩初中还没读完就生孩子了，孩子刚断奶，自己就出来打工。

单身汉答应了奶奶。他用大半辈子的积蓄——2000元人民币，把小青"买"回了家。

秋天，奶奶在家病逝，临走前流着泪念叨："我那个苦命的孙女啊。"

去男人家的时候，小青才12岁，什么也不懂。她知道奶奶没能力照顾她了，只能给她找一户人家，她以为那个男人会把她当女儿一样抚养。

那天，小青忐忑不安地跟男人回到他家。晚上，男人给她打了洗脚水，还帮她洗脚。可是过了一会儿，她就被那男人压倒在摇摇欲坠的床上……小青拼命尖叫，男人捂住她的嘴。她的手被男人反绑在床头，哭得嗓子都哑了。她挣扎、哭喊，可谁也救不了她。

2009年夏天，小青临盆。到镇上的医院时，医生和护士一度不敢把她推进产房，因为她太小了，才13岁，如果生产过程中发生意外，医院担负不起两条人命。

后来那个男人写下保证书，医院才接收了她。一个多小时后，小青生下了一个女儿。

2011年，小青在同一所医院又生下一个男婴。那个男人欣喜若狂，回到家放了好几串鞭炮，又借钱请邻居喝了几桌酒。

小青生女儿时没有奶水，因为她实在太小了。女儿和她一样，是喝米糊长大的。生儿子时，小青终于有了奶水，但也不够儿子喝。家里又很穷，他们只好去买便宜奶粉，好在两个孩子都坚强地成长着。

平时男人上山砍树挣钱，小青一个人在家带孩子，有时好心的邻居会来帮忙照看一下。她没有力量去反抗，可有时又渴望逃离这可怕的日子。每次公路上响起汽车的马达声，她都会显得异常兴奋。马达声是如此熟悉又如此陌生，几年前她去上学时坐的车子就会发出这样的声音，那是她一生中最美好的日子，她多么希望能有人来带她走……

2013年国庆假期，小蓝带着同学捐的三袋衣服去看小青。小青摸着墙壁快速挪步来迎接，她还是那么瘦小，17岁的她身高不到一米五。

瓦房十分破旧，屋顶是漏的，横梁也残缺了，房间里散发着一股霉味，老鼠窜来窜去。这就是小青和她的孩子们居住的地方。

她留小蓝吃饭，用水瓢舀水洗菜，水溅湿了她的裤脚，洗完的菜，菜根上还沾着黄泥。她转身去洗碗，猛然踢到桶，裤脚又湿了一大片。她佝偻着蹲下来，摸着找洗洁精，她唤来女儿，女儿乖巧地给她递抹布。

小蓝走时，小青出来送。她双手扶住门把，用普通话小声说："我不想留在这里了，五年来过的是什么日子啊！我一直想逃，可是我的眼睛看不见。太痛苦了，我不喜欢他。如果18岁之前还逃不了，我只能选择在这个世界消失。求求你救救我吧，不然我真的会死掉的！"

几滴泪珠从她凸起的眼中蹦了出来，空洞的眼神如同灰烬。

小蓝感觉胸腔里有什么东西在翻腾。就在那一刻，她决定帮助小青。

回到家，小蓝就开始打电话。正值国庆期间，她给妇联打电话，给电视台打电话，还打了各种热线电话……后来，她在微博上找到了我。

我和小蓝、《南国早报》的记者一起去看小青。从南宁到小青所在的村庄，开车需要四个小时。汽车在盘旋的山路上行驶，转过一座山，又是一座山，一个个村落点缀在重山之间。

我一直难以忘记看见小青第一眼时心里的那种揪痛。那是一座破败的老房子，屋顶失修，漏下一道道光。刚进门，就看见一个女孩蹲在地上，个子瘦小，头发蓬乱，脸很脏，衣服也很脏。她扯着两个孩子，大一点的那个和蹲着的小青差不多高，小一点的被她搂在怀里，没穿裤子。

她就是小青。

看到这场景，我的心绪久久难平。她自己还是个孩子啊，却已经是两个孩子的妈妈了！

蹲在地上的小青让我想起小学毕业那年的9月，蹲在屋檐下绝望得想死的自己。那时我说出来的话还有人听，而她能把悲惨的命运说给谁听呢？她能怎么反抗？目盲的她寸步难行。

小蓝轻唤了一声，小青就站起来，笑着说："你们来啦！吃过饭了吗？我给你们做饭吧。"小青的声音清脆悦耳，一下就驱散了眼前的愁云惨雾。

那天，小青的儿子生病了，流着鼻涕，额头很烫。小青站起来摸到水缸旁边，舀了一盆水，给儿子拍额头。

那天我们聊的时间不长，因为待会儿男人就要回来了。我问小青有什么想法，她说她想回到横县的特殊教育学校去，读点书，学点技术。我问："那孩子呢？"她说孩子她想养。我说："孩子的爸爸呢？"她说："我想离开他。"

回到县城，我就拨打了110报警，之后又联系了央视的记者。第二天，我又去见了小青，给她的孩子买了药。我问她："假如有人愿意帮你，你接受吗？"

她说："怎么帮？我有两个孩子。"

我说我已经报警了，公安机关会介入。

10月8日上午，横县公安局刑侦大队召开紧急会议，对案情进行研究并做出部署。随后，民警前往小青所在的村子，解救了小青。

在横县的宾馆里，央视记者采访小青。小青坐在床边，一盏灯勾勒出她瘦小的身影。她说走出来很幸福，虽然眼睛看不到，但是能感觉到美好，对未来充满了希望。

她平静地叙述着自己的遭遇。

"你自己也还是一个孩子，怎么懂得当妈妈？"记者问。

"不懂啊，但是慢慢也就习惯了。我无力反抗的时候，只好默默地接受。和他嘛，就像一家人一样，虽然没有爱情，但还是有感情的。"

小青说对那男人并不恨，也不希望他有事。

"那你为什么想离开这个家呢？"

"因为我觉得每个人都有自己的梦想，我也希望有一个小小的未来。"

10月10日，我们带着小青去广西壮族自治区人民医院检查眼睛。那天晚上，小青很开心、很激动，以为她的眼睛很快就能亮起来。

可是第二天，梦又碎了。医生说，虽然小青的眼睛还有弱光感，但是左眼球萎缩，右眼角膜葡萄肿，基本无复明的可能。

在我们去之前，两个孩子是没有户口的，小青也没有。小青被解救后，很快，他们就都上了户口。

警察去村里调查。村民没有办法理解"强奸"的说法："他和小青是夫妻，怎么会强奸小青呢？"还有的村民说："我不赞成她离开，都有两个孩子了，离开这个家干啥去？"

没有人知道，不仅这样的"婚姻"不合法，和未满14周岁的幼女发生性关系并致使其生孩子，还是强奸，是严重的犯罪行为。

后来，警方经过骨龄测定，证实那个男人和小青发生性关系时，她确实只有12岁。

但那个男人并非想象中那样十恶不赦，村里人说他比较老实，对小青母子也不错。小青自己也说："在我心目中，他就像我的哥哥一样，把我照顾得很好。"

小青得知男人要承担法律责任时，说："有件事情，能不能请你们帮助我一下，我希望给他轻判。他毕竟是孩子的爸爸，孩子离不开他。他们现在会找爸爸，找着找着还会哭，连我都想哭……如果他早点出来带孩子，我就可以追求我的梦想了。"

后来，小青打电话给我，问男人会不会被判刑。我不知道怎么回答，虽然我心里清楚，男人如果被判刑，小青和孩子就没有任何亲人照顾了，但法律面前人人平等，犯法了，造成了严重的后果，就要受到法律的制裁。他给小青带来了巨大的痛苦,这是不争的事实,法律又怎么可能视而不见?

最后,这个男人被判了缓刑。小青回到学校读书,她那"有一个小小的未来"的愿望真的实现了。这么多年里,小青最怀念的就是在横县特殊学校上学的日子。

小青辍学后,老师也曾来过这个男人家家访,希望她回到学校念书。那时,小青还没有生孩子。男人说如果她上学,以后就别想回这个家。"我想,不能回这个家的话,放假了我去哪里呢?所以,我不敢出来。"小青轻轻地说。

那个男人简单的一句话就让小青的人生走向了黑暗的深处。

小青本该有很多机会,她的人生或许本该如她的名字般灿烂。假如她一开始没有被遗弃,假如她在发烧时能被及时送去医院,假如在她奶奶去世前有关部门及时把她送到福利机构,假如老师家访后她又回到学校,假如有人在发现这个少女怀孕时出于好心报了警……太多的假如与她擦肩而过。大家并非视而不见,只是习以为常,这就是很多偏远乡村的现实。

对小青来说,是她心中憧憬的那片小小的未来救出了她自己。小青后来去了南宁的按摩中心学习,她想学好技术以后能自食其力。

可是,在小青去追寻自己的光明之后,家里的两个孩子怎么办?"那两个孩子啊,"小蓝叹了口气说,"现在是父亲带着,大一点去上学,再大一点去打工,我们那里的人都是这样的。"

现实版《盲山》[1]案

认识郭大姐，是在 2011 年的 9 月左右，她是通过陕西省渭南市蒲城县的一个被拐儿童伍嘉诚的父亲找到我的。她在 QQ 上说自己现在在俄罗斯的圣彼得堡，急切地盼望我能帮助她。原来，她曾经在 13 岁时遭遇拐卖，被人贩子从陕西拐到了山东，被迫给一个 37 岁的男人当老婆，甚至还在 14 岁时就生下了孩子。之后的日子里，她想尽办法求助，最终，陕西警方将她从山东解救了出来。

对于这段惨痛往事，她并不愿意多谈，当时她找我是因为这些年来，当年的那户买家依然没有放弃骚扰她的生活，甚至对她全家都造成了很大的负面影响。无计可施之下，她只能求助于我，希望我能有什么好的办法让她摆脱骚扰。

说实话，我当时了解了郭大姐的情况后，感到有些棘手：一方面是因为当年警方已经将她成功解救回家，我不方便再过多介入；另一方面，对于郭大姐与买家之间多年纠葛的很多细节问题，郭大姐选择避而不谈，我也就无从了解。当然，对方的骚扰行为无疑是违法的，我能做的就是通过舆论为郭

---

[1] 《盲山》是一部由真实案例改编的电影。在 20 世纪 90 年代末，一位女大学生被人贩子拐骗到深山中，卖给一名单身汉，沦为生育工具。该电影的原型案例被称为"《盲山》案"。

大姐发声。

于是，我在 2011 年 10 月 3 日晚为郭大姐发布了一条简短的微博。然而让我没想到的是，这条微博发出后却受到当地网友的质疑，不少人认为这条消息是虚假的。不过，这条微博同时也引起了山东警方的高度关注，第二天，菏泽警方就与我取得了联系，我将自己了解到的信息转告了他们。当地警方找到了这户买家，对他们的骚扰行径予以警告，如果他们再对郭大姐实施骚扰，将会对他们采取法律手段。

警方的再次介入，终于让郭大姐的生活回归平静，她说："这户人家再也没有来骚扰我了！"

这件事情结束之后，我们偶尔还会联系，互道问候。可是，郭大姐的故事还远远没有结束。

2022 年 3 月 3 日，我在朋友圈转发了一则关于提供拐卖妇女儿童犯罪线索的新闻，没多久，郭大姐主动联系我说："我有线索，我该向哪里举报？"我让她先简单给我说一下情况，谁知她竟然是想把自己的遭遇原原本本告诉我。当时来求助，她只是想着让对方不要再骚扰她就行了，为了不影响孩子，她又隐忍了整整 11 年。但是，对于曾经受过的屈辱，她一辈子都无法忘记，她被拐导致家人受到的伤害永远无法得到弥补了。她的父亲已经去世，临终时也无法放下对女儿的牵挂，因为当年对他女儿犯下滔天罪行的人还逍遥法外，他死不瞑目……

现在，郭大姐终于下决心要把深埋心底的黑暗往事都告诉我，这就是后来引起全网关注的现实版《盲山》案。

以下是我发在微博中的郭大姐的自述。

郭大姐是陕西渭南华县（现为华州区）人。1987 年正月，刚刚放完寒假，那天她正走在上学的路上，有个人向她问路，她热心地给那人指路，问路人很热情地请她喝饮料表示感谢。万万没想到，这几口饮料开启了她今后几十年的噩梦。

郭大姐对自己喝完饮料后的记忆是模糊的，只知道当她再次醒来的时候，不仅身在火车上，时间也已经是第二天了，身边就是那个给她喝饮料的人。

下了火车后，那人又带她坐了很长时间的汽车，然后她被带到一家旅馆。后来她才知道，这家旅馆就是买家的舅舅开的。人贩子骗她说自己没有钱了，让她先在旅馆里住几天，等有钱了就去接她。事实上，这个人贩子已经把13岁的她卖给了一个37岁的男人，旅馆就是他"交货"的地方，买家住在今山东省菏泽市牡丹区胡集镇（当时为胡集乡），她被卖给了这户人家的老二。

她被带到这户人家后，反抗了足足一个月，遭到囚禁、反复暴打。这期间，她喝过煤油、吃过铁钉，想要以死来求得解脱，然而她顽强的生命力让她活了下来。几次寻死，兄弟几人都没有把她送到医院，而是去找村里的赤脚医生。

她激烈的反抗激发了买家的焦虑，他们买她为的就是"传宗接代"，于是她被强行灌酒，被灌醉以后，老二趁机强奸了她。等她第二天中午醒来时，发现自己全身没有一件衣服。她哭了很久很久，但没有得到这户人家一丝一毫的同情。

后来她开始肚子疼，年幼的她不知道自己是来了例假。买家带她去看中医，并不告诉她是什么原因，只是每天让她喝中药。后来她才知道，看中医是为了帮助受孕，不是自己真的得了什么病。没过多久，她就惊恐地发现，自己的肚子一天天地大了起来，她怀孕了，怀上了那个强奸犯的孩子。买家更加紧了对她的看管，她的一举一动都被盯着。

1988年农历六月初八，14岁的她生下了一个男孩。

孩子六个月时，正逢1989年的新年，她抱着孩子和同村的几个嫂子一起去赶集，对她来说，这是逃离魔窟的大好机会。趁着大家不注意，她怀揣着平时偷存的5块钱，偷偷上了汽车。到了汽车站，她又换乘人力车直奔菏泽市公安局，当时那个车夫看她可怜，没有收车钱。

因为还在正月里，菏泽市公安局还没正式上班，她对门口接待处的人说自己是被拐卖的，接待她的人答应帮她给陕西老家写信，因为其中一人与她同姓，也姓"郭"。

之后，菏泽市公安局的信访科给她父亲写了一封信，这封信最后寄到了她家乡的县公安局，恰巧她的表姐夫当时是局长的司机，他看到这封信后立刻告知了她父亲。寻找女儿多年的父亲得到了这封信，如获至宝，立刻前往当地派出所报案，最后，来自家乡的派出所民警带着她的父亲终于把她从当地解救了出去。

郭大姐说，当时她也并不是那么容易就离开的，村里听说警察要来带人走，呼啦啦聚集了几十个人，硬是堵住车子不让她走。陕西民警说："谁堵车就是妨碍公安办案，我们可以把他拉走判刑！"反复说了好几遍，那帮人才勉强让开了道路。当时，她穿的外套还是邻居嫂子借给她的，临走了，她还惦记着要把衣服还回去。父亲见此，泪水止不住流了下来，他无论如何也想不到，自己的闺女竟然连一件像样的衣服都没有。

原本她以为自己被警方带回去，从此生活就可以回到正轨了，却没想到买家依然不肯放过她，不间断的骚扰直接破坏了她的婚姻。那时候，身在山东的买家打听到她在陕西的住址，就一直给她写信，她爸爸拒收，他们又写到大队部（村委会），最后，全村人都知道了她曾经被拐的事情。她当时的丈夫知道后，两人之间就产生了裂痕，后来丈夫出轨，这段婚姻最终以离婚收场。从此，她再也不敢结婚，就怕对方知道这件事后再离婚。"要不是这事情没有解决，我早死好几回了。"她痛苦地说。

郭大姐对我说，那个村子就是被拐女孩的地狱，村里的女孩大多是从贵州、云南被拐卖来的，她还与一名来自东北的女孩很熟。这个村子里，差不多有十来个被拐卖来做"老婆"的。比她早一年被卖入那户人家的女孩来自铜川，被卖给了老三，生了三个孩子，后来听说也逃走了。她说，其实有不少女孩被拐了以后就寻了短见，有一个贵州女孩在被卖到村里的当天晚上就自杀了，第二天直接被埋了，仿佛这样一个活生生的人从来没有出现过。

她被拐了以后，失去的不仅是人身自由，还有她的姓名。她不再姓郭，而是被改称为"李某某"。2018年，她去村里参加儿子的婚礼，村里人还是用"李某某"称呼她，这让她感觉恍惚又荒谬。

郭大姐说，最让她心里难受的是儿子的态度，她曾把自己的遭遇一五一十地告诉儿子，谁知儿子选择了沉默，被逼急了就假装听不懂。这些年，她一直想抓到人贩子，原本指望从儿子那里找到一些线索，可只要提起这个话题，或者问到和他父亲有关的事情，儿子就变得很冷淡。"他心里是向着自己爹的。"郭大姐无奈地说。

2021年，当年买她、对她犯下强奸罪行的"丈夫"因为车祸，昏迷了一个月后，死了。可是，人贩子依然活着。

郭大姐一心想让人贩子服法，所以她站出来，愿意配合公安取证。她提供了一条很重要的线索：人贩子是胡集镇隔壁的黄安镇的。

我将郭大姐的遭遇通过微博发了出来，当晚便引起了山东、陕西两地警方的高度重视，山东警方找到郭大姐了解案情，陕西警方也与我取得了联系，这让忍辱负重几十年的她看到了希望。我一直在自责，如果2011年郭大姐找我的时候，我能够多问几句，或许就能更早让人贩子等人受到法律制裁，也不会让郭大姐白白煎熬了这么多年。

2022年4月，《南风窗》杂志发表《她从〈盲山〉逃出来》一文，震惊了所有人。郭大姐说，她看到报道后，自己去网上搜了《盲山》的电影观看，她觉得自己比《盲山》里的人物更惨，但幸运的是，唯一一次逃跑虽然失败了，可好歹传出了信件。

在山东警方的不懈努力下，拐卖郭大姐的人贩子终于落网，是一对夫妻。可惜的是，人贩子当中的妻子已过法律追诉的时效，不能再追究她的法律责任了。人贩子当中的丈夫在 2014 年还在实施犯罪，且是惯犯，因此可以追究他的法律责任。后来我们得知，他的妹妹早些年就是因为拐卖妇女儿童，被执行了死刑。

2022 年 12 月 19 日，山东某地区人民法院依法对郭大姐被拐一案进行审理，郭大姐向法院提出要严惩人贩子，同时要求附加 80 万元的民事赔偿。我也专程从北京赶到了山东支援郭大姐。虽然联系了这么多年，但这是我与郭大姐第一次见面。在寒冷的北方，我们见面没有太多寒暄，我只能宽慰她，要相信法律一定会严惩人贩子，相信法院一定会给她一个公正的判决。

郭大姐说之所以要求附加赔偿金，是因为觉得自己太对不起家里人。因为自己从小被拐，这些年来，一家人都生活在左邻右舍的非议之中，尤其是她的父母为此背负了太沉重的精神负担。很多人不了解情况，还以为她是因为在外面乱来才没脸面回家，这样的风言风语就没有断过，时间久了，连她自己都认为是自己的错。

现在法院开庭审理此案，等拿到判决书，她要做的第一件事就是去父母坟前告诉他们：这么多年的屈辱和折磨终于能有一个结果了。郭大姐面对媒体时，提出不需要打马赛克，她希望更多和她一样被拐的人勇敢地站出来，揭发违法行为，用法律武器保护自己！

2023 年 2 月，山东某地区人民法院一审宣判，人贩子被判 12 年，郭大姐提出的 80 万元民事赔偿被法院驳回，理由是没有当时相关损失的票据证明。随后，郭大姐向检方申请抗诉，认为刑事方面判刑过轻，人贩子有多次违法犯罪行为，且拐卖她时她还未成年，情节严重，性质恶劣，应该判处死刑。民事赔偿方面，郭大姐也向上级中院提出了上诉，理由是人贩子对她造成了无法挽回的伤害，造成她 13 岁被拐、14 岁生孩子的严重后果，理应对她进行赔偿。

郭大姐的遭遇被媒体关注后，先后有多个自云南、四川被拐的女子主动找到我，要求追究人贩子的法律责任。遗憾的是，因为已经过了追诉时效，她们无法通过法律手段追究人贩子的刑事责任了……

站出来，是一种勇气

我认识一个 50 多岁的大叔，他的儿子是很多年前在湖南长沙火车站里被人带走的，后来被带到了广西。当年他儿子被拐之后，妻子就和他离婚了，之后他又有了新的家庭。现在的他要打两份工，白天帮人做衣服，晚上还要去药房里面帮别人干活。

他找到我帮忙，想要找到曾经丢失的孩子。我在自己的抖音账号帮他发了一条视频，提到了他的事情。我还鼓励他在平台上发视频、直播，讲自己的经历，既是借助平台的力量求助网友，也是提醒大家关注儿童安全。后来，他突然有了直播流量，很多人都来关注他了。他说以前不知道活着是为了什么，而现在他看到了希望。

有人可能会质疑：孩子丢了这么久了，为什么现在才想起来要找呢？我想，以前他们可能觉得孩子说不见就不见了，所有的希望都已经破灭了，以自己的能力也很难找到孩子。人在遭遇创伤之后，心理上会启动自我保护机制，他们往往不愿再去提起那一段伤心往事，因为能好好生活下去就已经很不易了。现在，孩子被拐的案件受到了社会的广泛关注，他们又看到了希望，如果有人能够帮他们一把，对他们内心的帮助是我们无法想象的。

这位父亲确实是太痛苦了，我只是举手之劳，帮助他发了抖音作品，让他将这件事情的来龙去脉传播出去，让更多人知道这件事情，说不定有一天他的儿子也能看到。一个50多岁的大叔，竟然哽咽着给我发了无数条感谢的语音信息。

每一次找到孩子之后，我也会把这些找到孩子的成功案例发给还没有找到孩子的家庭，我希望鼓励这些家庭，要相信在公安机关的努力之下，其他的被拐孩子也一定会找回来的。

每次看到这些孩子被拐的家庭，我都会想到我自己，我自己也是从痛苦当中走过来的。当然，这二者是无法相比的，但是我知道一个人在无助的时候需要的是什么，哪怕只是一句问候，也会在对方的心里投下一粒希望的种子。

我小的时候没有书读，邻居跑过来问我："你怎么不读书了？你还是应该去读书。"我知道他就是顺口一说，因为他很清楚我家特别穷，已经不可能再让我有读书的机会了，但是就因为他的话，我感到又有活下去的希望了。

我不愿意过多提及这类事情，因为以我的力量，也很难真正安慰到那些没有找回孩子的家庭，他们的伤痛太深了，不是我可以抚平的。哪怕是孩子已经被找回了，我也很少再去联系，我会尽量和他们保持一定的距离。我希望他们的生活都能回到正轨，我的任务已经完成了，我应该得体地退出。

但有一件事是我在坚持做的，那就是呼吁更多的人勇敢地站出来，能够像前文提到的郭大姐那样，在媒体上公开揭露曾经的那一段受害经历。后来，郭大姐拿到判决书后，第一时间就回到父亲坟前磕头，她的案子终于有了一个结果，她知道，大家没有忘记她。

好在随着法律制度的完善，像这类案件，现在基本上不再发生了，我们关注的都是一些曾经的结案。

我为什么这么支持受害者第一时间站出来呢？因为只有他们积极配合公

安机关揭露案情，犯罪分子才能受到法律的制裁。很多人来我这里求助，可当涉及一些具体问题时，他们又会有所退缩。对于这种退缩，我也只能尊重，毕竟他们也受到现实的束缚。比如，郭大姐曾说，她之所以过了这么久才站出来，也是因为怕影响到孩子。

可我还是希望他们能够明白，如果他们不把真实情况说出来，内心的痛苦并不会因掩盖而消失，只会沉积在心底，天长日久，成为一座由伤痛垒成的山。你的所有痛苦，潜意识都会记得，它们会影响你的情绪，影响你的行为。何况，坏人很可能还逍遥法外，将所有事都憋在自己心里面，时间长了之后，你可能还会开始怀疑自己的行为，觉得是不是自己做了错事才会有这样的遭遇，将一切罪责归于自己。

社会在进步，信息也在不断地被完善，受害者如果愿意站出来，无论对自己，还是对社会，都是一件好事。

> 网络上的信息真真假假，需要仔细辨别。有的人是以卖孩子为名进行诈骗，有的人是卖亲生孩子，当然也有很多真的人贩子。我曾经协助警方抓捕过好几个人贩团伙，让我印象最深刻的是在胶州和漳州的两次抓捕。

和人贩子的周旋 5

诱捕"经典坏蛋"

2008年9月初,我在某论坛中发现这样一条信息:"徐州有一男孩准备送人,需要补偿!"

我就以收养者的身份加了对方的QQ,他的QQ名竟然叫"经典坏蛋"。他说有一个身体健康的4岁男孩准备送人,如果有人要收养,需要出4万元的生育费。他还发过来一张孩子的照片,可当我向他要联系电话时,他坚决不给。

不久,"经典坏蛋"告诉我孩子已经送人了,对方给了6万元。我假装希望他能再帮忙找个孩子,他答应了,并留下了自己的手机号码。我查询后,发现该号码的归属地为江苏徐州。

一天,"经典坏蛋"在QQ上给我发信息:"我观察你很久了,觉得咱们像是同行啊!"他竟然把我也当成了人贩子。于是我将计就计,说:"不好意思,被你看出来了!"

我问他是怎么看出来的。他吹嘘了一番,说因为我出的价钱比较高。

成为"同行"后,"经典坏蛋"逐渐对我放松了警惕。我说我需要一名婴儿送给香港的客户时,他很有把握地在电话里做出了承诺:"等我消息,估计用不了十天!"

一个星期后,他给我打来电话,称手上有个1岁的男孩,不过已经有了买主，他需要转手才能把孩子带过来，而且对方要价很高。他说："现在'货源'（暗语：被贩卖的婴儿）很紧张，你能出多少？"

我让他开个价，谁知他竟然狮子大开口："你要卖给香港大老板是吧，那要给40万！"

接下来的一段时间里，对方一会儿说已经搞到孩子了，过了几天又说孩子已被别的同行"倒"走了。我猜他还是对我的身份有所怀疑，看来还得再激将一下："你怎么老是变卦？香港那边已经等急了！"我还对他说，我在山东已经联系到其他人贩子，并且开始接触了，如果这边再不送来孩子，我就很有可能从其他渠道买了。

对方真的上钩了，他说要到枣庄交易。我找到了《半岛都市报》的谢记者。

11月11日上午，谢记者赶到枣庄市市中区公安分局。了解情况后，市中区公安分局立刻抽出两个刑警中队组成专案组，由刑警大队张副大队长带队协助调查。办案民警调取对方的几个手机号码和固定电话，发现这些号码大部分是江苏徐州的，还有一个是济宁市某镇的固定电话，而对方选择枣庄这样一个中间地区进行交易，很有可能是为了躲避侦查，这说明对方具备一定的反侦查能力，而且相当狡猾。

下午3点，我从广州赶到了枣庄。完成布控后，警方开始等待"经典坏蛋"确定交易时间和地点。可是，一直等到晚上6点，天色逐渐黑了下来，他还在不停地变换时间和地点。

他每变换一次，专案组民警都要紧急布控。如此接连变换三次，对方都没有出现。大家都着急了，我也亦真亦假地对他大发雷霆。

"干我们这行的，小心点没错！"他笑着解释，"这样变换地点也是为双方的安全着想。""经典坏蛋"还真是狡猾至极。

直到晚上10点，他才确定在枣庄某宾馆门前见面，但不带孩子来。专案组考虑到晚上不好布控，而且对方又不同意带孩子，示意我暂时取消交易，等第二天再说。

但是，一直到第二天下午，狡猾的"经典坏蛋"还是没有出现。

"你根本不想做生意，我们明天回广州！"我说，并提出马上去北京约见另外一个卖家。其实，我是因为工作回广州，《半岛都市报》的谢记者则回青岛。

"他还会打电话的，这次是试探你！"通过两天来的观察，枣庄警方分析，这是一个很有经验的人贩子，多次变换地点并不是不想做生意，而是担心我的身份。我事后了解到，确实如枣庄警方所推断的那样，人贩子仍然怀疑我的身份，所以将手上一个出生一个多月的男婴转手卖给了别人。

果然，我回广州后的第二天，"经典坏蛋"又给我打来电话，说："青岛胶州有一个孩子，马上就要出生了！"他说他已经安排一个"弟兄"在胶州盯着了，如果我这次过去，肯定能带走孩子。

"我老板刚好要去青岛，你和他联系吧！"因为我已经回到广州，为了钓住他，我就让谢记者假充我的老板。

"肯定快出生了，如果你愿意，我可以跟你老板联系！""经典坏蛋"在电话里显得很诚恳。我说："昨天你还忽悠我呢。"他立马赌咒发誓："如果这次不给你货，我们全家死光光！"

随后，谢记者到胶州市公安局刑警大队报了案，胶州警方组织好了警力，随时等候他们的出现。

11月14日晚上，谢记者收到了"经典坏蛋"的手下"闯闯"发来的短信："我老板让我跟你联系，你现在在哪里？"

"我到了青岛某地，是男孩还是女孩？"按照民警的提示，谢记者给对方回了信息。

"我还不知道，还没出生，不过快了！"

"那等生下来再说吧！"

"你等等，我问一下。"

两个小时后，"闯闯"又发来信息："生了，是个女孩，身体健康！"

"那怎么才能见到孩子？"

"15日上午我跟你联系，你准备好钱。"

11月15日上午，从早上8点开始，"闯闯"就不停地给谢记者发短信："在青岛什么地方？住在哪里？车上几个人？40万元现金准备好了吗？"

谢记者此时正跟胶州市公安局刑警大队的十几名民警坐在会议室里，小心地回复着每条短信。

"我3点半就到胶州了，你在哪儿？""闯闯"又发来短信。

谢记者回复已经赶到胶州市，"闯闯"立刻发来短信："你别动，就在高速公路出口那里等我！"考虑到出口位置太明显，容易暴露，民警决定不同意对方的要求，示意谢记者回复已经到了胶州市里，让对方改个地点。

负责带队的胶州市公安局刑警大队副队长齐警官说，虽然现在无法肯定他们就是人贩子，但还是要提前做好部署，随时应对可能出现的各种情况。

"你知道某镇吗？你到那里去吧。"下午3点40分，谢记者又收到"闯闯"的短信。"答应他，现在就出发！"齐警官指示。按照部署，12名干警兵分三路前往该镇。

"你继续往前走3公里，那里有个桥！"当大家到达"闯闯"指定的某镇农村信用社时，"闯闯"又发来短信。这时，最前方的民警传来信息，桥头处停着一辆当地牌照的面包车，车上有四五个人，副驾驶位置上的一个男青年正在不停地发短信。

"要跟他们打心理战，没有孩子我们坚决不见面。"有着13年刑侦经验的齐警官说。如果他们真的是从枣庄赶来的，说明他们急着要做成这笔生意。而谢记者又是香港来的"老板"，对胶州地形不熟悉，还带着40万元现金，心理上害怕是正常的事情，于是谢记者通过手机短信跟"闯闯"展开了心理战。

"孩子呢？在车上吗？"

"没有，你来了我带你去她家里看！"

"不行，这里我不熟悉，而且天也快黑了，不安全。"

"你放心，我保证不骗你！"

"闯闯"要求先跟谢记者见面，然后去一个山坡上的砖窑见孩子。考虑到天色逐渐变黑，而且前方地形复杂，齐警官决定取消当天的行动，推迟到16日白天。于是，谢记者给"闯闯"发短信："你是穿着条牛仔裤吗？我看到你了，但是天太晚了，我要回胶州市里住下了！"

见谢记者要走，"闯闯"立刻跑下车来给他打电话，让他一定别走，跟着自己去看孩子。在这段时间里，前方调查员已经彻底看清楚了这几名嫌疑人的模样。当天晚上，行动取消。

15日晚上8点，谢记者又接到"闯闯"发来的信息，说16日交易也可以，但必须在清晨5点前完成。事后大家才知道，他们车上有一个人是很有经验的人贩子，因为担心被警方发现，一般都选择在夜间或者凌晨进行交易。

"能带孩子来吗？"谢记者问。

"老板答应在路边看孩子，但必须在6点前，不行就算了！"

考虑到天色太早不利于抓捕，谢记者回了一条短信："太早不合适，8点以后吧。"

"那就算了，我跟老板说取消交易吧！"果然，没多久，"闯闯"关了机。

这边暂时断了消息。结果另一边，"闯闯"找到了我，抱怨"香港老板"不讲理，害得他在"经典坏蛋"那里挨骂。

我和胶州警方沟通后，得知了其中原委，于是告诉"闯闯"，"香港老板"为了自身安全考虑，有"三不"原则：不见孩子不行，孩子不健康不行，不在白天交易不行。

"那好吧，我再和老板商量一下！"事情一直商量到16日凌晨4点，经过激烈的心理战后,"闯闯"传达了"经典坏蛋"的最后指示:"最晚早晨7点,否则真的取消!"

这时,大家悬着的心才放了下来。

"你把40万元包成两包,必须是现金!"短信中,双方确定了交易地点和时间后,"闯闯"又提出了要求,需要将40万元现金装成两包,一包10万元,另外一包30万元。这样要求的目的是便于双方交易后人贩子和婴儿的父母分赃。

"要钱简单,拿报纸包出来就好了!"看到"闯闯"的短信要求,胶州市刑警某中队的江队长立刻摸起桌子上摆着的旧报纸,十分钟就叠出了厚厚一大摞"人民币"。

"你们买点奶粉,最好带个奶妈过来!"短信交流中,"闯闯"还没忘记提醒谢记者这些细节。为了不引起对方的警觉,随谢记者一同采访的女实习生雪梅(化名)临时充当起奶妈的角色。

从早上6点30分开始,"闯闯"的短信就不停地发来:"再不来他们就走了!""你说十分钟,已经过了半个小时了!"

谢记者和干警们以道路不熟悉、堵车等理由,终于"坚持"到了早上8点。

"孩子在车上吗?我怎么听不到哭声?"两组干警就位后,谢记者和齐警官乘坐的车辆停到了"闯闯"他们的面包车前方十多米处。

"你过来看看,孩子就在车上!"

"你们别下车,我过去看!"按照坐在后座的齐警官的指示,谢记者和雪梅下车了。

"发生危险及时撤退,他们逃跑的话,你们不用管。"临下车前,齐警官叮嘱道。

"在后面,你上车看!""闯闯"说。谢记者慢慢走向面包车,透过车窗看到车里一共坐着四个人，前面两个座位上并没有发现孩子，后面坐着两个男人，也没有孩子。担心人身安全受到威胁，谢记者表示拒绝，要求对方打开车窗，通过后窗往里看。

"在下面，你看！"说着，后面一个男子掀开盖在腿上的西装。谢记者这才发现他腿中间的座位上，有一个小毯子包得很严实。坐在后座的另外一个男子伸手拉开毯子一角，里面是一个刚出生的婴儿，还在熟睡中。

"我要抱到我的车上去看看孩子是否健康。"见到孩子，谢记者的心放下了一半，同时表示要把孩子抱到自己车上，让"奶妈"好好看看孩子的情况。

"不行，你跑了怎么办？我的车追不上你们！"当谢记者伸手要去抱婴儿时，坐在驾驶员位置的男子立刻大声吼道，并且伸手制止。

"我不看孩子，肯定不会给你钱！"

"那我怎么相信你？"

按照事先的要求，必须保证把孩子抱过来，埋伏的民警才能下手抓人。怎么办？谢记者灵机一动说："我把车钥匙给你，你的人挡住我的车，这样你总放心了吧？一旦确认孩子健康，我立刻给钱。"这时，在车里坐着的江队长将装有"40万元现金"的袋子晃了晃。

"好吧，我们相信你！"面包车上那几个人看到了袋子，对视一下后表示同意。

谢记者回到自己车上拿车钥匙，并跟齐警官汇报了情况。负责开车的江队长跟着谢记者下了车，与他一起返回到面包车前。

"你也要把车钥匙给我！"就在雪梅伸手去抱孩子的瞬间，江队长突然大喊了一声。坐在副驾驶座上的男子本能地将手中的车钥匙往外递，而此时，坐在车里的齐警官也悄悄地打开车门，走了出来。

几乎同时，在一前一后埋伏的两组民警悄悄地包围过来。

面包车驾驶员眼看着前方突然冲出的便衣民警，知道大事不妙，拍打着方向盘大叫:"坏了,坏了!"

听到他惊慌失措的声音后,车上其他人犹如惊弓之鸟,乱作一团。坐在车后排抱着被拐婴儿的男子向婴儿的脖子伸出了一只大手。

"住手!"发现情况的江队长冲上前去,一只手推开伸向婴儿的黑手,另一只手托起包裹,顺势抱出车外,跟在身后的雪梅不假思索地接过孩子,腾出手来的江队长一个翻腕将那个男子按在车内不能动弹。

"不许动!"几乎同时,一把手枪顶在面包车驾驶员的脑袋上。冲上来的其他民警打开另外一侧的车门,将另外两名嫌疑人制服。

两三分钟时间里,四个嫌疑人都被戴上了手铐。

为了保证婴儿的安全,接过孩子的雪梅坐回车里,并由另外一名民警保护。雪梅怀里的女婴身上没有一件衣服,被一块硬如纸壳的废旧破毛毯包裹着,娇嫩的皮肤已被划出了一道道清晰的血痕。这个出生才几天的婴儿根本不知道发生在自己身上的一切,她哇哇哭着,把脏兮兮的小手伸到嘴里吸吮。

"快给婴儿买奶瓶、奶粉、尿不湿,还要买能穿的小衣服……"回到派出所后,警方把女婴送到了胶州市妇幼保健院,负责给女婴检查的大夫说,孩子的脐带还没干呢。

11月17日晚上,我的QQ突然收到一条信息,是"经典坏蛋"发来的:"货提走了吗?"

原来,从11月16日开始,"经典坏蛋"等了一天多,不见"闯闯"回来,给"闯闯"打电话也没有人接。他有点坐不住了,左思右想也猜不准究竟出了什么事情。就在这时,他看到我的QQ上线了,就赶紧向我打听情况。

我马上向胶州警方汇报。市公安局刑警大队和相关派出所组成的专案组获得消息后,马上制订出抓捕"经典坏蛋"的计划,让我想办法拖住他,尽快摸清他所处的位置。

怎么拖住他呢？我使了个离间计："你这人就是不诚信，以后我们绝对不会跟你合作了！"

"我怎么不诚信了？"对方很惊讶。

"你为什么涨价啊？不是讲好40万的吗？"

"什么意思？"

见他已经上钩，我就告诉他"香港老板"已经将孩子抱走了，"闯闯"等人不但拿走了40万元，而且临时提出多加5万元的要求。"香港老板"看到孩子不错，最后还是同意了"闯闯"的要求。

兄弟拿了钱想私吞？这下可把"经典坏蛋"气坏了："你等会儿，我再给'闯闯'打个电话！"

那边，已被胶州警方控制住的"闯闯"，在警方的指示下接起电话，"喂"了一声后，立刻挂掉关机了。

这戏演得太像啦。"经典坏蛋"深信"闯闯"私吞巨款跑掉了："我明白了，肯定是这个孙子欺骗了我！"

"你离他家近吗？"我赶紧问。

"我在江苏徐州，他在枣庄，不是很远。"他把地址告诉了我。

第二天下午3点，"经典坏蛋"又在QQ上给我发信息："我再给你一个孩子要不要？"

"可以，几个都行。"

"那你先给5万元订金吧！"

此时，来自胶州市公安局刑警大队和云溪派出所的四名民警已经在赶赴徐州的路上。他们让我答应对方，无论如何先稳住他。专案组已经锁定"经典坏蛋"目前在徐州市某镇的一家网吧内，立刻请求徐州公安局给予支援。

确定警方大概下午4点到达网吧后，我给"经典坏蛋"回了话："你先发个农行的账号给我，我老婆大概半个小时后打钱给你。"

他真的发给我一个农行账号。之后，他在网吧里走来走去，准备五分钟后到楼下取钱，结果，当地派出所的四名民警出现在他身后，将他带回了派出所。

后来，根据《半岛都市报》的报道，从11月16日上午9点开始，接受审讯的四名嫌疑人找借口不配合警方审讯，也不肯交代自己的罪行。直到16日下午2点，其中一名来自四川的犯罪嫌疑人"老鬼"才供出一点点信息；而同犯小陈面对民警的讯问，则以听不懂普通话为由，一直不肯交代，民警甚至无法搞清楚其真实姓名。

"嫌疑人最后选择的交易地点，应该距离婴儿的父母不太远。"办案民警分析，嫌疑人几次变换地点，最终选择胶州某镇作为交易地点，而且第一次孩子并不在车上，过了十多分钟就抱进来了，说明孩子的父母距离抓获地点不会太远。"闯闯"发给谢记者的短信中还有一条说的是："孩子就在前方两公里处。"根据推断，办案民警一边继续审讯四名嫌疑人，一边安排另外几名民警到抓获地点周边进行摸排。

"我想起来了，在一个砖窑里面。"16日下午3时许，18岁的"闯闯"终于说了实话。这时，现场摸排的民警也传来消息：附近几名群众曾在当天早上6点左右，看到一辆银灰色的面包车从砖窑里面开出来。

由于这里有好多个砖窑连成一片，最初的目击者也无法清楚认出。为了确认那辆车到底是从哪个砖窑出来的，也为了查清楚是否有同伙和其他被抱走的孩子，民警们经过两个多小时的排查，连续搜索了五六个砖窑，最后才找到了位于某街道的这家砖窑。"就是这里，但具体是哪间房子我不知道，人我也不认识。""闯闯"还提供了一条信息，小陈的妻子也在这个砖窑干活。

根据"闯闯"的供述，警方很快找到了小陈的妻子，但她一开始同样不配合："听不懂，不知道。"几个小时后，她终于交代，女婴是吉某生的。民警将吉某带回派出所时，已经是17日凌晨2点了。

吉某既不会讲普通话，也听不懂普通话，民警只好找来在青岛打工的四川民工小张充当"翻译",给她做讯问笔录。通过小张的"翻译",民警才听懂吉某一直在重复的一句话:"我自己养活不了这孩子,也没有钱回家。"

据吉某自己讲,她从小没上过一天学,甚至连自己多大都说不清楚,结婚后很快就生了三个孩子,她"送人"的这个孩子是第四个。今年春天,她和丈夫带着小儿子跟着小陈来到青岛一砖窑打工,来的时候就已经怀孕了。

因为婆婆身体不好,家里两个大孩子上学还需要钱,丈夫前一段时间带着钱回了四川。11月14日上午,吉某的第四个孩子出生了,她自己摸起剪刀,剪断了脐带。

"我照顾不了,没办法!"钱全被丈夫拿回了家,她担心自己养不活这个孩子。而这时,早已盯上她的小陈不停地来吓唬她:"你留着孩子,她也会饿死,给我,我还能给你钱。"经不起诱惑,她终于同意让小陈抱走孩子。因为吉某还处于哺乳期,警方在为其办理完取保候审手续后,又将她送回了住处。

警方通过审讯了解到,"闯闯"是枣庄人,他将高价收买婴儿的消息告诉在青岛一砖窑打工的四川人"老鬼"后,"老鬼"又找到了砖窑的包工头小陈。小陈说他们砖窑有一个孩子快出生了,他去做做思想工作,争取把孩子买出来。"他们父母都同意了,我还犯法啊?"17日上午,接受审讯的另一个犯罪嫌疑人颜某替自己辩解时,竟然说了这样一句话。只有小学文化的颜某基本上是个法盲,他认为孩子的父母同意将孩子卖掉,自己不过是牵线搭桥,又没偷别人的孩子出来卖,不算犯罪。

"我要立功,我还认识不少人贩子。"17日上午11点,办案民警对四名犯罪嫌疑人进行初步审讯后,正在刑事拘留书上签字的颜某突然大喊要揭发立功。随后,颜某先后供出与他合作过的十多名人贩子,这些人贩子中,有的和他联系过八九年,有的共同交易过好几次。

后来,警方通报了案情的进展。

据了解,"经典坏蛋"姓徐,离婚后独自一人抚养现年3岁的儿子。孩子的日常开销随年龄的增长而逐渐增多,徐某便萌生了将儿子卖掉的想法,于是在网络论坛中大量发帖。此消息吸引了山东籍男子王某某("闯闯")、颜某的注意。这两位"买主"在和徐某取得联系后,他却又不忍心将孩子卖出了。

王某某得知徐某打退堂鼓后,便拉拢徐某:"与其将自己的孩子卖掉,不如由你来寻找买主,我和颜某物色可交易的儿童。"徐某听后表示同意。随后,王某某相继在多个论坛上发布买童、卖童信息。关注贩卖儿童消息已久的四川籍男子拉某、勒某主动与王某某取得了联系,并告诉王某某,其老乡有一个刚出生的女婴准备卖……

2009年3月6日,胶州市人民检察院指控被告人王某某、徐某、颜某、拉某、勒某犯拐卖儿童罪,向法院提起公诉。胶州市人民法院经审理认为,被告人王某某、徐某、颜某、拉某、勒某等人的行为均已构成拐卖儿童罪。尽管在胶州的拐卖女童案中他们没有成功,但是依据相关法律,只要参与了收买和运送儿童等行为就构成拐卖儿童罪。在共同犯罪的过程中,被告人王某某系组织者,起主要作用,是主犯;被告人徐某、颜某系从犯。

胶州市人民法院一审以拐卖儿童罪判处被告人王某某有期徒刑五年,判处被告人徐某有期徒刑四年,判处被告人颜某、拉某及勒某有期徒刑三年,分别处罚金3000至5000元。

漳州抓捕

触犯了法律就要受到法律的制裁，但仍有大批人贩子不惜铤而走险。

2009年8月4日，我看到网上有一篇帖子，发帖人说他妹妹被男朋友抛弃，留下一个三个月大的儿子，无力抚养，要以15万元的价格出手。我马上装作买家和对方通过QQ联系，讲起了价钱。他的网名叫"不如归去"，并一再强调孩子是他们自家的，还说之所以出这样的高价，是为了防止被人贩子拿去转手。他说他在厦门，要孩子的话赶紧过去。

可是，我在网上搜索后发现，这个卖家用同一个QQ号，发布了要卖两个月大、三个月大等四个不同年龄段婴儿的信息。我断定他提供的信息是假的，而且他很有可能就是个人贩子。

8月10日，我们谈好以13万元的价格成交，并且约定8月12日在厦门进行交易。

我当即就给《厦门日报》的朋友小赖打电话，希望通过他们与厦门警方取得联系。第二天上午，厦门湖里公安分局刑侦大队就和我定下计划，12日上午，他们将在交易现场设伏，实施抓捕。

11日，我和随行的央视记者——尚记者、小唐记者到达厦门，湖里公安分局刑侦大队也调派侦缉骨干，提前备战。可是半夜三更对方突然给我发来短信，说他们已经到了漳州，明天中午到漳州进行交易。这给我来了个措手不及。已经是深更半夜了，我只能等第二天再通知漳州警方。

不过那天晚上，我得到了一个突破性的信息，不出我所料，孩子并不是"不如归去"的妹妹所生的，是他通过漳州的一名女子拿到的。他还说孩子是从云南来的，倒过好几手。

对方把交易定于12日下午在漳州某区进行，时间非常紧迫。上午，我们先去找当地警方，他们的刑侦大队教导员却有点怀疑，我是个普通老百姓，怎么可能掌握这么重要的线索？他说："我们这边最近诈骗案件很多，会不会是诈骗？"但我相信自己的判断，我说："相信我，我是志愿者，是花自己的钱买了机票过来的，没有百分之百的把握是不会来的。"

我提供了"不如归去"的QQ号码和手机号码。当时，嫌疑人说自己已在漳州的高速公路出口，快到了。但警方用技术手段对我提供的手机号码进行分析后，发现其所在的地点和我提供的不符。

警方虽然疑虑重重，但还是很快制订了抓捕方案。

按照约定，最终的交易时间和地点都由我决定。最后，警方决定在漳州宾馆设伏。下午1点40分，所有人员抵达漳州宾馆大堂，进入伏击状态。

宾馆大堂里人来人往，谁都不会注意到，总台前几名正在退房的客人、坐在沙发上闲聊的几名男子、咖啡吧里的客人，都是便衣民警，宾馆大门外的两辆车上也蹲守着另一路干警和媒体记者。我的身边是两名女民警，分别扮演我的妻子和大姨子。

一张大网已经静静撒开。

我们约好的交易时间是下午2点。但是，一个小时过去了，"不如归去"也没有现身。他在电话里一会儿说再等等，一会儿说马上到。

大概在下午3点半的时候，对方发来短信说到了。我问："你在哪儿？先出来吧。"他说不行，让我先到酒店外面，让他看看。我知道，他们的人已经到了。

我不能先站出来，他看到我如果感觉不对，会把孩子带走，另外，到了外面也不利于抓捕。于是，我给他发短信："我是外地人，怕被你们骗抢，我不会出去，必须是你把孩子带进来。"

"不行。"他一口回绝。

"那就算了，你不来的话，我就买机票走了。"

然后，我们就僵持住了，他真的不跟我联系了，我也不再跟他联系。但我知道，这是一种心理较量，最后他肯定会妥协。

五分钟内，我们没有任何联系。这时警方问："怎么样了？到底可不可靠？"过了五分钟，他果然发信息过来，问考虑得怎样了。我说："我已经订好机票，再等十分钟，你再不进来我就回去了。"

又过了五分钟，他的信息来了："我进来了，你在哪里？"

这时，我看见一个很瘦的人进来了，留着"杀马特"的发型，穿着褐色竖条纹衬衫和拖鞋，拿着手机。我问："孩子呢？"他说："等一下。"也许看到我后，他比较相信了，就走出宾馆，往左侧走了一段后，又向另外一侧挥手。一个中年妇女抱着孩子急匆匆地走了过来。他们一起进来，坐在沙发上。

我旁边的民警大姐以看孩子为由，把孩子抱了过来。这时，埋伏在四周的干警冲出来，把这一男一女制服了。宾馆工作人员一片愕然，有人问央视摄影记者："你们在拍电视剧？"

那个婴儿只有两个月大，还在襁褓中沉睡，根本不知道自己身上发生了什么。

审讯过程中，"不如归去"很快就交代了，说孩子是别人送过来的，漳州宾馆门口还有两个人等着分钱。警方马上回去把人抓了。

人抓住后，我心里如释重负。他们不知道，这已经是我解救的第41个孩子了。后来警方经过审讯，还去了他们的住所，又抓住了一个人。这次总共抓了五个人，是一个团伙，在江西也有案底。

之后我根据报道得知，嫌疑人阙某（就是抱孩子来的中年妇女）供述，2009年8月的一天，其同伙李某联系她称又有男婴要出卖，要她联系买方。此后，阙某将此事告诉邱某，叫其找买方。2009年8月4日，邱某在互联网上发布出卖男婴的信息。据调查，嫌疑人在2008年9月和10月，还卖过两名婴儿，分别得到2500元、4000元的"报酬"。

后来，漳州市中级人民法院对该案的犯罪嫌疑人进行了宣判：被告人阙某犯拐卖儿童罪，被判刑13年，剥夺政治权利3年，并处罚金5万元。另外四名被告人被判处2年到5年不等的有期徒刑，以及5000元到2万元不等的罚金。

遗憾的是，我们当时解救的孩子，到现在为止还没有找到亲生父母。

一个母亲的悔过书

在众多人贩子中,有一部分人并非十恶不赦,他们大多没有什么文化,甚至字都不识,对法律更是没有了解,他们不知道自己已经犯罪,还以为是在做好事。对这样的人,我大多会尽力劝其自首。

2010年2月,我在律师网上看到一条信息,发信息的人说自己无意中帮别人介绍了两个孩子,获取了小部分的利益,现在被公安机关通缉了,不知道情节是否严重。

我想,如果能够劝其自首,那就有可能找回被拐卖的孩子。于是我给这个人留了言,我说我可以帮助他,希望他提供更具体的信息,但是没有收到任何回音。

我想再试试看,就根据他发的信息去百度查,发现还有类似的咨询,内容是一样的,我断定是同一个人。于是我就在百度贴吧里给他留言,留了我的QQ号码,可是过了半个月他也没反应。

大概又过了一两个月,有人加我的QQ,是河南郑州的,一上来就问我是谁、是做什么的。我很讶异,也问他是谁、是干什么的。他不愿意说。

我搜了他的QQ号码,发现他就是那个发帖求助者。于是我就问他是不是曾经发布过求助信息,说我可以帮他。

"你是谁?"

"我是志愿者。"

"你怎么帮?"

聊过之后,我感觉他很排斥我,可能怀疑我是警察。他有这种心理也是正常的。

又过了很久,有一天,他突然在QQ上问我:"你最近又解救了几个孩子?"

我一愣。

他说:"其实我一直在关注你,你是好人。被通缉的不是我,是我妈妈。我在郑州上大学。如果你真能帮助我们的话,我要先和家里做做思想工作。"他妈妈在安阳农村,一天,有人对她说别人有个孩子不想要了,她知道村里有人想要孩子,就牵了一下线,对方给了她几百元。这样的事她一共参与了三次,每次都是几百元到约1000元。她一直不知道这是犯罪,认为自己是在帮别人做好事,直到后来其他人都被逮捕她才慌了,逃往外地。她现在连过年都不敢回家,全家人都抬不起头来。

我说:"把你妈妈的信息发给我看看。"通过查询,我发现情况属实,他妈妈确实是被通缉了。

这个大学生很可怜,心里也很矛盾,不愿意与我交心。我一直和他保持沟通,但后来他就不愿理我了。逢年过节,我会给他留言:"家里还好吧?爸爸还好吗?爷爷奶奶怎么样?有时间多回家看看。"我想用情感牌打动他。

过完年后,他终于给我回信息了:"你是好人,打算怎么帮我?"

正好,2011年公安部开展了为期三个月的敦促拐卖妇女儿童犯罪分子自首的活动。我把相关信息发给他,让他妈妈去当地公安机关自首。他多次问我能不能陪他妈妈一起去,他妈妈在北京。我同意了。

我联系了他父亲,约好第二天去北京。但他们又变卦了,说让我先去他们在河南的老家。我只好把去北京的机票退了，改飞郑州，再从郑州坐车到安阳。

这时已经是 2011 年 2 月，离我最早和他联系已经过去了一年多时间。去之前，我和北京市公安局打拐办的高延庆大姐说了这事。高大姐说欢迎她，在这期间自首会得到宽大处理。

到安阳时，天已经黑了。他们来了三个人，到车站接我，带我去吃饭。男孩瘦瘦的，戴眼镜，看起来挺老实。他介绍："这是我爸，这是我叔叔。"

吃完饭后，他爸说坐一会儿，然后就开始问我："你到底是做什么的？为什么要帮我们？"

我说："我就是一个志愿者，你觉得可以，就相信我。你觉得不可以，我跑一趟也没关系。"

他爸听完沉默了。过了一会儿，他叔叔又问了同样的问题："你到底是做什么的？为什么要帮我们？"我同样回答了他。然后他问："可不可以看一下你的身份证？"

我把身份证给了他。我想自己是善意的，给他看身份证也没什么关系。

叔叔走了，姑父和姑姑进来了，说："你不是警察吧？不要骗我侄子，他很老实的。"我又做了同样的回答。

我已经很累了，一早赶飞机，又坐了半天的车，很想早点休息。可是，大伯又来了，问了同样的问题。我也有点不耐烦了，我是来帮他们的，却像是在被审讯一样。

这时，男孩进来了，说："哥，不好意思，他们比较担心。明天上午 10 点钟，我们就去北京找我妈妈。"

晚上，父子俩和我睡同一个房间，还时常留意我打电话。第二天在火车上，他父亲老是在打电话，从车厢这头走到车厢那头，又要了我的身份证，一个数字一个数字地报给电话那头听。我虽然挺无奈的，但能理解他们，这样反反复复地盘问正是因为他们心里十分不踏实。

到了北京，我以为就能见到他妈妈了，结果来接我们的是他的阿姨和表姐。她们又是同样的问题："你凭什么帮我们呀？你到底是干什么的呀？是不是有什么好处啊？身份证给我们看一下。"

我知道他们不理解我为什么平白无故帮他们。

我们在北京西客站对面找了一个饺子馆坐下聊。下午4点半的时候，他爸进来说："这样吧，小伙子，他妈在通州那边打工，还有点不放心，今天晚上你和我一起过去劝劝她。"

我说："既然想自首，今天应该是一家人在一起的时候。晚上留给你们一家人，我作为一个外人就不去了。明天早上我们约好几点钟就可以。"

他们这才真正放心，彻底相信我了。当即决定，第二天上午10点，在北京某地铁站见面。

去北京前，我把这事告诉了《凤凰周刊》的邓记者。邓记者就赶了过来，说要扩大这件事的影响，让更多人贩子大胆地站出来面对自己的罪行。他包了一辆车跟着我做后勤保障。

第二天上午，他妈来了，40多岁的样子，穿着紫色羽绒衣，收拾得还挺利索，表情有点紧张，拿着一个包袱。她已经在逃两年多了。他爸说她很紧张，让我去劝劝她。

我找了一家小吃店，点了包子和粥，边吃边聊可以让她减轻心理压力。北京打拐办的高大姐也来了。

我说："她是公安局的。你别担心，把你掌握的情况说出来。你没有继续逃避，做到这一步已经不容易了。你愿意把另外两起案件说出来的话，可以将功补过……"

高大姐也说："你不用害怕，我们一定会依法办事的。"

中午12点,她在我们的陪同下,到北京朝阳公安分局刑警支队投案自首。她说很感谢我们,在外面潜逃了两年多,现在一个重重的包袱终于卸下了。

邓记者在微博上播报了自首过程,很多媒体都报道了这个事件。警方很快找到了另外两个涉案的孩子,并找到了他们的亲生父母。

这个投案自首的母亲还留下了悔过书,说自己因为无知犯了罪,出逃后,她没吃过一顿好饭,没睡过一个好觉。

下面是她口述的悔过书。

我只有一个儿子,一直以来我都特别想要一个女孩。

一开始,我在老家做本分的中介工作,给乡邻找些工作。因为接触的人多,无意中听说有些被遗弃的小孩,我就打听是怎么回事,他们说一个要1万多元。有人给我介绍,我就间接地认识了一个老太太,问了一些情况,她说绝对没有问题,孩子是父母遗弃的、养活不了的。

后来我跟我丈夫商量想要一个小孩,但丈夫不同意,最后就把这事搁置了。邻居的女儿也一直想要个小孩,我就把我知道的那个情况和她说了。原本想做一下善事,帮人家介绍,后来就发生了拐卖案件,把我牵连了进去。

具体经过是这样的:

2008年秋天的一个下午,那个老太太给我打电话:"你想要小孩吗?可以来看看。"我就联系了邻居家,陪同邻居的女儿去某县医院门口见面。看了孩子之后,发现那也就是刚出生十几天的孩子,我们又送孩子到医院里检查,做了个彩超,发现孩子心脏有毛病,就没要。后来,有个自称是小翠的女子(五十来岁)给了我一个电话,说如果以后还要孩子就跟她联系。当时我也没在意,我对她们一点也不了解。再后来我邻居花了12000元从老太太那儿抱回来一个小女孩，一直抚养到现在。老太太给了我一点辛苦费。我说要是孩子是健康的，我也要一个，就跟小翠讲有了好的和我联系。

又过了一段时间，小翠给我打电话说有一个孩子，正好这时候有熟人说他的一个亲戚也想要个小女孩，我们一起去了。他们拿了12000元从小翠那儿抱走了那个孩子。看他们非常喜欢那个小孩，我就没要。回来他们还要谢我，但我没要他们一分钱，我觉得给他们办了一件好事，还挺高兴的。小翠给了我点路费和电话费，700元还是800元我也不记得了。我当时再次问她："这小孩有问题没有？"她说没有，都是没人要的。我想我这也算是做好事了。

又过了一段时间，小翠给我打电话说又有孩子了，让我联系有意向的人。后来，有人来让我介绍工作，闲聊中就又联系了一家，叫什么我也忘了，那家人花了16300元。小翠又给了我辛苦费约1000元。这是最后一个。我问小翠小孩是哪里来的，她说来自山西山里特别苦的人家，孩子多，实在养不起。

这就是事情的经过。后来，其他参与案件的人都被抓捕归案了，我非常害怕，不知道自己已经触犯了法律。

面对这样的行为，我自责，恨自己无知。可一切都已经晚了，我对给那些孩子带去的伤害表示深深的歉意，对自己所犯下的罪行表示忏悔。我一直都想去自首，主动交代自己所犯下的罪行，可又非常害怕，不知如何是好。

打拐志愿者"仔仔"在去年主动接触了我的家人，他非常关心我的案子，一直在做我家人的工作，希望我能早日面对现实，主动坦白，给社会一个交代。我认真思考后，觉得也只有自首才是唯一的出路。

在逃亡的这两年里，我有家不敢回，更不敢在白天露面。我想念我的家人，我也是一个母亲，还有我高龄的父母因为我的行为至今仍在操劳。这种生活，我已经过够了，真的……

今天我鼓起勇气，决定向警方自首，同时希望在逃的犯罪嫌疑人们，回头吧，向警方自首，争取宽大处理还来得及。

之后案子进入审讯阶段，要请律师了，但他们家经济条件不是很好，我就帮他们联系了律师，请求法律援助。两个湖南律师愿意免费提供法律援助。

可没有想到的是，这个消息在网上发出后，有很多质疑的声音：不是打拐吗？为什么不去帮助被拐家庭，为他们寻求法律援助？为什么要帮人贩子？

我为此专门写了一篇博客文章《我为什么要帮人贩子》，阐明了我的观点：

帮助自首的犯罪嫌疑人可以减轻他们的思想压力，让他们更好地配合警方，从而找到更多涉案的孩子，破获更多的案件。同时，对他们给予宽恕可以唤醒更多想悔过而又没有勇气的罪犯，使他们早日回头。司法机关在严厉打击拐卖犯罪的同时，用这种更人性化的方式去感化犯错的人，会更有效果，达到"治病救人"的目的。

我坚信自己并没有做错。案件被报道后的第二天就有人通过微博找到我，问我是否可以帮他。

劝导逃犯，也是我的志愿工作内容之一。在2011年公安机关为期九个月的清网行动中，我总共直接劝导了33名在逃犯罪嫌疑人投案自首，其中有过失杀人的、抢劫的、盗窃的、诈骗的……

至今，我仍然在做劝导在逃犯自首的志愿工作。

潜行者说

打拐志愿者的工作内容十分庞杂，从 2007 年开始，我在这条路上默默潜行了 17 年，接触了形形色色的人，看到了许许多多的悲欢。这条路虽然辛苦，虽然艰险，但能够帮助很多家庭找回亲人、找回温暖，帮助很多无助的人找回希望，于是我越发坚定地在这条路上走下去。

2007 年年底，我走上打拐之路。线索大多来自网络，因为传统的拐卖犯罪在网络时代有了新的形态。那时，很多网站和 QQ 群都有买卖孩子的信息，数目多得惊人。这些 QQ 群里的成员形形色色，有中介，有人贩子，有卖孩子的亲生父母，也有买方。

我加入这些群，以不同的身份潜伏其中，往往一待就是几个月，甚至一年。得到线索后，与嫌疑人接触，包括网上接触和实地接触，掌握证据后报警抓捕。

那时我还在做跆拳道教练，工作之余，几乎所有的时间都在上网，留意拐卖孩子的信息，有时每天十四五个小时都在网上。而每次到外地接触嫌疑人，我都是利用休息时间或者请假去。

当时，身边的朋友都不知道我在做什么。有时候他们看到报纸上和我有关的打拐报道，会对我说："咦，这人的背影很像你！"我只是笑笑，也不回答。

长期以不同身份潜伏在不同的QQ群里，多线并进，同时和多个嫌疑人打交道，是非常耗费脑力和体力的。

到了2009年年初，我身体变得很差，神经衰弱很严重，整夜失眠。我心里很清楚自己是用脑过度，太劳累了。我经常接触犯罪分子，一有空就想案子，案子结束后还会分析案情。每次抓捕罪犯前，我都会设计一个方案——哪个环节如果发生意外，我该怎么应对，每个案子我都尽可能地先把最坏的结果想到。

我打算休息几个月，于是辞去了跆拳道教练的工作。可谁知道把工作放下后，我反而把所有精力都投入了打拐中。此后，我就变成了一个专职的打拐志愿者。

渐渐地，我在志愿者中有了些名气。

2009年4月9日，公安部召开全国打击拐卖妇女儿童犯罪专项行动电视电话会议，对全国打拐专项行动进行了动员部署。

2009年4月26日，公安部刑侦局邀请搜人网的打拐志愿者去北京开座谈会。那时拐卖案件高发，如果再不打击，人人自危。刑侦局的态度比较明确，通报了一些拐卖犯罪的情况，我们也做了汇报，包括叶锐聪和蒋峥的案子。叶锐聪是在家门口被抢走的，说明拐卖犯罪已经到了何等猖獗的地步。对于儿童街头卖花和乞讨现象，刑侦局表示，接下来会和治安管理局采取打击和清理措施。另外，2008年之前，个别儿童被拐之后，公安机关以不到24小时为由不予立案。时任刑侦局局长的杜航伟当即声明，公安部从来没有类似的规定，关于立案时间问题公安部做出明确声明，儿童被拐不能依照成人失踪惯例，应一律按照命案的工作方式来立案侦查。

6月，公安部刑侦局又请我们去北京座谈，并表示我们如果再发现犯罪线索，可以直接反馈到公安部，由公安部再逐级要求公安机关立案侦查。

这让我很激动，觉得自己的努力终于有了成效，打击拐卖犯罪越来越受到重视。

我继续每天在网上潜伏，然后到全国各地去解救孩子，协助公安机关抓捕犯罪嫌疑人。日子就这样一天天过去了。

一开始，我都是坐火车前往。但有时对方要求我第二天就到现场，而我总是以老板的身份出现，如果说机票太贵了要坐火车，不免会被怀疑。于是渐渐地，机票就成了我的第一大开支。

渐渐地，我的积蓄越来越少，到2010年，我从事打拐志愿活动的花费已超过30万元，那幢梦想中的小洋楼离我越来越远了。但我并未因此而感到有丝毫惋惜，因为当我看到那些被人贩子拐走孩子的家庭的悲惨状况时，看到那些本应接受教育的孩子，却和我小时候一样无法上学的时候，我很想去帮助他们。在我人生中最困难的时刻，我多么希望能有人来帮助我、安慰我，哪怕只是一句问候，也可能给予我生活的勇气……

推己及人，我总希望能给那些陷于困境的人勇气，希望能用自己的全部力量去帮助他们。这些年，正是这种心情推动我在打拐之路上一直走下去。

然而在打拐过程中，不仅需要付出金钱和精力，有时还会面对各种恐吓。2010年，我协助警方在北京抓捕人贩子团伙，三个嫌疑人被抓，狡猾的主犯没有出现。他是山东人，回到山东后就多次给我打电话，扬言要到广州追杀我。他还发了多条信息恐吓我，说要对我的家人打击报复："要你付出血的代价，要你永远消失在这个世界上……"后来，警方在临沂把他抓获。

我在广州的住址连我的家人都不知道，因为我怕他们知道后，万一我有什么情况，他们也会受到威胁。一次，我在外出差，小区保安打电话给我说有快递。一听说有快递我就很警觉，因为我的地址很少有人知道。我让小区保安打开看看是什么，结果一打开，保安吓坏了，竟然是子弹壳！直到现在，我也不知道那是谁寄的。

有时候，我也会面临质疑。以前别人不理解我，我还会有小小的忧伤，也很想去证明自己的清白。可后来我想，我向这个人证明了，那个人还会质疑我，那我就要天天在那里自证清白，不用再做别的事了。现在我会把质疑当成鞭策，使自己不走向偏路。

我发现犯罪线索第一时间就会反映给公安机关，并在公安机关的授意之下，协助他们去办案。此外，我和犯罪嫌疑人沟通时发现了他们的前期犯罪事实，也会提供给公安机关审核。我履行的只是一个普通公民的义务，不会超越自己的权限。

有付出，当然也有收获。我收获的是一种快乐、一种成就感，那么多孩子因为我的行动得到了解救，从此改变了一生的命运，我想，这让我的一切付出都有了价值。

一旦有案子找上门来，我会义无反顾地继续上路。

每当看到那些被拐孩子家庭的凄惨现状时，我觉得自己没有理由拒绝他们，尽可能地为他们提供帮助，甚至会亲自带他们去寻找孩子，比如伍兴虎、邓惠东，还有孙海洋。这些被拐孩子的家长一直在寻找孩子的路上奔波，也都成了公益志愿者，他们一边寻子一边打拐。

伍兴虎的爷爷在去世时仍念念不忘丢失的孩子，伍兴虎的父亲因为这件事两度脑溢血。面对他们，我总会感到特别心疼。失去一个孩子，对这些家长和整个家庭来说，都是致命的打击。

还有一个湖南的失去孩子的家庭，他们在丽江做生意，有三个孩子，日子本来过得幸福美满。2008年的时候，大女儿读五年级，二女儿3岁，小儿子1岁。一天，他们的店里来了个人，把二女儿抱走了。全家人到处寻找都没有找到，给我打电话寻求帮助。后来有一天，那个妈妈又给我打电话，叫了一声"小弟"就哭了起来，声嘶力竭。我心中疑惑，难道是他们发现二女儿遇难了？这时电话那头说，全家人都在竭尽全力寻找二女儿，一时疏忽了对小儿子的照顾，结果小儿子掉进水井淹死了。

听到这样的消息，我感到非常悲痛，立刻联系了公安部对这件案子进行督办。

有时候，他们夫妻俩吵架吵得很厉害，也打电话给我。我不知道怎么劝，只能说："如果你们现在离婚了，我帮你们就帮得没意义了。假如有一天你们的二女儿找到了，可回来看到这个家已经不是家了，还让她回来干什么呢？你们这时候就应该团结在一起，多关爱大女儿，齐心协力去找二女儿，而不是在一起相互责怪、吵架。"

很多时候我清楚，自己给他们的帮助可能作用也很有限，但他们真的把我当成了自己的亲人，当成了精神支柱，有什么事都会找我，甚至连衣服换季要进什么货都会问我。有时候我想，哪怕自己帮不了他们，当一个倾诉对象也是挺好的。

面对这样充满悲痛的家庭，当得知有孩子被拐卖的线索时，我又怎能无动于衷？

这些年来，我深切地感觉到，在民间力量和政府的共同努力下，打拐走向纵深。公安机关打拐不遗余力，民间也形成了强大的舆论力量。但是，拐卖儿童是一个比我们想象中复杂得多的命题。

前段时间，微信朋友圈被"呼吁人贩子一律判处死刑"的言论刷屏，可谓民意滔滔，然而这个口号实在有简单粗暴之嫌。所谓的人贩子，并不仅仅是我们想象中穷凶极恶、盗抢小孩的那一种人，有很大一部分犯罪人员可能是法律意识淡薄的无知之民，甚至以为自己在做好事，还有很大一部分是孩子的亲生父母。

拐卖儿童犯罪屡禁不绝，第一个原因是有买方市场存在，而在买方市场背后，还有着深层次的社会问题。在当时的计划生育政策下，很多家庭只有一个孩子，但不少人曲解了"不孝有三，无后为大"的意思，认为没有儿子"传香火"就是不孝。我们曾经接触过福建的一个案例，一个家庭本已有两个女儿，但因为没有儿子被人指指点点，于是去买了一个儿子。

同时，还有一些不孕不育的家庭也对孩子有着强烈的渴求，然而，相对滞后的收养制度却未能充分满足这一社会需求。目前，中国合法的收养途径之一是通过社会福利院，但这个过程严格而漫长，且不一定能收养到身体健康的孩子。

有些家庭在寻求正常途径无果的情况下，转而通过非法途径满足其愿望。这也是滋生拐卖犯罪的重要因素之一。

拐卖犯罪屡禁不绝的第二个原因，是有一条特殊的黑色利益链存在。试想，如果买家买到孩子之后，户口上不了，那么孩子的身份就会暴露。然而，我在打拐过程中发现，买家可以花钱钻空子，为被拐儿童违法上户口。

而我接下来要做的，就是揭开这条黑色利益链。

> 当户口和出生证明都可以买卖,当被买来的孩子身份可以'合法化',人贩子和买家的犯罪成本会变得更低。
>
> 作为打拐志愿者,我一直在行动,好在,已经迎来了曙光!

"幽灵户口" 6

海丰"鸿门宴"

有一次抓捕，令我至今难忘。

2014年6月，我卧底在一个"幽灵户口"群里，这个群里的人很少说话，但我通过这个群，协助公安机关抓过好几次不法分子。

2015年4月，有个网名叫"abc"的人突然蹦出来，说需要户口的可以联系他，他可以操作广西南宁和广东汕尾的户口。因为现在打击比较严，所以价格比较贵，广东、广西的户口价格要10万元。

我就和他搭讪："可能是骗子吧？"

那边就给我发私信："谁说我是骗子？我是真的办户口的！你电话多少？我打电话给你。"

我让他把之前办过的信息给我看看。他说："好的，我问问老板。"

很快，他就发来一个一个月前刚办理成功的户口，是海丰县的。他说："你看看，这是老板刚给一个江苏人办的。你办不办没关系，不要在群里说我是骗子！"

他办理的叫已建户口，和新建户口不同，这种户口是本身就存在的，只是没有头像。因为第一代身份证和第二代身份证有个区别，二代证的电脑信息中有头像，一代证没有。但是，有一部分人没有更新二代身份证信息。是哪部分人呢？可能是死亡的人没有注销，也可能是有多重户口的人。以前的户籍管理不严，就是一张纸。有的人户口迁走了，但是没有把这张纸带走，在异地又申领了一个，有很多集体户口就是这样，读书毕业后人走了，户口没迁走。

这就给了不法分子可乘之机。比如，有一个30岁的张某某要办户口，这里正好有个张三的身份证，所有的信息都有，就是没头像。经过中介找到不法分子，再到属地派出所拍照、录指纹，张某某就变成了张三。

"abc"说，现在由于相关部门查得严，新建户口不能办了，只能办已建户口。他办理的已建户口两天就能拿到户口本和临时身份证，而新建户口则要15天才能拿到户口本和临时身份证，但两者都要一个月左右才能拿到正式身份证。至于户口具体的所在地，要到办理时才能获知。

他发过来的临时身份证信息对应的是一个叫林鑫（化名）的人，1989年出生，住址是海丰县赤坑镇某村，户口登记时间为2015年，其对应的临时身份证由海丰县公安局签发。警方通过异地公安内部系统查询发现，林鑫的地址已变更为赤坑镇的另一个村，但头像和中介发来的是同一个人。

我决定接触一下这个中介。经过一番讨价还价，我要求"购买"一个1985年左右的户口，并和他约好到海丰县进行交易。验证过我的真实身份信息后，他答应了这笔交易。

去之前，我还是表达了我的担忧，说之前被人骗怕了，有一次白白付了订金，还有一次办了假证。他说："放心，不会骗你。来了之后就带你去派出所照相。派出所还会有假吗？"

为了让我相信，他竟然把他自己的身份证也拍了照发给我："你不是怕我是骗子吗？我把身份证也给你看。"他姓黄，四川达州人。

我说，我是外地的，到潮汕地区人生地不熟，怕不安全，我要带两个朋友一起过去。他说："没问题，带十个都没问题，你到了就知道我是不是好人了。"

4月23日，我和《新快报》的苏记者，以及南方电视台的一名记者，一起从广州开车到海丰。约好的是下午交易，上午我们就到了海丰，我们要去调查林鑫是否确有其人。我们来到他的户籍所在地，当地多位村民证实，村里的确有一个叫林鑫的，但他平时并不在村里，而是在深圳开店做生意，清明时刚回过村里。

那么，林鑫确有其人？我们把中介发过来的临时身份证的照片给村民看，他们一致否认："这个人也叫林鑫？肯定不是我们村的林鑫。"

这就说明，中介说的是真的，他确实办了一个叫林鑫的"幽灵户口"。

我们约好在海丰县南湖客运站见面。那家伙坐着公交车晃晃悠悠地到了。他是一个秃头，30多岁，看起来很老相。我就假装生气："你让我们等了这么久，是不是骗我们啊？"

他马上解释："不好意思，汽车方向坐反了。"

他说还要等一个朋友。大约15分钟之后，一辆凯迪拉克停在我们面前，江苏牌照的。车上有两个人，一胖一瘦，看起来像老板。秃头男让我们上车，我问去哪儿，他说先带我们去拍照，然后去派出所，在乡下。

"其他地方办这个都是在派出所拍照的，就我们汕尾要在照相馆拍照。"瘦中介一边说着，一边把车停到一家照相馆门口。我去拍照，他说先去隔壁银行取点钱："这5万块钱我先帮你垫着，你确定证没问题再给钱。"

我刚拍完照，瘦中介也来了，他说他也要拍："我再多办一个（身份证），用来办贷款，很好用的。"洗照片的时候，他问我以前有没有录过身份证指纹，有没有因为案底登记过指纹信息。他还教了我一招："如果你左手食指录过，等会儿就用中指来录，这样才不会因为指纹重复被查出来，换手指他们（指派出所）不会说什么的。"

他还说，我的身份信息已经拿到了，去了派出所会有人接应我们，他们给江苏的办了很多回，让我们放心，他们关系非常硬。拍完照片，我们又上车。他车开得非常快，红灯都没停，后来我才知道他用的是假牌照。

路上，胖中介和派出所的人联系。我坐中间，就把他开手机的密码记住了，到时可以把密码告诉警方，这样警方就能从他的手机里调取信息了。他把对方的号码存为"户口一"，我也把它记下来了。

约半个小时后，车子停在海丰县可塘派出所附近。瘦中介打电话联系上家。不一会儿，一名穿着背心、理着平头的精壮男子从派出所内走出来，和他到路边一家小店商谈。

接着，中介就叫我单独下车，跟着背心男进入派出所录指纹。两个记者想要跟随前往，却被他们警惕地拦下了："你们这么多人跟着，别人看到了不好，到车上等着吧。"

下车后，背心男告诉我进了派出所什么都不要说。我说："万一他们问我呢？"他说："不会问的。"

于是，我带着照相的回执单去了派出所，录入信息后，先去缴费，再回来录指纹，很快就办完了。在一个女警打印户籍证明时，我故意问了一句："临时身份证在哪儿办？"

背心男示意我不要说话，我假装不理他。他又碰碰我。

时间过去了不到30分钟，我已经摇身一变成为一个叫"黄祥富"的人。拿着户籍证明到大门口，我说要拍张照，给家人看一下。背心男又张口了："赶紧走，赶紧走，别在这里拍。"他做出很生气的样子，"不是让你不要说话吗？干吗说话？"

走出派出所大门，看到与我同行的两个记者也在拍照，背心男又生气了："不是让你们在车里不要出来吗？"

上车后，他把户口本和户籍证明交给了瘦中介。临时身份证要下午4点才能拿，证据已经到手，我们打算撤了。我告诉他们，我要去汕尾见一个朋友，已经好几年不见了，等他们忙完，晚上一起吃饭，再一手交钱一手交货。

因为汕尾和他们要去的地方不是同一个方向，他们就打算把我们送到路口。到了车上，秃头男开始吹嘘。他说他干这一行已经好多年了，生意遍布全国各地，还说为了做成这单生意，他专程坐了八个小时高铁从北京赶到广州，再转车到汕尾海丰。

为了证明自己成功率高，瘦中介还提起了之前卖出的林鑫的户口。他说这个户口的买家原本姓肖。"他现在还要我们把户口上面的信息改为'大学本科''已服兵役'，这个派出所分分钟就能改好，但他没有对应的学历和兵役档案，改了也没有用。"瘦中介说。

在瘦中介的手机里，我们看到了肖某的真实身份证。肖某是江苏阜宁人，出生于1979年，但摇身一变成为林鑫后，成了1989年出生的，足足小了10岁，照片看起来也年轻了不少。两张照片放在一起对比，几乎看不出是同一个人。"那是照相馆修的，你想多年轻、多帅气都行。他还嫌1989年太老了，想改个1992年的呢。"

想变成什么人就变成什么人，想哪一年出生就哪一年出生，背后操纵"幽灵户口"的"幽灵"实在太可怕了。

按照之前的操作手法，买家无须提前给钱，而是在拿到临时身份证并验证真伪后才支付一半费用，拿到正式身份证后支付余款。

先办证后收钱，这些户口中介不怕买家跑掉吗？"出来做生意要讲诚信，你的真实身份信息都在我手里，还在派出所摁了指纹，我怕你干吗？"瘦中介显得满不在乎。他说之前有一个山东买家耍了他，他当即调出对方的指纹信息打印在纸上，再加上真实身份信息，伪造了一份80万元的欠条。"往他们那边的讨债公司一发，钱就回来了。讨债公司分了一半，我要的不多，也就40万元。"

下午4点，我收到了秃头男发来的"黄祥富"临时身份证的照片，头像信息已经换成了我下午刚拍的照片，住址则是海丰县可塘镇某村，签发机关同样为海丰县公安局。他还给我打来电话，说："临时身份证已经拿到了，老板,就等晚上见面了。"

我说:"好。晚上你找个吃饭的地方,订个包房,叫上下午那两个人。"

他们找了个海鲜酒楼,说订了 104 号包厢。秃头男很早就去了,下午 5 点不到就给我打电话:"我已经过来了。"

我问:"我等一下就过去。你们是不是都到了?"

他说:"对,我们都到了。"

我说:"下午的朋友都叫过来了吗?派出所那个也叫上嘛,今天都挺辛苦的,应该请大家吃个饭。"

他在那头嘿嘿笑着说:"老板,派出所的人不方便出来,这个你也知道的。下午那两个人应该会来的。"

"你不是说他们到了吗?"我说。

他连忙打哈哈:"他们在路上了,在路上了,我打电话问一下。"

隔了一会儿,他又打电话给我,问我到哪儿了,还有多久。

我说:"我马上就到。你们总共几个人?我好安排酒水。"

他说:"他们几个十分钟就到。老板,你太客气啦。要不我们先点菜?"

我说:"好,好,你先点。"

我当然没有过去。我设了一桌"鸿门宴",让秃头男把下午那两个中介也叫上。然后,我通知了汕尾的警方,告知时间和地点。在公安部、广东省公安厅的部署下,汕尾市公安局出动了十名民警,实施抓捕。

过了一会儿,秃头男又打电话给我,说派出所那人就不来了,下午那两个朋友都到了。

我问:"那临时身份证呢?"

"放心吧,都在身上。"

我又问:"几个人?我带上酒,马上就到。"

他说:"五个,四男一女。"他还发了照片给我,证明已经点菜了。好家伙,满满一桌,虾啊、螃蟹啊全上了,可是,这是他们最后的晚餐了。

隔了十分钟，他又打电话给我："老板，你怎么还不到啊，我们菜都快吃完了。"我说："快了快了，有点堵车。"他说："哦，你注意安全。"

这时，警方已经到了，先去敲了一次104的门，进去一看，连忙说："不好意思，走错了。"其实警方是在确定人数，察看里边的情形。

第二次，警方又敲门："不好意思，能坐你们旁边那张桌子吗？"那个包间有两张桌子，还有一张空着。

"没事，坐吧，坐吧。"

于是，十个便衣警察一起坐到了他们旁边的那一桌，关上房门，把他们都抓住了。

警方后来反馈，审讯时，秃头男不肯透露真实身份。警察问他："你为什么到这里吃饭？"他竟然说："我走错了。"警方通过调查发现，这是一个团伙，还有人在逃。根据调查，已初步认定海丰县可塘派出所、赤坑派出所在事件中有所牵连。

此后，《新快报》记者辗转联系上了被冒用身份的真实的林鑫。林鑫说，他读初中的时候就把户口从村里迁到了赤坑镇上，从农村户口转为城镇居民户口。此后十余年里，他一直使用城镇居民户口生活，近年又到深圳做生意。清明时，他回村祭拜祖先，村干部拿着赤坑派出所的重复户籍登记表找到他，他才知道自己在村中的旧户籍其实并未被注销。当时赤坑派出所通知他过去办理注销手续，要他把新旧两个户口本都交上去，说等处理好了再通知。谁知，这一等就没了下文。直到看到《新快报》的报道，他才知道自己的户籍竟然被卖掉了。

被合法化的孩子

除买卖户口现象以外,我在协助警方调查各种案件的同时,又发现出生医学证明也存在着很多管理上的漏洞,一些不法分子乘机从中牟利,使得拐卖犯罪变得更加猖獗。

2014年,陈可辛导演的《亲爱的》上映。其中,张译饰演的角色原型就是孙海洋。

孙海洋是湖北监利人,从小因家贫辍学,18岁去武汉餐馆打工,卖2毛钱一个的包子,一年后赚了2万元,引起全村轰动,后来开服装店又把钱亏掉了。之后,孙海洋又在湖南永顺卖包子,生意火爆。

2003年,孙海洋的儿子孙卓出生。幼小的儿子让他想到了自己的童年,父母都是农民,连他上小学的学费都交不起。他想让孩子有更好的生活,受到更好的教育,将来有更好的出路。2007年10月1日,他来到深圳,在城中村白石洲卖包子。

包子铺的隔壁就是一个幼儿园,他觉得自己真是来对了,既可以做生意,儿子读书也方便。可是,仅仅九天,噩运降临。

10月9日晚上7点多,因为太累了,孙海洋打了个盹,孙卓在门外玩耍。8点多,他被媳妇叫醒,说孙卓不见了。他立马出门,问街边的邻居,邻居说:"你家亲戚带着孙卓出去玩了。"一听这话,他就知道坏了,才来深圳几天,哪儿来的亲戚?他连忙往邻居指的方向追去,半路上还去报了警。可是,一直到第二天早上,他也没有找到儿子。

从此以后,孙海洋开始了漫漫寻子路。后来,他发现还有很多和他同病相怜的家长,于是他有意识地和这些家长接触,仅在2008年,他就接触了上千名家长,掌握了3000多名家长报失儿童的信息……

但是,寻找多年,他依然没有找到他的儿子[1]。

《亲爱的》上映后,2014年11月,孙海洋接到一个举报电话,说福建长汀县某镇上,有个男孩经常被打。这个男孩八九岁,可以确定是买来的,因为养父母长期虐待,这两年连个子都没怎么长。举报人还说,镇上有很多买来的孩子,一条街上就有七八个。

海洋把这个信息告诉了我,让我和他一起去看看。

我当时在上海,就把这个情况和央视新闻的记者小唐和小胡说了,他们也愿意一起关注。我们从上海飞厦门,海洋则从深圳连夜开车到厦门。我说:"要不你坐高铁吧,开车太不安全。"他说开车方便,吃完晚饭后出发,早上就能到。

晚上11点,我想起一件事情,就给海洋打电话,可是他没接。我连续打了好多次,他都没接。我一下子着急了,他这个电话是寻找孩子用的,不可能不接。他会不会遇上车祸了?我开始胡思乱想。到了两三点,他终于回我电话了,说不好意思,实在太困了,刚才在服务区睡着了,问我有什么事情。

这些寻子家长总是让我感到辛酸。确定他没事,我才安心了。

第二天早晨,我和央视记者到了厦门机场,又叫上福建本地的一个记者柳记者给我们带路,一起去了那个镇。小镇在山里,镇上就一条直直的街。海洋已经先到了,了解到有八户家庭可能有买卖孩子的现象。

---

[1] 2021年12月,孙海洋失散多年的儿子孙卓被找到,孙海洋与儿子孙卓DNA比对成功。

让我们感到惊讶的是,镇上的居民对于买卖孩子的话题毫不避讳,即便是对我们这几个外人。一个大姐告诉我们,现在的行情,男孩大概十来万,女孩四五万。更夸张的是连孩子都能就这个话题聊上几句。一个女孩说,几年前有个男孩大概卖了七八万,她还知道,有个男孩3岁就被卖掉了,买主经常打他。还有个阿姨现身说法,说自己家的孙子就是买来的,生母是长汀人,孩子现在已经长到6岁了,白白胖胖的。

了解到这些信息后,我们就打110报警。两个小时后,长汀公安局刑警大队的干警来了。他们调取了这八户人家的户籍信息,锁定了九个孩子,其中一户人家有两个孩子。

警方调查后发现,这九个孩子都上了户口,但上户口的方式不一样,其中有六个孩子是通过医院开具的原始出生证明,直接到派出所上的户口。该镇派出所所长介绍,在这六户家庭里,有一户是用DNA亲子鉴定书换取的出生证明。而这六户之外的其他三个孩子则是通过非亲属投靠程序上的户口。非亲属投靠程序是为了方便农村中没能在医院出生、没有出生证明的孩子上户口的一种特别程序,正常情况下,按这种程序上户口也要经过严格审查。

所长说,正规的出生证明上都有防伪标志,而这六个孩子的出生证明都通过了派出所的检验,至少证明这些出生医学证明是从医院里出来的。至于另外三个通过非亲属投靠上户口的孩子,手续也是齐全的。也就是说,这九个孩子的户口都没问题。

那么,究竟是举报人在撒谎,还是有人在孩子的户口上做了手脚?警方决定进行DNA比对。随后,公安机关分别采取了九名孩子和其父母的血样进行检测。11月6日,DNA检测的结果终于出炉。

在九例检查结果中,有四例被证实是亲生的,排除了被拐卖的嫌疑;一例警方怀疑系非法收养;一例是亲子亲卖;另外三例与现在养父母的DNA不匹配,疑似被拐卖。

警方随后解救了那五名儿童,并抓捕了13名犯罪嫌疑人。后来,警方找到了其中三名孩子的亲生父母,这三名孩子被证实为亲子亲卖。他们的亲生父母都是从外地来到长汀的,而此时他们的身份都是犯罪嫌疑人。据其中一名被解救孩子的生母冯某交代,她由于无力抚养孩子,所以将其卖掉,并由自己的母亲收取了对方4万元。

尽管我国现行法律规定,孩子买家只要不虐待孩子、不阻碍警方解救孩子,可以从轻处罚,但是,买家给孩子上户口,就将涉嫌伪造、买卖国家机关证件罪。

警方介绍,有两户的出生医学证明分别是在重庆花600元和在广东花1000元买来的。他们根据两张出生证明追踪了涉案的两家医院,希望找到更多买卖儿童的线索。

这次事件让我认识到,这些孩子的户口和之前那些挂靠的不同,是直接上到了买方的家里。如果拿钱买个出生医学证明就能上户口,这后面说不定有一条利益链。出生医学证明是孩子在上户口前唯一的合法身份证明,其法律效力相当于成人的身份证。如果能从正规医院中买到出生医学证明,那么,来历不明的或者被拐卖的孩子就有了合法的身份,警方或者亲生父母就永远也找不到这个孩子了。

我意识到这个问题非常严重,决定继续追踪。

我们发现,该镇姓童的一家那张花1000元买来的出生医学证明上盖的章是"广东惠州市惠东县某镇卫生院",还有出生日期,接生医生是梁医生。于是,我通过114查到某镇卫生院的电话,打过去找梁医生。正好梁医生不在,我要到了她的手机号码。我就打电话给梁医生,问能不能办出生医学证明。她说:"可以啊,可以啊,现在就是要贵一点。"我问:"可以办哪里的?"她说:"现在可以办广东河源的。"

我一定要把这条线挖出来。

隔了几天,我再打电话时,梁医生说:"不好意思,我这里不办了。"应该就是在这期间，福建警方上门调查了。

于是，我又在网上搜了搜"出售医学证明""代开出生证明"等关键词，没想到一下子就搜出了很多信息及QQ群，不少卖家还留有QQ号、手机号等联系方式，有的甚至还会打上"服务第一，诚信至上""货到满意付款"等口号。

每个QQ群的成员人数通常在七八十到两三百之间。群里常常是安静的，但如果有中介发出"好消息"，把一张办好的出生证发在群里，然后配上一段文字——"这个孩子成功上户口了"，群里马上就会骚动起来："恭喜恭喜。""真的假的？"……

有人问出更实际的问题："我也想办，价格如何？"中介又会跳出来："这东西绝对是真的，私聊！"然后群里又归于沉寂。

就这样，我和几个中介私聊上了。中介开出的价格差距较大，从4500元到3万元不等，大多集中在8000元至13000元之间。有时他们也会根据客户的身份地位来决定价格的高低。有一次，我接触的一个中介一开始开价4500元，得知我的身份是"老板"后，马上就以"风声紧"为由，改为13500元。

当然，这些中介也真假莫辨。

我联系到一个安阳的中介，他说他们能办出生医学证明，绝对是真的，要15000元。我让他把办过的证明发我看看。他发来一张，上面盖着广州番禺某妇幼保健院的章，还有编码等。

他说，已经有人拿着这张出生证去上了户口。我通过公安机关查询后，发现情况属实。安阳中介还说他之前在番禺当过医生，所以有这样的途径。他问："你要不要办？"我就随便编了一个孩子的名字和出生日期给他，他说一个星期就可以办出来。

在此期间，我发现一个河北宁晋县的中介也说可以办番禺的出生医学证明。于是，2015年1月4日，我和央视记者、《新快报》记者郭记者一起去宁晋见了中介。那是个年轻的小伙子，说自己已经干了三年，从来没有出过事。他很专业地问:"你们那里上户口需要医院回函吗?要就不能办。"

他说现在河北用的(指买卖的)出生医学证明都是当地小医院出来的,说是真的,其实是精仿的,但防伪标志什么的都有。

"如果要保真,价格不能低于13000元。现在全国只有广东和陕西有真证可以开了,其他地方都没有真的。"说完,他取出手机展示了几张由他成功办出的出生证,都印着医院的红色公章,是广东番禺某妇幼保健院的。

他说他经手的番禺某妇幼保健院的出生证从来没出过问题,这些出生证都是以前医院保留下来的,2012年、2013年的,现在已经没几张了,要办的话抓紧。上午发资料过来,下午就可以出证。担心的话可以淘宝支付,这样大家都有个保证。

我们还是担心出生证有假,中介为了证明出生证的真实性,给我们提供了一个线索:"我的上线是上海中大肿瘤医院吴某某医生,这是他的手机号,你们可以联系一下他。"

这个姓吴的真的是个医生吗?我们先打114查询到中大肿瘤医院,然后再通过医院总机询问是否有这名医生。接线员说,确实有这个人,是市场部的。然后我们告诉对方,想找这个人联系治病的事,并留下了手机号码。

当天,这个自称是内科医生的吴某某就给我们打来了电话,号码正是中介提供的那个,不过他说对方才是上线。除此之外,两人所说的内容基本一致,都提到了可办广州市番禺某妇幼保健院的出生证,不过吴某某以"风声紧"为由,开价3万元。

我们再次询问出生证是真是假,这个吴某某口气显得非常不屑:"什么叫是真的还是假的?我办的全是真的。你们不懂。"

我们返回石家庄,再坐高铁到了安阳,约安阳的中介见面。这是一个中年人,开了一辆大众车来接我们。我说车不错啊。他微笑,说一年他能赚这么一台车。

我们到一家饭店吃饭。他说他是安阳一家医院的骨科医生,还给我看了已经办好的出生证，包括一套完整的住院记录，有孕妇入院时间、分娩情况，以及新生婴儿的健康状况，甚至连新生儿可爱的小脚印都有。"这些资料都是套用别人的。"他说。

这张出生证上盖的公章也是番禺某妇幼保健院。他说他以前在那里实习过，有点人脉。他还提供了一些已经办出户口的出生证给我们看。我让警方验证了其中一个，确定已经上了户口。

这个中介比较好为人师，随后开始教育我们："你们来这么多人没用，必须来有经验的行内人，要不真的假的你们分不清。"然后，他开始教我们怎么分辨真假。他用一张塑料卡在出生证的编码处摆弄来摆弄去，就出现了不同的防伪标志。他说派出所也是看这个东西，如果是真的就过了，假的过不了。这和我从警方那里了解到的情况是一致的。

我们拿到了出生证，还验明了"真伪"，要给钱了，怎么办？我故意说不相信他这个证是真的。他显得很无奈，说："你不要也没关系，我这个确实是真的。我可以先留着，你考虑清楚了再来找我。"

那么，这些出生证到底是不是真的呢？

我们取得了十多个违法办理的出生医学证明的证据，盖的都是广州番禺某妇幼保健院的公章，而且接生人员都是"姚丽娜"。这些证件真的是从番禺某妇幼保健院流出的吗？下一步，我们就要去番禺核实。

我们打算从"姚丽娜"查起，可到番禺某妇幼保健院询问后，发现该院的人事档案里根本没有"姚丽娜"这个人。我们又去妇产科求证，也是查无此人。

这到底是怎么回事？我们拿着中介提供的出生证，去向广州市番禺卫生局求证真伪。专门负责出生证管理的工作人员说，所有的出生证都是由国家一级级下发的，每一级的下发都有记录可查，每个出生证上都有一个专属的编码，每个辖区内的工作人员都能掌握该辖区所获得的编码号段，但我们提供的 M44×× 号段的出生证编码全都不属于番禺区。所以，这些证件都不是来自番禺某妇幼保健院的。

这个工作人员提醒我们要对这些出生证做进一步的鉴定。她说做假证的人有可能是拿了一批真实的"载体"，印上了番禺区的信息。如果是这样的话，很有可能还会挖出一批流失在外面的"载体"。她说的"载体"，按我的理解，指的是原始的没有任何信息的出生医学证明。

这个工作人员还说这些号段应该是广东省的，于是我们又去了广东省卫计委（现已更名为广东省卫健委）。卫计委的工作人员说，会尽快对我们提供的信息进行真伪核实。

如果这个出生医学证明是真的，那就说明正规医院中有人偷偷贩卖出生医学证明；如果是假的，那么情况更为严重，说明现行的出生医学证明防伪体系已经被攻破，假的出生医学证明甚至可以瞒天过海。

那么，这个能够顺利上户口的出生证到底是真是假？我们决定飞到上海，和那个自称医生的吴某某见一面。

我们约好在一个咖啡厅见面。吴某某一边喝茶，一边告诉我们他是福建莆田人，莆田人在全国各地开了很多民营医院，很多医院都有接生资质。有关部门会给他们出生医学证明，让他们发放，一些没有发放出去的，医院就留下来了。"我有这个渠道，谁要的话，我填上名字，就可以卖出去。"

于是我明白了为什么号段会有问题。也就是说，那张出生医学证明的纸是真的，而上面的信息包括公章都是假的，说得更明白些，就是真证假信息。那么，真证到底来源于哪里？而从某镇卫生院流出来的出生医学证明又是怎么回事？

1月9日上午，我们去了惠东县某镇卫生院，打算找梁医生，结果，梁医生要下午才来上班。于是我们找到医院办公室一个姓董的主任，向他出示了童家花1000元买来的出生证的照片，说我们是这户人家的朋友，他们孩子的出生证丢失了，希望重新补办。董主任说，要父母本人来才可以。

下午，梁医生来上班了，我们找到了她。我假装神秘兮兮地说："梁医生，过来一下，我们有点事情想找你帮忙。"

我把她拉到一边，问："梁医生，现在出生医学证明还能补吗？"

她很小声地回答："你们是怎么知道我的？"

我说，我们是福建那边的，是上次来买出生医学证明的那家介绍的。

她说："现在我们这边补不了了，要找河源的，我可以帮你找。"然后，她打了个电话。十分钟后，那边回话说可以，但是要等两天。

"7500元，你要不要？决定后我跟他说。"梁医生说。

我们就说，听说福建的童家买证时没这么贵。梁医生说，就是因为给福建的那家办了出生医学证明，警方来调查过两次，现在办出生医学证明要比以往更加谨慎，所以价钱更高。"就是因为你们熟悉，才冒险给你们办。"

她说，当时为了让这个出生医学证明看起来天衣无缝，医院特意给这个从来没来过医院的孩子办了全套手续。

我们问："童家当时给了你多少钱？"

梁医生说："钱是交给医院的，都是按医院缴费程序来的，我一毛钱没收。"

而我们刚刚步出医院大门，居然接到了医院办公室董主任的电话，他强调了梁医生的意思："医院只包上户口，出事不负责。"

到这里，事实已经很清楚了，长汀某镇的出生医学证明确实是从这里流出的。

1月21日，根据我们两个多月的调查，央视新闻播出了《"出生证"黑市调查》节目，《新快报》也推出了相关报道：

> 1月21日下午，番禺区卫生局就"发现有人冒用我区医院名义买卖假出生证为拐卖儿童身份漂白"问题向当地公安机关报案，请求协助查处。

1月23日，广东省卫计委召开电视电话会议，决定在全省范围内开展为期十个月的出生医学证明管理专项整治行动，严厉打击伪造、变造出生医学证明，以及买卖、使用伪假出生医学证明等违法犯罪行为，坚决纠正将出生医学证明发放与计划生育证明挂钩的行为。

调查组通过广州市出生医学证明管理信息系统核查了番禺区出生医学证明领取及发放情况，发现自2012年以来番禺某妇幼保健院没有遗失出生医学证明，番禺区领取的出生医学证明数量、号码与发放情况一致。目前，暂未发现番禺某妇幼保健院有买卖出生医学证明行为。

广东省调查组称，经核查出生医学证明出入库记录，冒用番禺某妇幼保健院名义伪造的三张编号为M441161241、M441161127、M441168486的出生医学证明，来自已退休的原河源市龙川县卫生局防保股股长邬某。邬某于2012年9月5日从原河源市卫生局防保科领取上述证明后，没有将上述三张证明发放到辖区助产机构使用。经龙川县卫生计生局（现已更名为龙川县卫生健康局）调查核实，邬某非法将三份空白出生医学证明流出社会。

1月25日，河源龙川县卫生计生局召开全县出生医学证明管理专项整治工作会议，要求各医疗卫生机构进行全面整治，彻底堵塞出生医学证明管理漏洞。当地成立专项整治行动领导小组，清理、清查旧证，重新对各个医疗卫生单位的空白证、废证进行彻底清缴，共清出旧证1185份，将统一上交河源市卫计局（现已更名为河源市卫健局）进行销毁。

此外，广东省卫计委还成立了专项调查组，赴惠东县某镇卫生院开展现场调查处理工作。惠东县专案组初步认定涉案的江三香（童坊镇童家养母）住院分娩病历和出生医学证明为虚假材料，并将某镇卫生院2010年以来的分娩记录、出生医学证明签发等原始资料全部封存；惠东县某镇卫生院院长、分管副院长已予停职检查，涉案当事人梁某、董某已予停职并移送惠东县专案组进一步调查。

2015年6月，惠东县法院依法公开审理该起案件。经审理查明，为谋取利益，梁某自2010年4月起，多次以"办证费"的名义收受贿赂，接受他人请托为新生婴儿虚开出生证明；董某未按照规定审核梁某上交的虚假且无医院缴费单据的产妇病历等材料，多次违规盖章和发放出生医学证明。两人的违法行为导致某镇卫生院多次违规发出出生医学证明，造成恶劣社会影响。

然而，这几起贩卖出生证明的案例并非特例。就我接触的中介来看，他们的生意遍布全国各地，比如那个河南的中介，他的生意就涉及广西、山东、河北等地。买家和中介都是在网络上交流，甚至不用在现实中交接，办好之后快递过去就可以。

这些在黑市中售卖的出生证明，按照广东省卫生厅某工作人员的说法，存在两种情况，一种是真证假信息，一种是假证真信息。他曾经发现有一批假证做得很逼真："我就遇到过一个，有防伪标志，但查记录发现这个号码已经使用了。号码是不可能重复使用的。"

根据广东省卫计委的工作人员介绍，每年国家都会出新版的出生医学证明，并且有多道防伪标志。我们问公安机关是不是能够掌握防伪标志，工作人员说每次文件都会一起发给公安机关，理论上应该是掌握的。

那么，现实中公安机关能掌握吗？

就中介贩卖出生证的问题，我向河南警方报了警。河南警方反馈来的信息说，南阳的中介被抓住了，有几十个证，安阳的中介有五个证，总共有30多个用于贩卖的出生医学证明，应该都是假的。但是这些证件的逼真程度相当高，公安局用检测板检测，真证上有的东西，假证上都有。不光如此，警方根据这些线索查到已经上了户口的孩子，发现所有的证件都是齐全的，包括出生时的完整病历、村委会开具的证明等。

那么，卫生部门的出生证明信息和公安部门能不能共享？答案是否定的。如果河南警方对出生证有疑问，是否可以在网上查询？答案也是否定的。工作人员解释，跨省查询暂时还没有实现，省内也只能查2014年以后的出生证。这就让贩卖出生医学证明的人有了可乘之机。

报道播出一个星期后，国家卫计委妇幼司和我联系，那是一个专门管全国出生医学证明的部门，他们说请我和当时参与报道的记者一起去北京开个座谈会，会把公安部相关领导请来，探讨如何遏止给被拐孩子违规上户口的现象。

2015年2月，座谈会召开，我们深入讨论了相关问题。我在会上提出：每年的出生医学证明发放之后，相关部门并没有后续跟进使用了多少，使用不完的怎么处理、谁处理的、处理了多少，没人管，这就滋生了河源龙川县那个股长所犯的案件；还有就是，出生医学证明管理的信息应该和户籍管理的信息进行对接，建立一个信息化的对接平台。

卫生部门认可了我的观点，公安部门表示要进一步完善相关制度。

四个多月的时间里，我们从一个举报线索开始，顺藤摸瓜，牵出了出生医学证明管理漏洞这个大问题，并且引起了有关部门的重视。我再一次感到，自己所有的辛苦都没有白费，所有的努力都是值得的。

但现实是，尽管公安部门已经进行了严厉打击，还是有一些不法分子活跃在贩卖户口、出生证的地下黑市中。而我的卧底生涯也没有结束，我还在继续潜伏，继续和犯罪分子斗争。

消失的 4885 份出生证

2016年9月，我与几家媒体的朋友先后前往了湖南、福建、贵州等地。此行的缘起是我在之前近一年的卧底中掌握到了不少信息：网上被贩卖出去的出生医学证明流向了这些地区。这些地区的人买了孩子后，还通过中介买到了出生证明，顺利地给孩子上了户口。通过核对两边信息，我发现牵涉案件的数量庞大。根据我多年的打拐经验，每一张出生医学证明，就对应着一名涉拐的孩子。

什么人会买出生证？当然是有问题的人，只有他们才会冒险花钱去做违法的事情。比如来历不明的孩子、民间私下抱养的孩子，以及收买来的孩子等，由于这类孩子无法通过正常途径落户，于是，抱养或买孩子的人只能通过一些违法渠道解决孩子落户的难题。

自2014年起，我开始持续关注这类贩卖出生医学证明的案件。随着国家打击力度日渐加大，内部监督制约机制也在不断完善，靠找关系为孩子直接办理落户的情况日渐减少，他们转而开始花钱购买出生医学证明。

2015年下半年，彼时的我正卧底于网络上各个贩卖出生医学证明及帮助非法落户的群体中间，其中有个中介表示，他可以办理真实的出生医学证明，全套10万元，保证能上户口，且能回函。回函的意思就是当买证者到户籍管理部门落户时，户籍管理部门如对买家持有的这张载体有疑惑，通常会发公函至发证机构的主管单位进行核验，不管是否真实，发证机构的主管单位都会回函给户籍部门。

我对他们的手段能如此通天感到震惊。可能是因为我长期潜伏在他们身边，这些中介对我并没有太多的戒备心。当时，我要求他们向我提供已经办理成功的相关证明时，对方爽快地答应了，给我发来了许多办理成功的出生医学证明，不仅在各地上了户口，有些地方还真有他们所谓的回函。掌握到这些信息，我决定前往以上地区再次核查。

我们首先到了湖南郴州市汝城县，当地一卫生院院长因涉嫌倒卖出生医学证明被调查，而我掌握的部分被贩卖到福建地区的出生证，正是从这名涉案院长所在的单位流出去的。

为了搞清楚福建地区买证人的具体情况，我们前往福建进行了解。在福建平潭，我们找到了从湖南郴州市汝城县买证的林某龙夫妇。他们自称已经有了两个儿子，还想要一个女儿，但如果自己生的话，怕再生个儿子，所以，他们于2013年抱养了一个来自四川的女娃。据林某龙所说，当时他们花了5000元买出生证，但是从来没有跟贩卖出生医学证明的中介见过面，钱都是通过银行转账的方式支付的。这张证件的编号是M431016×××，编号的归属地正是湖南郴州市汝城县辖区，指向的也是被查的那个卫生院院长所在的单位。

当时汝城县卫计局（现已更名为汝城县卫健局）相关领导表示，他们找到涉案的卫生院院长时，该院长称出生证明是以每张100元的价格卖出去的，后来该院长又向县纪委改口说是600元一张。这恰恰证明了我之前的判断，这些流向中介的出生医学证明是真实的，而且买卖过程中都有内部人员参与。

时年60岁的陈某福是诸多买证者之一，他对我倒是比较坦诚，说自己40岁才结婚，平时在山上石场干苦力，婚后一直没有生育，夫妻二人商量收养一个小孩。2001年，他们通过朋友介绍抱养了一个男孩，陈某福自己也不知道这个孩子来自什么地方。

孩子是抱来的，没法正常落户。直到2010年，孩子都快10岁了，他听说可以花钱购买出生证，就再次找到朋友，花了700多元买到了一张编号为K520030×××的出生医学证明，证明上的证章是贵州黔东南某妇产医院的公章。陈某福用这张买来的出生证，顺利地为这个孩子上了户口。

随后，我又前往福建省福清市，该地有人买了一张来自河南郑州市某医院的出生证，买证者叫吴某望。到了他家后，吴某望拿出买来的出生证原件给我们看，孩子是个女孩，叫吴某萱，出生于2008年11月15日。吴某望说，他拿到证后就顺利给孩子上了户口，然后才把买证的钱打给了办证中间人。当被问及通过何人购买出生证时，吴某望就不愿多说了。后来，我们通过村干部了解到，吴某望的孩子也是抱养来的，因为吴某望的妻子没有生育能力。

还有一位福建平潭的陈某表示，她的孩子叫李某阳，出生证明是从河南省漯河市购买的，出生证编号开头为J412683。

在福建的十多天里，我们探访了多个买证者家庭，情况基本相似，购买出生证的金额在几千到几万元不等。此行我们获得了一个很重要的信息，福建当地警方经过检测，认定这些买来的出生医学证明载体是真实的。也就是说，这些出生证是从医院内部流向中介的，中介用这些出生证进行跨省贩卖敛财。

当我掌握到存在630张问题出生医学证明的情况后，我决定向国家卫计委举报。2016年9月14日，我向国家卫计委寄去了关于630张问题出生证明的举报信。

9月23日，福建省公安厅治安总队官方公众号发布消息称，福建警方经过前期户口登记管理清理整顿工作，认真核查甄别，发现不法人员伪造、变造、买卖出生医学证明申报户口的线索，来源涉及贵州等省，福建警方已经深入涉案地开展调查取证，将根据调查结果依法查处不法人员，并追究相关人员的责任；目前调查工作正在进行中。

警方的调查在继续，我的了解也没有止步。根据我已经掌握的线索，福建省多地买家的出生证都来源于河南漯河、驻马店、郑州等地，我决定搞清楚，这些出生证具体是从哪里流出的。

于是，我决定根据福建地区买证者载体上的证章和信息去追溯来源，可当我逐一走访这些出生医学证明载体上的证章单位时，这些单位都否认上面的编号是归属于他们的。换言之，这些证并不是载体上证章单位的证，同时这些单位还拿出证据来证明这些编码不属于他们辖区。一时间，来源追溯陷入僵局，福建方面说这些出生医学证明的载体是真实的，可载体上的证章单位又否认，那么到底是哪个环节出现了问题？

我决定向河南省卫计委（现已更名为河南省卫健委）反映这些情况，并向他们求证以 K410919、J410637、K412683 等开头的出生医学证明是否为假证，他们经过查证，确定这些被贩卖到福建的出生证是真实的，但确实不归属于郑州、漯河、驻马店等地区，而是归属于商丘市。我判断可能是有人把商丘市的出生证偷了出来，盖上了其他地区医院的证章，因为户籍管理部门办理落户，主要审核信息和看出生证的载体，只要出生证载体没问题，基本上都能顺利落户。

于是，我们又前往河南省商丘市卫计局（现已更名为商丘市卫健局）反映情况，得到的答复是：这些问题出生证载体确实属于商丘市，但是商丘市卫计局没有参与管理出生医学证明，每年申领和发放出生医学证明的工作交由辖区的商丘市妇幼保健院进行。

紧接着，我们赶往商丘市妇幼保健院进行了解，该院办公室工作人员表示，这批证在 2011 年 1 月 30 日就已经被盗了，共计 4885 份。听到这个消息，好像一切都对上了，但我不相信这些证件是被盗走的。办公室工作人员还拿出该院出生医学证明被盗后的一份情况说明，以及一份时年商丘市梁园区卫生局通报关于这起被盗案件的处理情况的红头文件，相关人员被通报批评和问责。

出生证明的源头找到了，买出生证明的人也找到了，我满怀欣喜！可是，当我看到被盗后医院写的情况说明后，立刻感觉此事有蹊跷，因为窃贼偷出生证有何用？再看到商丘市梁园区卫生局的红头文件对相关人员的追责如此不严肃，再次坚定了我此前的判断：此事定有内鬼！

后来，此事由多家媒体报道后，商丘警方立刻成立调查专案组，并多次向我了解线索情况。我想有福建方面的反向调查，又得到案发地商丘的重视，肯定能尽早给我此前的判断下个结论，更能将这些参与贩卖勾当的中介早日抓获归案，说不定还能解救更多被拐卖的孩子。

再后来，我多次询问案件进展，得到的反馈是案件仍在调查中，既然如此，我也就不便过多了解案情了。时隔一年多，当我再次问某办案人员时，对方告诉我他已经不在专案组了，他也不知道具体是谁在负责和办理。

了解破案进展的途径就这样断了，我很清楚，如果商丘方面放弃调查，就意味着贩卖出生证明的内鬼和中介会逃脱法律的制裁。我有些失落，但从未忘记这个案子，也从未想过要放弃，我依然不时地通过向当地官方微博发信息来了解情况，但均未得到任何回复。

自2016年9月至2021年12月3日，五年时间过去，我再次通过个人微博呼吁，希望当地彻查此事。各大媒体报道后，此事引起了新华社等央媒的关注，于是当地有关部门对外表示，将在原来的调查基础上再次成立专案组彻查。我由衷地感到高兴，相信这一次一定会水落石出。

不久，警方传来消息，已经拘捕多人，确系内盗。时任商丘市妇幼保健院科长、副科长监守自盗，均已落网。

2022年12月16日，商丘警方通报，2011年商丘市妇幼保健院被盗4885份出生医学证明案告破，属于医院内部人员监守自盗，时任商丘市妇幼保健院管理出生医学证明科长、副科长均涉案，3人被提起公诉，2人被双开，13人被纪委监委立案查处，8人因涉嫌拐卖犯罪被刑事拘留。该案的查处得到了省市级公安机关统一指挥，目前已起诉至法院，即将开庭审理；对已落户的出生证信息相关人员全部采血入库比对，目前没有比对成功。该批次被盗出生证为亲生亲卖、抱养、捡拾等违法行为提供了入户条件。

同时，专案组根据线索，还破获了周口市扶沟县辖区一起涉300份出生医学证明案件。

天网恢恢，疏而不漏，商丘市妇幼保健院4885份出生证被盗案案发近12年，在各级公安机关的高度重视下，积案告破。2023年11月，这个案件也受到了广大人民群众的关注。对此，包括央视新闻在内的多家媒体进行了报道，我们也获悉了案件的判决情况：2023年2月，商丘市梁园区人民法院对商丘市妇幼保健院保健科原科长李某英判处有期徒刑八年，原副科长曹某连、丁某玲分别判处有期徒刑四年。一审判决后，被告人曹某连、丁某玲提出上诉。5月，商丘市中级人民法院二审裁定，依法维持本案一审判决。

虽然结果来得迟了一些，但我的多次呼吁还是让那些违法犯罪的人得到了应有的惩罚。

2022年间，我还到湖北襄阳健桥医院卧底。在掌握大量切实的证据后，我于2023年11月举报了该院院长勾结网络中介伪造并贩卖出生证，该案件受到了多个部门的高度重视。《人民日报》发文称：截至目前（2023年11月12日），6名犯罪嫌疑人已被检察机关批准逮捕，公安机关另对4名犯罪嫌疑人依法刑事拘留，相关调查侦办工作正在加紧进行。同时，伪造并贩卖医学出生证明的案件还涉及广东佛山、广西南宁等地的部分医院，值得称赞的是相关部门反应极其迅速，在接到举报后，涉案人员已经被第一时间控制。国家卫健委高度重视出生医学证明管理工作，并于2023年11月17日对外发布消息称：正在挂牌督办有关地方严肃核查处理贩卖出生医学证明等相关问题，将严厉打击倒买倒卖、伪造出生医学证明等违法犯罪行为。国家卫健委将指导医疗机构进一步健全、完善内部管理机制和流程,并在全国开展出生医学证明规范管理专项检查。

因为对这起案件的"纠结",我也成了很多人的"心头刺",但我没有惧怕和退缩,我依然会选择在这条路上继续前进!

不存在的孩子

我最早接触到户口问题是在 2013 年 6 月左右,当时我接到一个被拐孩子家长的举报,说网上有人可以给被拐孩子上合法的户口,只要拿钱,不需要任何证明。

我当时顿觉一阵寒意袭来,意识到这是一个非常严重的问题。众所周知,现在小孩上学都要户口,可是从来没有新闻曝光出一个被拐卖的孩子因为没有户口被查获了。这就说明,那些被拐的孩子都有了合法的身份。这边,那些孩子被拐的家长几年、十几年如一日地寻找孩子,踏破铁鞋,早生华发;那边,买家早已"合法"拥有被拐的孩子,尽享天伦。

根据家长提供的信息,我进入了一些活跃在网络上专门办理户口的 QQ 群。

网络上的地下户口黑市十分猖獗,一搜竟然有好几十个这样的群。群里形形色色的人都有,有户口中介,有需要办理户口的,有办理成功后退出的,还有不断加入的。

进入一个 QQ 群,我会先潜伏下来,慢慢观察。通过在这些群里近半年的观察,我发现,确实有各地的中介在招揽生意,只要是办孩子的户口,要价都在 3 万元左右。但他们是怎么办理合法户口的呢?我决定和这些中介接触，了解清楚情况。

2013年12月初，我接触到一个自称是在山东潍坊的中介，说可以给超生、领养的孩子上户口，只要孩子是2岁之内的。他说把孩子的姓名、性别、出生信息报过去，当天就能把户口办出来。我问："这么容易，你们是怎么做的？安全吗？可靠吗？"他说他们认识内部人员。

为了取证，我佯装曾经在办理户口的过程中被骗，要求对方将办理成功的户口信息发给我验证。对方很快就通过手机短信，把之前办理成功的五个孩子的信息发给了我，还说随便查验。这五个孩子的户口都在河南商丘市睢阳区某地派出所辖区内。

我通过异地公安机关进行查询，发现中介发来的身份证号码在公安机关内部网上都可以查到。也就是说，他们办理过的户口很有可能是真实的。

于是，我决定和潍坊中介做一次零距离接触。我说我的孩子是领养的，需要办理独立户口。他表示可以办理河南商丘市睢阳区某地派出所辖区和开封市兰考县某地派出所辖区的，但不能直接办理，需要通过山东滕州的一个中介。"我做这个时间不是很长，但我的朋友服务很到位，以前我们都是所里的户籍员，比较熟。2岁以内的孩子我们有权力直接报户口。2岁以上的有点麻烦，要报分局，由分管局长批准。"

已经取得了他们的前期犯罪证据，于是我和他约定12月9日一起到商丘市睢阳区某地派出所办理，当天就可以出户口本。对方要价4万元。他再三声明，他们办理的是真实的合法户口，不是办理假证件，等办理好，打印出户口本后再收钱。

我约上《大河报》的张记者和《郑州晚报》的冉记者两个记者朋友一起前往。那个中介说会和滕州的中介一起过来。我的身份是一个在广州做服装生意的老板，家里领养了孩子，但是上不了户口，曾因为办理户口被人骗过。《大河报》的记者扮演我朋友的弟弟，在郑州上学，《郑州晚报》的记者扮演我的小舅子。我给我那子虚乌有的"领养孩子"随口编了个名字和生日，报给了对方。

下午 1 点，我们到了那个派出所。对方说他们在派出所不远处一辆黑色别克轿车里。接上头后，我们寒暄了几句，我说请他们吃饭，边吃边聊。派出所的对门就有一家饭馆，我们要了一个包厢，点了很多菜。还没有上菜的时候，我问对方之前办理的那些户口都交给客户了吗，他说口袋里还有一个户口本，是他给他潍坊的亲戚上的，可以给我们看，但是刚上了两天，不一定能通过外地公安机关查询到。

我看了看，说拍个照发给朋友查询一下，他们同意了。于是，我把信息发给后方的志愿者进行异地查询。很快，志愿者反馈，异地公安机关已经查询到了。

但是我故意对他们说："我朋友说查不到啊，你们这个不会是假的吧？"

"我打包票，绝对是真的。不要着急，要等系统更新后才能在异地查到。"对方连忙说。

"那我要的户口今天能办好吗？"

"我正在联系。这几天公安机关在调整人员，可能会很慢，不一定今天就能办好。"

"来之前不是说得好好的，今天就能出户口本吗？现在怎么又说不行！你不会是耍我们吧？"我假装生气。

"绝对是真的，真的。"对方显得很无辜。吃饭期间，他不停接电话，又不停地向我解释说他们也想当天就办好。他说等到下午 2 点派出所上班后，再看今天能否办好。

"最多等到 3 点，如果办不了我们就走了。"

我们一直在饭店里等，差不多到了 3 点的时候，对方说估计当天办理不出来了。我强烈要求马上离开，不能在这个偏僻小镇停留，以防晚上不安全。

"行，不好意思。我们开车送你们回市区吧。"

我与随行的两名记者坐在车后排，可他们两个却没有上车，在外面打电话。上车后，我习惯性地左顾右盼，看看车里会不会有窃听设备。果然，车后排几个隐蔽的位置有微型摄像头。我顿时一阵恐慌，但是又不能直接用语言告知两位记者朋友，只好屏住呼吸，示意说话小心。

我招呼那两个在外面打电话的家伙赶紧走。他们上车后，问我们去什么地方。我说去商丘火车站。潍坊中介表示办好户口后通知我们，到时我们再过来取。我答应了。

车快开到市区的时候，滕州中介说约了一个派出所的人在路口环岛那里见面，我们就跟随他们一起去了。几分钟后，一个瘦瘦的戴眼镜的年轻小伙子走了过来。滕州中介过去与他打了招呼，攀谈起来。

大约20分钟后，滕州中介回来了，告诉我们刚才那个人就是派出所的，他穿着警察的制服。

我故意装作不信的样子说："穿条警察的裤子就是警察啊？那样的裤子我有好几条呢！"

他们说之前也没有遇到过类似的问题，一定尽快想办法办理好。如果我们要走，就等他们办好、外地能查询到之后，再过来取，或者在这里再待一天。

我假装勉强答应道："好吧，我们再等一天，明天回去。"

冬季的中原大地，天黑得很早，晚上6点多眼前就漆黑一片了。我和随行的两位记者正在酒店商议下一步怎么办的时候，中介突然打来电话说我要的户口本办出来了！

是真是假？对方通过QQ把我"儿子"的身份证号码发给了我。我让他把户口本也拍个照片发给我，可他说户口本还没有拿到。

我再度表示怀疑："不会吧？既然都已经办出来了，拍个照片不是很简单的事情吗？"

181

对方再三解释："请放心，绝对是真实的，只是现在公安机关的网络中还查询不到。"

我把身份证号码发给后方志愿者，让他们通过异地公安机关进行查询。几分钟后，查询结果显示查无此人。中介说新上的户口通过异地查询是需要时间的，但当地已经可以查询了。他给我发来一个电脑查询的页面。

会不会是他们故意做了一个这样的网页来骗我们？我将网页截图发给北京、湖北等地的公安机关进行核实，可得到的答复是每个省份的人口登记表格可能都不一样，无法辨别这个截图是真是假。

没有户口本，异地公安机关又查询不到，更无法核实网页上人口登记表的真实性。我想只能找当地警方核查了。正好我之前认识的一个朋友在商丘市公安局上班，我可以找他帮忙，于是我将收到的身份证号码发给了朋友。几分钟后我得到反馈，这个身份证号码在网上已经能被查询到了。

真是太不可思议了，一个子虚乌有的孩子在这人世间竟然有了真实的身份信息。

看来这一切都是真的，现实中确实有人通过不法手段办理真实的户口，我们在户籍申报和管理工作中存在漏洞，使一些不法分子有机可乘。网上存在那么多户口办理群，全国各地存在那么多户口中介，这会是怎样一个深不见底的黑洞？

后来我才知道，这种非法办理户口的操作过程其实很简单。比如，我告诉他们孩子姓张，他们就会找户籍民警，让民警在其辖区里找一户姓张的人家挂靠。孩子的户口申报本来是很简单的，普通人也只需要拿孩子的出生医学证明，以及父母的结婚证、身份证和户口本等就可以了。对于户籍民警来说这就更简单了，这些证件都不需要，他们可以直接把孩子的户口挂靠在辖区内某个家庭的名下，而且被挂靠的人家根本不知情。因为一般的家庭十几年都不会去换户口本，即便去换，也基本还是那个户籍民警经手。而上级公安机关也不可能对每个孩子做到实时监控。当然，挂靠的一般都是农村户口，城市户口很难做到这一点。

第二天一早，潍坊中介发来户口本的照片，但与我之前的要求有所出入，我要求办理的是独立户口，他却把户口挂靠到了某地派出所辖区一个90后男子的名下。于是，我借故推诿：第一，我要的是独立户口，他们给我做成了挂靠户口；第二，他们办理的户口，我在异地还不能查询，所以不能给钱，等我查询到后再付款。对方同意了。

为了进一步了解情况，我决定实地去探访前期中介发给我的那五个孩子的户口信息。如果那些户口本上的挂靠家庭确实没有这五个孩子，那就说明中介没有骗人。当天上午，我逐一上门到这五个孩子的户口挂靠家庭进行了解，这些家庭没有我所说的这五个孩子。当地村委会主任也表示，当地没有这些孩子，也不可能有，他们认为我可能是搞错了。

这也意味着，他们全都不知道自己家的户口信息里，悄悄多了个孩子。

证据已经确凿。由于我还有山东梁山的拐卖案子要调查，就乘坐火车从商丘到了山东，随行的《大河报》和《郑州晚报》的记者也离开了商丘。因为这两个中介是山东的，在前往山东的路上，我把这个消息告诉了《齐鲁晚报》的记者朋友。详细了解案情之后，《齐鲁晚报》第二天就刊发了稿子。

当天晚上，山东省公安厅治安总队相关负责人通过媒体找到了我，说看到媒体报道后，公安厅的主要领导对此非常重视，希望与我见一面。我想我是深入了解案件、直接获得了线索的人，配合他们的工作是应该的，于是爽快地答应了。

山东方面刚把电话挂断，河南商丘的电话又打来了，说是看到媒体报道后，当地成立了专案组，希望能与我见面沟通，向我了解更多的案情，以便他们查证。

第二天晚上，山东省公安厅治安总队相关负责人带其同事赶到了我的住地。他们表示，只要是涉及山东的案子，绝不姑息，一查到底！媒体报道后，山东省公安厅很快就锁定了山东潍坊和滕州的犯罪嫌疑人，正在开展缉捕工作。

在此期间，潍坊中介估计知道了我的身份，多次给我发短信说他是无辜的，他们也是在做好事，在帮助那些上不了户口的孩子，收取费用是正常的，也是应该的。我就干脆直接和他讲了相关的法律法规，希望他不要心存侥幸，目前只有向公安机关投案自首才是唯一的出路。在我的心理攻势下，潍坊中介内心有些动摇了，答应主动向警方投案自首。

可滕州中介就有些不同了，虽然他也不停地和我联系，但话语中透露出些许威胁恐吓的意思，认为他们办理的都是真实的户口，犯什么法呢？

第二天，潍坊中介到当地公安机关投案自首了，滕州中介被警方抓获。当天上午，河南商丘警方专案组的人员赶到了北京，找我了解情况。很快，某地派出所涉事户籍民警马某被移送检察机关，协警李某被刑拘，该所所长被免职。后来据报道，马某承认违规办理了四个户口，因滥用职权罪，被判处有期徒刑七个月。

神秘人物

破获这一系列买卖户口的案件之后,我继续在网上潜伏,发现很多地方都存在非法买卖户口的现象。

一次,我接触到山东临沂的一个中介,自称可以办理安徽涡阳县、江苏连云港地区的户口。他给我发来他之前成功办理的户籍,称会尽力满足客户需要。其中一个户口对应的是安徽涡阳县的一个小女孩,姓马,显示的出生日期是在2007年,可上户口的时间是在2013年。根据我的经验,现在很多孩子被拐都是在5岁左右的时候,我怀疑这个户口是卖给了被拐的孩子,于是决定前往安徽涡阳县进行调查。

由于对当地环境不是很熟悉,我和安徽《新安晚报》的朋友联系。他们表示感兴趣,愿意与我一同前往。

我们计划第二天前往马姓小女孩的户口登记地——涡阳县标里镇的一个小村落调查,去看看那里是否真的有这个姓马的小女孩。如果没有这个孩子,那就说明中介发给我的信息是真的。

根据以往的经验,我们需要去当地查找到这个家庭,想办法了解是否有这个孩子,再走访一下邻居和当地村委会。但是如何去接触这个家庭?我们不能向他们说明实情,如果据实相告,可能引发一些矛盾。于是我们以公益组织的名义去走访调查,就说我们得到求助信息,在该地区有一个孩子,家庭比较困难，所以前来了解情况，如果属实，我们就考虑予以救助。

我们来到户口登记地所在的村落，可一问这个孩子的姓名，谁都不认识。户口上写的门牌号也无从查起，因为当地这些门牌号都是很多年前自编的，现在每家每户都盖了新楼，很多都没有门牌号了。

我们在村里转了一个多小时，当地一个年轻人说，会不会是住在村头的那家人，他们家的门牌号估计就是我们要找的。不过，这家人很多年前就不在这里了，家里的房子都快倒了。于是，我们跟随他到了村头的屋前，那是一个小院子，大门关着，无人居住，门牌号确实对得上。

这时，村委会会计也来了，说这家人多年来一直在杭州打工，几乎没有回来过，家里还有个老父亲，就住在隔壁。从户籍信息看，孩子户口是在爷爷名下的。既然找到了这个家庭的爷爷，想办法看看他们家的户口本不就可以了？

我们问及这个孩子的家庭情况，村委会会计说不可能有这个孩子，他这么多年一直在村里做会计，谁家生了孩子，就算是超生的，他也清楚得很。

我们找到了爷爷家，爷爷拿出户口本一看，没有马姓女孩的记录，但是其他信息都吻合。后来，村支书还给我们看了全村的花名册，确实没有马姓小姑娘。到这个时候，我心里已经有答案了，确实是有人把她的户口挂靠到了这个家庭名下，而这个家庭根本不知情。

接着，我又要到江苏连云港赣榆县去调查另一件买卖户口的案子。

我在连云港待了一天，研究如何到当地去了解情况，以什么身份去接触这个家庭。因为这次是我自己去，没有任何人陪同，万一有什么问题，连支援我、帮我报警的人都没有，必须加倍谨慎。

这次我要去调查的是中介发给我的一个姓刘的孩子，身份证号码显示为2013年出生，落户时间在2013年年底，落户地址在赣榆县石桥镇。

我决定先通过114查到当地村委会的电话，通过村委会去了解。没想到接线员问我："你要查这个镇的哪一家呢，有没有姓名？"我把我要查找的这个孩子挂靠的父亲的名字报了出来。接线员告诉我："查到了，请记录。"

我一阵兴奋，能直接查到这个家庭的电话，太好了！

电话打通了，是个女人，问我找谁。我说我是北京一个基金会的，网上说有个叫刘某的孩子需要帮助，是不是她家的孩子。

她说她家有两个孩子，大儿子都成年了，小女儿上小学五年级，家里不可能还有这么个孩子："我都40岁了，怎么可能在这个年纪生孩子呢？"

我再三确定是否有这个孩子。她坚称不可能有，说我打错电话了。

连云港赣榆县的户口也调查清楚了，我准备离开江苏。

就在上了高铁撤离江苏之时，我收到一条手机短信，说看到媒体报道了江苏某地非法贩卖户口的事情，希望我不要再追究江苏赣榆这边的问题，并要和我见面谈。对方还说，如果我感兴趣，他会把手中的很多证据提交给我。

没想到正在四处搜集证据的时候，竟然有人主动找我。这到底是什么人？

到上海后，《新闻晚报》的记者朋友和我一起去见那个人。

这个过程中，那个神秘之人给我打了好几次电话，每次都挺激动的样子，说要开车到上海来。

我们约定在上海长寿路的一家咖啡厅见面。大概晚上6点半，对方打电话给我，说马上就到。《新闻晚报》的朋友正好有点事，要晚一点，让我先过去。

我只身一人向咖啡厅走去，心里有点七上八下的。这个神秘人物到底是谁？他真的是来提供线索的吗，还是专门来打击报复呢？会不会有什么意外？

进入咖啡厅后，我在二楼的窗边坐下，这里可以看清楼下的情况。我观察了一下，发现进入咖啡厅的门口有监控录像，心想就算对方来路不正，他的举动也在监控之下。

没等几分钟，咖啡厅门口进来一个30岁左右的男子，背着个斜挎包，进来后左顾右盼，我猜就是他。我没有主动示意，佯装没看见。这时候，我的电话响了。我一接听，对方说他进来了，正是那个人。

招呼他过来后，我表示还没有吃晚饭，先点些东西吃。但他显得很不耐烦，一坐下就直接问我："之前江苏、山东、河南的案子，是不是你报道的？"

看来他以为我是记者。于是我说："不是，我是志愿者。我向媒体通报后，省级公安机关跟我联系的。"

他又问我："你叫什么？"

我没有回答。我说："既然你主动来找我，又有我的电话号码，你应该知道我是谁。"

他坐下之后，发现我的手机已经设定成录像状态，便极力反对："不能录像！如果录像，我马上就走！"

我关掉了录像。

他说，那个刘姓孩子的户口发给我之后，就有媒体在报道，当地警方也已经知道了情况，他希望我不要再追究江苏赣榆的户口问题。

我说："不可能，他们这样做触犯了国家法律。而且，现在关注这件事的人非常多，不可能不了了之。"

我刚说完，他竟然直截了当地说："只要不提及赣榆户口的事情，开个价！"他还说可以把掌握的其他线索都告诉我。

我在心里直笑，这哪里是来提供线索的啊，分明就是想来摆平这个事情！

"不可能。"我斩钉截铁地说。

他变了脸色，口气也突然硬了起来："那好，既然如此，那我们就一起死！"

我瞬间感到一阵恐惧。他先是利诱，见我无动于衷，又用这样的方式威胁恐吓。

但我也不是吃素的，一句话就能吓到我？类似的威胁我见多了，子弹壳我都收到过。我正色道："我既然敢出来调查这些事，就不会畏惧什么。希望你们能够考虑清楚，如果还有其他犯罪线索，可以向上级公安机关反映，而不是想办法来找我私了。"

这时候,《新闻晚报》的朋友也到了。他还以为对方来找我是愿意主动向公安机关投案自首,我们就近联系派出所,带对方一起说明情况就行了,没想到,我们就那样僵持了下来。

那人说他是替朋友来找我的,给我发刘某户口信息的网上中介就是他朋友。

我看他也没有要给我提供线索的意思,就说:"那就让你的朋友来跟我谈,我们要先走了。"他好像不愿意让我们离开。我说我们考虑一下,半小时后给他打电话。

我和《新闻晚报》的朋友迅速离开咖啡厅,穿过马路。其实我住的酒店就在咖啡厅旁边几十米远的地方,但我发现对方一直在跟踪我们,于是我决定先打车,转一圈再说。

我们坐着出租车在周边转了好几圈后才回到酒店门口。我给那人打了电话:"对不起,如果你想得到宽大处理,方法只有尽快积极主动地向公安机关投案自首,私下是不可能解决的,毕竟这是涉嫌违法犯罪的事情。"

电话里传来他冰冷的声音:"那就一起死吧!"

这一次冒险接触没有获得任何线索,却让我感受到中介组织幕后有着一个庞大的利益关系链。直到现在我还不知道这个神秘人物到底是谁,又是谁透露了我的联系方式。我后来联系了之前给我发户口信息的中介,他还在做这种生意,并给我发来另外一些户口信息。所以那个神秘人物似乎不是他,难道是另有其人?

当天晚上,户口买卖群里出现了很多我的身份信息。有人揭发我是卧底记者,我的真实身份、家庭情况,甚至我母亲去年在老家遭遇车祸的事情,都被一一散布在 QQ 群里。

不时有人问我这些是不是真的,我就解释说自己被一个中介骗了,他威胁我如果说出他诈骗的事,就在群里说我是记者,让大家都不相信我。

这么说竟然奏效了,打消了一些人的疑虑。我于是继续在这些群里潜伏。

成人户口买卖

虽然遇到了各种各样的困难，甚至受到人身威胁，我依旧继续调查着户口买卖问题。我深知这个问题不解决，拐卖犯罪就难根除，同时还会引发种种难以预料的问题，社会安全也会受到威胁。

我继续关注网上的户口中介群，后来发现有中介可以办理成人户口。成人户口出现漏洞涉及的问题会更加复杂，危害也更大，要么是已经犯罪，想漂白身份；要么就是准备犯罪，想利用新户口逃避法律追究。

不管怎样，我一定要去了解清楚！

刚好群里有人以为我是户口中介，说需要办理成人户口。我就问他需要成人户口来做什么，他说是帮缅甸那边过来的几个朋友办理中国户口。原来是境外偷渡人员通过这种渠道买户口，那是否还有其他人群有这个需求呢？

在鱼龙混杂的QQ群中，形形色色的人都有。后来我又遇到一个中介，说可以办理安徽和河南的户口，我和他联系，假意要买成人户口，要求他提供办理好的户口信息，如果证实是真实的，就找他办理。对方果真给我发来了两张河南和安徽的身份证。一个叫张某理，显示为1978年出生，住址在河南省夏邑县，发证机关为夏邑县公安局；另一个叫李军，1968年出生，住址为安徽省颍上县半岗镇，发证机关是颍上县公安局。但仔细一看，两张身份证上的照片竟然是同一个人！

就是说，这个人同时拥有了两个身份。这再次突破了我的想象，这些可怕的中介危害太大了。

又有一天，我发现不同的户口买卖群里都在发布同一个信息，说有一批江西南昌的已建户口，1975年至1995年出生的，随便选，45000元一个，当天可以出临时身份证，没有前期费用，出证后给钱。他们还说这些户口是专门为了出卖而新建的，有内部关系，直接去当地公安局户政大厅办理即可。

我决定私下接触他们，了解情况。

我找到一个自称在广州的中介，他说只要有需要，马上带客户到江西南昌办理。

我在QQ上问："这些户口是否真实？"

他耐心地解释："这些户口是专门给那些想要户口的人建立的，通过内部人员在异地新建而成，再通过关系，迁移到南昌辖区的一个学校的集体户口中，这样就会比较安全，就算异地有人查到，也不会有什么问题。你放心，如果需要，就提前和我联系。不过要尽快，年前刚建了一批，40多个，现在只剩下10多个了。"

我说："既然是已建的新户口，肯定已经上网了，异地也能查询得到。要不你先发我几个，我找关系查一下，如果是真实的，我就考虑过去办。"

对方毫不忌讳地把要出卖的户口信息、身份证号码和姓名发给了我，我通过警方对这些身份证号码进行了查询，发现都是属实的，都来自南昌市湾里区招贤路589号。我在网上查询后发现，湾里区招贤路589号为当地的一所技工学校。这和中介所说的情况吻合。

当天我就把这个信息和掌握的证据、面临的问题都告诉了央视新闻的记者朋友小唐，他马上向中央电视台主管新闻的领导进行了汇报。当天下午，我从安徽来到杭州，准备第二天从杭州去江西南昌接触南昌中介，小唐来电话说领导批准，可以介入，他会尽快赶到杭州与我会合。

这时，我第一次给自称在广州的中介拨打了电话，竟然是个女孩子的声音，从声音上判断，年龄应该不会很大。她再三叮嘱我尽快过去，因为马上要过年了，这已是最后一批，剩下的不多了，成人户口 5 万元一个。因为央视的两个记者小唐、小胡要跟随我一起去，我就故意说需要三个户口。

上了去南昌的火车后，我给中介打电话。她说她也在来南昌的火车上，手机电量不是很多了。我正想知道她还有没有其他同伙，就和她要同行朋友电话，或者其他能找到她的电话。于是她给我发了一个号码，说是她表哥的，表哥在南昌等我们，帮助我们办理。

我仔细一看，这个所谓表哥的号码好像很眼熟。原来他正是我之前接触的一个自称在江西的户口中介，曾发过好几个身份证号码供我挑选。原来他们是同一伙人，都在买卖南昌的户口！

第二天早上 7 点多，我们到了南昌站。对方在电话里让我们去离火车站不远的一家宾馆，那里还有其他办证的人，都住在一起。

能见到其他办证的人真是太好了，这是最好的取证机会。但是央视记者随身携带着摄像机，还有其他行李物品，于是我们就在离那家宾馆大概 500 米的一家酒店住了下来，先把行李放下。对方几次催促，问我们到哪里了，我们说刚从火车站出来，坐了一晚上火车，吃点东西再过去。

差不多 8 点半，我们来到了那家宾馆。他们让我们直接上楼，去 511 房间。这时，央视记者将手机设置成了录音录像状态，全程拍摄他们的一举一动。

到了 511 房间门口，我敲了几下门。房里有个很警惕的声音问："谁？"

差不多隔了一分钟，房门打开了，里面有两个 40 岁左右的男子，房间内乌烟瘴气，桌子上摆着一台电脑。

给我们开门的男子自称老张，就是所谓的表哥，说话有些结巴。他说和他一起住的那人也是来办户口的，在这里住了差不多一个多月，已经办理了好几个户口。老张结结巴巴说着这些的时候，那名男子始终没有说话，站在窗边抽烟,不知道是在观察外面,还是在提防我们。

这时我的电话响了,是还在火车上的广州女中介打来的,说要晚点才到,让我听她表哥的就行。

"这些户口是真的吗?"我再次问老张。

"绝对真实。"说着,他从袋子里拿出两个户口本,"这些都是办理好的,可以随便查、查证。"

"那这些户口的真实主人如果发现了会不会报警?"记者假装忧心忡忡地问。

"放、放、放一百个心。什么是新建户口?就是以前户口上没有这个人。你看这些身份有名有姓,其、其、实根本不存在这些人。不然为什么说是'幽灵户口'呢?放心吧,这些都是通过内部人员办理的,不然怎么可能这么快?从建立一个户口到办成,一个星期就、就、就好了。"

他又解释这很安全,因为是在异地新建一个户口信息,然后马上迁到南昌,这样异地就查询不到户口信息了。南昌方面如果查到户口有问题,也没有办法注销,而且到异地调查也很麻烦,这样就给"幽灵户口"的存在留下了空间。

"那你给我们看看那些新建户口的名字和信息,我们要年龄相符的。"我说。于是老张从床头的袋子里拿出一个本子,递给我们,本子上写了几十个身份证号码和名字,他说这些在公安网上都已经能查询到了。办理过程只需要两步:拍照片,然后录指纹。

我发现他还有一个笔记本,上面密密麻麻记录着许多姓名、地址和身份证号码。我想,这肯定是他的机密资料,我几次试图拿来翻翻,他都下意识地放远了。一定要搞到这个本子,这个本子上的信息量非常大。

差不多早上9点,老张说去照相,然后去公安局办证。这时候,又来了一个年轻小伙子,和老张挺熟悉的样子。老张说他是办成功了的,这次从深圳过来开单身证明。

我一听是办成功的人，就去套近乎："你是从深圳来的呀？我是广州的，今天打算去办。办出来的户口真的能用吗？身份证也没问题？"

他说："放心，不会有问题。我从深圳过来就是用这个身份证买的火车票。我来跟老张打个招呼，马上要去办单身证明。"

"你们俩不会故意演双簧吧？"我半真半假地问。

我这么一说，深圳来的年轻男子从口袋里掏出身份证让我看。"快走，快走。"老张在一旁催促。

老张带我们来到附近的一家照相馆，说照完相会自动上传到公安局。

之后去公安局，我们拦了一辆出租车，车上，记者再度对身份证能否使用、能用多久表示怀疑。老张开始现身说法："我自己也办了一个身份证，是云南那边的。"

"不会是假的吧？给我看一下。"

老张把身份证递了过来，上面显示的姓名是张详贵，云南昭通盐津县人，办理时间是2013年，有效期到2033年。然后老张开始吹嘘，他说他本来姓甄，用张详贵的身份证在南京买了个车，40万元。

"用这身份证买车有什么好处啊？"

这一问，老张更得意了，结巴着说："我这是零首付买的车，一分钱没花，全部靠银行贷款。"然后，他描绘了一个更远大的蓝图："我把车买完之后，再以车办贷款。办完贷款后，再以车办、办卡。在南京那边，至少能办十、十家银行的信用卡。"

好家伙，按照一张信用卡5万元的额度计算，他能透支50万元。

他接着说："如果贷款还、还不上，那就办一张死亡证明嘛，张详贵这个人就消失了。"

这实在太令人震惊了！难怪不管是广州的中介，还是老张，从来没问过我办户口用来干吗，也不问我的真实身份。

出租车开了差不多五公里，老张说到了。我们下车一看，是一个广场。老张说办理之前，要将户口本先拿出来，再到公安局办户口。可现在户口本在学校里，要从学校里拿出来的话，需要我们先给钱才行。

我们当然不会先给钱，于是我假装非常生气，马上给广州女中介打电话："你们是怎么回事啊？不是说好先办理后收费的吗？现在你人影都见不着，找个男人把我们拉到马路边要钱，你要我们啊？"

电话那头她使劲解释，说是她不对，也不知道表哥没有把户口本拿出来，但还是劝我们先给钱。

我更加火了，骂他们是骗子，不讲信誉。我说，如果开始就说先要钱，我们根本不会过来。

这时天下起了雨，我们知道，这时候对方也在试探我们。如果我们先给钱，说明我们诚心要买；如果不给，他们也会观察我们的下一步举动。

我要求见广州女中介，她说她在学校，先想想办法。我见他们一直在通电话，也没有要带我们去办证的实际行动，于是我和央视记者商量马上走，不然他们不会让步。

我们到马路对面拦了一辆出租车准备回酒店。在出租车上，我给女中介发短信说不办了，以前被人骗怕了，不可能先给钱。

对方有点急了，一路都在给我打电话。我没接，只回了一条短信："我们不办了，马上准备去机场。"

我很清楚这是一场心理较量。眼看到手的鸭子要飞了，谁都会着急。果然，我们回到酒店，正准备商议下一步的打算时，对方的短信来了："我先垫一个人的钱，把户口本取出来。等这个办完，临时身份证拿到手，你们再交其他两个户口的钱。"

我假装勉强答应。她就让我们再去宾馆找老张，老张马上就回宾馆了。

我们再次来到511房间，那名男子还在，给我们开了门后，就躺到靠窗户的那张床上边抽烟边看电视。老张还没回来，在电话里说让我们等一下，他马上就到。

我靠在另一张床的床头,两个央视记者坐在床尾。我突然想起老张那个记录了许多身份证号码的本子。要不把那几张纸撕下来就走?那些可都是罪证,而且可以通过这些信息知道他们办理的户籍的流失方向,能挽回一个是一个。但我转念一想,不行不行,我们还没有办出户口,老张看到本子被撕了肯定很快就察觉了。得想个办法弄到那几页纸。

于是我坐了起来,假装大声说:"咦,我另一个手机哪里去了?"看另一张床上那个男子没多大反应,我就假装在床上一通乱翻。一拿开枕头,我就看见了那个本子,心里有了底。于是我又假装找到了手机,大声说:"哦,原来扔被子上了!"

虽然看到了本子,但又不能直接看,被旁边那个男人看到就完了。不行,我还得想个办法。

我拿着两个手机,故意问床上看电视的男人:"有笔吗?两个手机都快没电了,我得先把手机里两个重要的电话号码记下来。"他爬起来找了支笔。我又向他要一张纸,他看见床头有一张被踩过的脏纸,就顺手递给了我。

我站起来一看,说:"太脏了。"然后我靠回床头,转身拿起了那个本子,说:"这里有个本子,我撕一张啊。"那男子没有反应,专心看他的电视。于是我拿起本子随手翻了几页,没想到里面密密麻麻记录了好多东西。我掏出手机,一边防备被旁边那人发现,一边迅速拍了几张。我发现老张给我们准备的身份信息都在这里面。

我还想继续拍,门铃响了,我赶紧把本子放回原处。

老张回来了,那个深圳男人也跟着一起来了,说他的单身证明已经开好了。

我们五个人一起走出房间。老张说帮我们垫了钱,户口本也拿出来了。集体户口的户口本就是一张纸,我看了看说:"这不会是假的吧?怎么只有一张纸？"

这下可把老张激怒了，原本说话就结巴的他一下子变得更结巴了："现、现、现在集体户口就、就是这样的，不信一会儿到、到、到了公安局就知道是真、真是假。"

另外我想到，必须让这个办理成功的深圳男子留下联系方式，后续警方抓捕有用。我再次去跟他套近乎，但老张有些反对。一起进电梯时，我让深圳男子留个电话，说以后去广州，万一有其他生意合作可以联系。深圳男子没有防备，告诉了我电话并极力让我们相信老张。

我们拦了一辆出租车，准备去办证的地方。地方比较远，车程要一个多小时。

一路上，老张又在炫耀他的光辉业绩，说最近的生意是如何火爆，不过马上要过年了，这也是最后一批了。他不知道的是，自己手舞足蹈说的这一切，都被我们全程记录了下来。

出租车来到南昌市湾里区行政服务中心，老张说就在这里办证。已经中午12点多了，工作人员已经下班，而且今天公安局的网络连不上，办不了。

"这也太巧了。你不会骗我们吧？"我再次重申了自己的怀疑。

老张无可奈何，把我们带到办证大厅旁边的一个小屋里。屋里有个中年女子，老张当着我们的面问她是不是网络坏了，多久可以恢复。对方说不知道，等下午看看。

于是，我们带老张到附近的一个农家乐饭店吃饭。饭桌上，老张对我们的戒备之心完全没有了，还主动将手机中的聊天记录给我看。那是1995年出生的一个客户和他的沟通过程，通过他的关系，四天时间那人就办出了户口本和身份证。

我故意说："不可能吧，这么快能办出来吗？公安机关网上能查询得到吗？会不会是假的？"

老张急了，说："那你找人查一下。"就这样，老张又把这个户籍信息通过手机发给了我，任由我查验。我当然相信这些信息都是真的，我只是为了拿到证据，便于后期跟进。

吃完午饭，1点半我们回到行政服务中心，一问，还是不行。2点半了，又去打听，网络还是没有修好。估计今天悬了！我们之前计划下午4点45分的飞机回杭州，票都订好了。我就和老张说，那我们先走了。他看起来有点无奈，呆呆地看着我们离开了。

上车后，两个央视记者决定还是多待一天，看明天行不行。我们决定让两个记者在南昌等，我借口有事先离开，这样可以让他们以为我们诚心要办户口，但又对他们半信半疑。

于是我们分头行动，他们回酒店，我直奔机场。我把我们的想法告诉了老张和女中介，说他们一开始要钱，现在又说办不了，真是耽误事情，我有点事情今天必须赶回去，两个朋友等到明天，如果明天可以办，等他们办好了，我再飞过来。

这招果然很灵。老张多次保证，第二天一定可以办好，希望我早点回来。

第二天早上8点半，两个央视记者接到了老张的电话，说湾里区行政服务中心可以办理了，让他们马上过去。几分钟后，老张和广州女中介也给我打来了电话，让我尽快过去。

上午10点半，央视记者发来信息，说户口已经办理成功，并顺利地拿到了临时身份证。

办理的过程非常简单。在老张手头的新建户口信息里，记者挑了一个叫"徐宇轩"的名字，1982年出生，安徽人。证件照前一天已经拍好了，录入户籍管理系统即可，再用取得的回执单到行政服务中心录入指纹。录入指纹必须本人亲自前往，按照老张的叮嘱，记者对工作人员说："张老师让我来的。"对方二话不说，带他去了制证大厅，很快徐宇轩的信息通过了系统核查，之后就是录入指纹。

就这样，一个叫作"徐宇轩"的虚构人物就有了真实的身份。"幽灵户口"诞生了。

太好了！我发信息告诉两位记者马上赶到机场，尽快离开南昌。但是，如果他们出去说户口已经办出来了，老张就会向他们要钱，根本不会让他们有走的机会。央视记者灵机一动，出了行政服务中心大厅后，见到老张就说对方不给办，因为没有户口页。

老张说早上出来的时候忘记带了，马上回去拿，让他们等着。两个记者假装很生气的样子，迅速上了一辆车，直奔在南昌住的酒店。

差不多半小时后，老张给我打来电话，说我的朋友已经办好了那个叫"徐宇轩"的户口，可还没有给钱呢。在央视没有报道之前，要想办法稳住他们，只要我们不暴露，他们就不会销毁证据。于是我说："是吗，我还不太清楚，你们放心，他们的钱都在我这里，等我过去办好了就一起给你们。"

他们相信了。

这时央视记者已经赶回了南昌的酒店，收拾好行李，中午乘飞机离开了南昌。

"你们是不是记者？"

和央视记者一起参与的行动虽然惊险，但非常成功，我们拿到了需要的证据，为后期公安机关对犯罪嫌疑人进行抓捕提供了有力支持。

之后，我们继续采取行动，调查了更多的非法买卖户口的案件。在杭州，我把自己掌握的安徽砀山县和阜阳市户口中介的证据告诉了那两名央视记者。

砀山中介自称在派出所上班，可以直接办理孩子和成人户口，之前有很多成功案例。我通过异地进行了查询，发现他提供的户口都真实有效。为了进一步接触这个中介，我佯装要给一个叫唐龙龙的孩子办户口，对方答应了，说很快就可以办出来。当天晚上，砀山中介打来电话，说户口已经办好了，让我过去取。由于唐龙龙的信息还无法外地查询，只要我们去了，他就带我们到当地公安局或派出所查证真伪。

另一个在阜阳的中介说可以办理安徽皖北地区和河南商丘地区的户口，因为砀山和阜阳相距不是很远，我们可以一并去深入了解一次，以便掌握更多的线索。我和两名央视记者当即决定，明天出发！

我们从杭州坐高铁到徐州，再到砀山。之前我告诉中介我们去两个人，于是就由我和小唐记者出面接触中介，小胡记者接应。我们设法取得证据，拍下画面后就想办法尽快撤离，小胡记者提前准备好出租车，将我们的行李带上，事后直奔阜阳。

我们到马路边，打电话给中介。几分钟后，一辆上海牌照的黑色桑塔纳轿车停靠在我们面前。开车的是一个30岁左右的男子，确认后，他笑嘻嘻地招呼我们上车。

我坐在了副驾驶的位置，央视记者为了方便隐蔽拍摄，坐在后面。一上车，中介就给我们看了已经办好的唐龙龙的户口，还给我们看他之前办理的成人户口回执，还有户口本和身份证。他说这个绝对真实，既然我们不相信，就带我们去找个派出所查询。

车开了一段之后，拐进一条小路，突然停下，那人转过身问："你们是不是记者？有很多记者在调查这个事情！"

我一愣，没想到他会直接问这个问题，于是我装作很生气的样子说："我还怕上当受骗呢，你反倒怀疑起我来了？既然不相信我们，那我们走，这样你也就安全了！"

这么一说，他有些放松了，说对不起，希望我们理解，他也是因为不放心才多句嘴。接着，他告诉我们这个唐龙龙的户口是挂靠在他们派出所辖区一个唐姓人家名下。

"这样安全吗？万一这家人知道了怎么办？"

他解释说他们将孩子的户口进行有选择的挂靠，是在户主知情的情况下操作的，给户主每年500块钱，对方也愿意。

"那不会一交钱后，我们的户口就被你们注销了吧？"

"放心放心，我们绝对不会这样做，我们是讲信誉的。如果你们以后要把户口迁出去，我还会协助你们办理，全部免费！"

这时，中介说去叫一个派出所的副所长，让他带我们去派出所查询。

车熄了火，他下车朝路边的巷子走去。确定他走远后，我在驾驶座旁的车门处找到了他给我看的那几个证件，迅速用手机拍照后放回原处。接着，我又下车拍了车牌。回到车上，我心想一会儿还有一个副所长要来，就让他坐前面，我坐后面，这样小唐记者拍摄时我也可以做一下掩护。

这时，我突然想到手机里的信息。万一这个派出所副所长还是不相信我的身份，要查我的手机怎么办？以防万一，我迅速把手机里的微信、QQ、微博都卸载了。

不一会儿，中介带了一个自称是派出所副所长的中年男子上了车。上车后，副所长没有和我们说什么，只是和中介商量带我去哪里查唐龙龙的户籍信息，是去公安局还是去派出所。他们用砀山本地话嘀咕了一会儿，就说去附近一个刑警责任区中队。

我们到了砀山县城的一个刑警责任区中队，车停靠在门口，中介说只能我自己进去，另一个要在外面等。这可给我们来了个措手不及，原本我们商量好，我只负责接触掩护，央视记者负责拍摄。但是没有机会再商量了，于是我爽快地对记者说："行，那你在外面等我，我进去看一下。"

我随他们到了刑警中队的一个值班室，里面有一个值班人员在看电脑。也许他们之前沟通过了，一去他就知道我们要做什么。他打开公安网，派出所副所长就给他报身份证号码。我一定要录下这个时刻，哪怕拍一张照片也行，这是非常珍贵的证据。可是，我几次试图掏出手机准备拍摄，中介都会凑上来，故意靠近我，想看我手机。

怎么办？必须想办法拍到。我假装咳嗽得很厉害，要到门口吐痰。我连续出入了三四次，中介每次都跟随我出来，假装关心我，其实是在防备我做什么小动作。

后来看我好像是真的咳嗽，他就不再跟着我往门外跑了。我在门口迅速拿出手机，朝门里的方向连续按了几下拍照键。

值班人员把我们要查的唐龙龙的户口信息页面调了出来，还调出了他挂靠的户主及其他家庭成员的信息。原本说是要把唐龙龙的信息页面给我打印出来，可刑警队的打印机坏了。副所长说，打印不出来，就用手机拍一下。

我没有主动要求拍，让中介拍。中介拿出手机拍了两张后，说看不清楚。他看我用的是苹果手机，就说我的手机更好，让我自己拍。在他们主动要求我拍的情况下，我才用手机将唐龙龙的户籍页面拍摄了下来。

查询完毕，也拍照了，我们就出了刑警队。等候在外的小唐记者松了一口气。后来我才知道，他看我进去了那么久还不出来，以为是发生意外了，正在想如何向上级警方报警求助呢。好在就在这节骨眼上，我们出来了。

拍到了户籍信息，也接触到了内部人员，下面要做的就是尽快离开。我告诉中介由于异地还查不到，所以我们要在这边住两天，等我家人在老家能查询到的时候，他把户口本给我们，我们再交钱。他答应了。

我说我有点不舒服，让他把我们送到当地最好的酒店去，我想喝点热开水，休息一下。我提出晚上一起吃晚饭，把那些帮过忙的弟兄都叫出来。

他说那些帮忙的弟兄不方便出来见面，他们分钱就行了。

车开了一段，我看到路边有一家药店，就说要去药店买点药，我实在太难受了。他答应了，在路边把我们放下。

我和小唐记者朝药店走去。在药店里徘徊了几圈，我又走到门口观望了一下，确定他们的车已经离开视线后，我们迅速跑了出来，上了一辆出租车，准备与在外接应的小胡记者会合。我们约定在县政府门口见。我们的出租车直奔县政府，刚到那里，小胡记者的出租车也赶到了。

我们上了小胡记者的出租车，要求尽快离开县城，我坐在副驾驶位置。到了某条路上，迎面而来一辆黑色桑塔纳，正是中介开的那辆车，估计是送完副所长后返回了。我吓出了一身冷汗，他会不会发现了我们？

还好，他的车一路开走了。

几分钟后，我接到了他的电话，问我是否买到了药，感觉好点了没有。我说刚买了药，现在在车上，准备去找酒店。

他再次不放心地问："你们真的不是记者？那个副所长也很担心。"

我说真的不是，我先找酒店住下来，休息一下，晚上再和他联系。

这时候我们还不能暴露，还要去接触阜阳的中介，他的网名叫"雨打黄

203

昏"。万一砀山县的中介怀疑我们了,可能就会到网上去说,那样阜阳的中介就会察觉。他们之间会相互通风报信。

我们的出租车驶出砀山县城,上了高速公路。我打开手机,发现很多媒体都报道了一条新闻,说公安部注销了79万假户口、重户口,还说要严厉打击买卖户口的行为,公安机关工作人员违规上户口的一律开除。

我把这条新闻告诉两名记者,大家都有点担心,正在风头上,阜阳中介会不会有所警惕不办了。

我于是联系"雨打黄昏",看看他有没有察觉什么,看到新闻没有。如果他看了,肯定今天就不会见我们了,就算要做,也要等风声过去之后。

没想到他非常淡定,让我们到阜阳火车站,说他们就住在火车站对面的宾馆。我不由得想起南昌的中介,看来他们都喜欢在固定的酒店安营扎寨,专门等候客户上门。

这次是小胡记者和我去接触中介,小唐记者接应。

我们的车停靠在阜阳火车站附近,再次确定没有什么可以暴露身份的破绽后,我就打电话给"雨打黄昏",说我们到了。

1月的阜阳非常冷。"雨打黄昏"是一个四十来岁的中年男子,我们在一家宾馆门口背风的地方说话。"雨打黄昏"拿出几个户口本和已经办理的身份证的回执单给我们看,说这些户口本是刚办出来的,准备给人快递过去。其中一个是一九六几年出生的,他给办成了一九七几年的;还有两个其实是父子,他把他们办成了安徽的一对兄弟。真是五花八门,无奇不有。

宾馆门口人来人往,我们还担心被人听到,让他小声点。没想到他毫不顾忌,小胡记者也就大胆地把针孔摄像机的镜头对准了他,让他给我们"宣讲"他的办证事迹。

他说,这些天来办理的基本上都是福建和北京的客户,他们由于出国比较困难,办一个安徽户口,成功出国后就再也不回来了,谁也找不到他们。

这不就是传说中的外逃吗？原来是通过这个方式逃出去的，可见户口买卖的危害有多大，影响有多广。

"你关系这么硬啊？怎么做到的？"

这么一夸，他面露得意："现在我们做的基本上都是新建户口。你们只要去照个相就行，连指纹都不用录，当天就出临时身份证和户籍证明。能办出来这些户口，你说我关系怎么样？"他还说这批客户的户口都是上在安徽省阜阳市颖上县的，这几天都有人来办理，让我们放心。

我说："今天早上新闻都播了，公安部三年注销了全国79万假、重户口，你办理的这些一个都没有被注销吗？"

他一副知情人的样子说："全国现在何止79万啊，两倍三倍都不止！"

我们顿时一愣，原来他也看了新闻，可是这新闻对他一点影响都没有，买卖照做不误。

聊了大约20分钟，我故意问小胡记者："怎么样？要不我们先找地方住下，吃点饭，然后照相？"小胡记者说："可以，那我们先走。"其实我是想问他要拍的素材拍够了没有，他心领神会。

对方还在叮嘱我们，下午一定要去照相，照完之后和他联系。他安排第二天去办理，并给我发了几个户口信息，供我们挑选，哪一个都行，再过几天就没的挑了。

离开后，我立刻和在外接应我们的小唐记者联系，马上包车走，去合肥。虽然没有再去让他办证，但手中这些证据足够了。

去合肥的路上，"雨打黄昏"还不时和我联系，问我照相的情况，砀山中介也给我打电话，但我都没有接听，只回了短信："生病了，再联系！"

手机快没电了，我就干脆关了机。下午5点多，我们赶到了合肥高铁站，上了去杭州的高铁。

晚上10点左右，我们从合肥赶回杭州，在酒店住下，央视记者对稿件进行编辑处理。1月21日上午，我得知第二天央视就会报道这个事情，很想给这几个中介一个机会，希望他们能主动投案自首。

于是我就给广州女中介打电话，表明了我的身份并跟她说之前联系她是为了取证，央视明天要报道这个事件，如果等报道后警方抓捕到她，性质和结果就不一样了，我让她去自首。她说她考虑后回复我，希望我给她点时间。几分钟后，她打来电话，说愿意自首，要到北京来找我，并愿意带上她接触到的所有证据，争取得到宽大处理。她说马上就去买火车票，可临近春节，她到火车站排了两个多小时的队，也没有买到火车票。无奈，我只好让她先回去，或者就近到当地公安机关自首。可是到了下午，她的电话就再也打不通了。

我还将这个情况告诉了安徽砀山的中介，向他表明了我的身份。我问他到底是不是正式的民警，他说不是，他只是派出所开车的。我也把利害关系和他讲了，真心希望他能主动投案自首，可我的劝告还是失败了。

公安部在行动

非法买卖户口的现象得到了社会的广泛关注，产生了巨大的影响，公安部非常重视，展开了一系列的行动。

2014年1月22日，央视新闻频道《东方时空》栏目播出了南昌等地存在买卖合法身份的有关报道：《神秘中介人通过"内部人"贩卖"幽灵户口"》。

当天晚上，南昌市公安局在其官方微博回应：已经连夜成立由纪委等多个部门组成的联合调查组，"无论涉及谁，公安机关绝不姑息，一查到底"。

1月23日早上，央视新闻频道与综合频道并机直播的《朝闻天下》、财经频道的《第一时间》、中文国际频道的《中国新闻》，以及新闻频道多个正点新闻栏目都播出了该报道。

第二天上午，公安部治安管理局在其官方微博"公安部打四黑除四害"中给予了公开回应，表示要严查、彻查！

当天中午，我接到央视记者的电话，说公安部治安管理局的相关负责人通过中央电视台找到他们，希望能与我接触，了解一些情况。

当天晚上，公安部治安管理局户政处王处长随央视记者来到酒店找我了解情况。他说看到新闻报道之后，部领导高度重视，当即让治安管理局的负责人通知成立督察组进行调查。当天，我将前期所掌握的证据全部交给了户政处的同志，我要配合他们对这些违法犯罪行为进行打击。

第二天，我再次接到央视记者的电话，称公安部治安管理局局长要见我，当面向我了解情况。我正好也有很多问题想与他们沟通，还想将我搜集到的这些贩卖户口的信息一并交给他们。

当天下午3点，我和央视记者来到公安部，时任治安管理局局长刘绍武接待了我们，对我们的举动表示感谢，希望我能将掌握到的线索提交给他们，他们将派专员督办，并说以后发现什么治安问题可以直接找他，他们一定会重视处理。

随后，刘局长又安排分管户口的华副局长接待我们。我再次表达了我的看法，我长期协助公安部门关注社会治安问题，发现这些问题并取得了证据，希望能及时将信息反映给公安机关。

他们肯定了我的观点，并对我的行为表示赞赏，希望我以后多与他们合作。我以前一直在与公安部刑侦局合作，做刑侦局的志愿者，刘绍武局长让我也做他们的志愿者。临走时，刘局长赠送我们每人一个卡通警察模型，说这是中国警方的外交礼物，希望能为我保驾护航、降魔辟邪！

当天晚上我就接到了"公安部打四黑除四害"的微博管理员的电话，他希望我以后如果有需要直接与他联系沟通，他会及时向领导汇报。

腊月二十七，安徽亳州一马姓警官与我联系，说他们接到省公安厅纪委的投诉案件以后，知道我举报了亳州涡阳县贩卖户口的案子，希望找我了解情况。后来，亳州市公安局纪委的一位大姐也和我联系，说希望能与我保持联系，向我了解具体情况。正月初八，这位大姐又和我联系，说想见一面详细了解情况。

后来，公安部反馈说江西的案子突破非常大，前期掌握的涉案人员已经全部落网，安徽案件的处理也有很大进展。

抓到一个逃犯

公安部的重视给了我极大的希望和信心，随后我协助公安机关开展打击非法买卖户口犯罪的行动，并取得了很大成效。这个难题终于得以突破，我在打拐之路上走得越来越坚定，"天下无拐"的梦想不再遥远！

我回到了邯郸，准备和央视记者再次前往河南，探查户口问题。之前，我接触了一个中介，自称在上海，可以办理河南驻马店平舆县的户口，新建户口，6万元一个。他说最近约了九个人一起去办理，如果我需要，可以一起去。果真如此的话，如果有上级公安机关一起介入，这是一个绝好的打击机会。于是我告诉对方，我需要三个户口，会带两个朋友一起去办理。

对方说他2月17日从上海开车去河南平舆县，带其他办证人一起过去，如果我和朋友来得及，就提前过去，一起办理。他还让我们放心，不会先要钱，办完之后拿到户籍证明再给钱。

之前治安管理局的领导说发现问题第一时间和他们沟通，于是我给他们打了电话。几分钟后，公安部治安管理局行动处的张处长就和我联系了。他说明了部里打击这些违法行为的决心，并说会和我一起到河南督办该案，让我把掌握的信息提供给他，进行前期部署。

2014年2月17日上午，我和央视记者从邯郸坐高铁出发，在郑州与治安管理局安排的和我们一同前往的朱副支队长接头后，交流了情况。下午1点，我们抵达河南驻马店，与在那里的治安管理局的张处长会合。

这时，中介说他们提前到达了驻马店平舆县，昨晚就住在平舆，准备今天上午带客户去公安局办证。但原本他们说开车到驻马店来接我们，后来突然说平舆那边出了点问题，要带我们去新蔡县办理，让我们到驻马店后，自行坐车去新蔡县。

驻马店公安局安排了一辆出租车，派了一个警察开着出租车随我们一同前往新蔡县。天上下着雪，路况不是很好，下午3点多才到达新蔡县。对方说在县政府旁的宾馆门口等我们。

我们在新蔡县转悠了几圈，终于与上海过来的中介接上了头，是两个20多岁的小伙子，开着一辆浙江金华牌照的丰田凯美瑞轿车。见面后，他们就要我们上车，说一起去见一个河南当地的中介。他们说他们之前办理的都是河南平舆县的户口，但这次因为那边出了事情，只好来新蔡，这个河南中介他们也没见过，但他们的朋友找他办理过。

我们三人上了他们的车，又在这个县城走了几圈。他们一直在与这个没有露面的中介联系，对方让我们到某条路接他，然后去办证。电话中的这个河南中介很奇怪，一会儿让我们去这里，一会儿又让我们去那里，也不说具体的地址。

"你找的这个人到底怎么样啊？行不行？不行的话我们就走了。"我对上海中介质疑道。

"应该没有问题。"嘴上这么说，但上海小伙似乎心里也没什么底，就又给河南中介打电话，语气加重很多，"到底行不行？"对方这才说出了一个地址，让我们过去接他。

大家终于见到了这个河南人。他身穿灰白色夹克衫、黑裤子，戴着一副眼镜，看上去40多岁。

车上原本就有五个人了，河南中介一上来，更是挤得没法动弹。他也没什么话，倒是上海中介接连说道："今天能不能办？要快一点。我们已经过来一天了，也不能老待在这儿。"他就说："那先去照相吧！"

我们在新蔡县一中附近找了家照相馆。照完相，这个河南中介还是一副漫不经心的样子，说要去取车，让我们等着，回来后就带我们去办。

我总感觉这人不可靠，怕他跑了，就问他去哪里取车，提议开车送他，这样可以节省时间。他说在汽车站。我们拉他上车后，开车找到了新蔡县汽车站，结果他下车后说："不是这个地方。"

他这是在耍我们吗，竟然不知道自己的车放在什么地方？

他又让我们在这里等，他去找车。我们就问他到什么地方找，他也说不上来。

我生气地大声说："你都不知道车子在什么地方，怎么找？你是不是故意要我们？"

他再三坚持，要自己租个三轮车去找。我们没办法，只好跟在后面。上了三轮车后，他就一直打电话。

三轮车停在新蔡县的一个广场旁边，我们也迅速下车，问他干什么去。他说去酒店见帮忙办证的派出所所长，让我们在外面等。

眼看到下午4点了，再等就要下班，不可能办了，但也不能强拉着不让他走。我们只好把车停在广场旁边的马路上，看着他走进对面一家酒店。

我很严肃地问上海中介："这人到底可靠不可靠啊？"

上海小伙子似乎还挺有信心，说肯定可靠，之前朋友找他办过很多。他们说等到4点半，如果不行就走。

我假装咳嗽，要下车透透气，之后借机将情况告知后方的张处长。他回复说警方也在加大侦查力度，让我们保护自己的安全，别暴露！

我又回到了车里。上海中介不时地催促那个河南中介，对方还是不着急的样子。

忽然，河南中介发来了一条消息："所长说了，要你们三个办理人的身份证，查查是不是逃犯。"

我假装很气愤，大声说："让他下来拿吧，我们的证件都在呢。"可对方不愿意，非要通过电子邮箱传。

上海小伙子也生气了，对他说："那你下来用手机拍吧，不然就把身份证拿去！"

对方还是不肯，说所长说了，必须把身份证号码传给他，查看是不是逃犯再给办理。网上应该没有我的任何身份信息，但跟随我一起去的央视记者小唐和公安部的朱副支队长，他们的真实姓名在百度中就可以查到。于是，我对上海中介说："你先把我的身份证号码发过去，如果可以办出来，我其他两个兄弟再办！"

我的身份证号码由上海中介发给了河南中介，然后又是漫长的等待。

在车里，上海中介一直在向我们道歉，让我们不要着急，一定会给我们办好，还说之前办过广西的，关系都非常好。

他们既然说办过广西的，我就想试试能不能拿到证据。我装作将信将疑地说："广西也能办？你们不是在上海吗？怎么可以办理广西的呢？能不能给我看看？"他们说可以，就给上海家里打电话，让家人拍了照片发过来。

几分钟后，四张广西的身份证发了过来。上海中介说不信的话可以找人查，我大大方方地将这四张身份证的信息传给了后方。

时间过去了很久，我们越来越怀疑那家伙是不是真的在酒店里。于是，我和朱副支队长决定以上厕所为名义，去查看酒店的情况。结果我们发现，酒店侧面还有一个通往后院的门。那家伙很有可能已经从酒店侧门跑出去了。

回到车里，我把情况告诉了上海中介，提醒他们小心。小伙子很感激的样子。我看他们对我们比较信任了，就问他们做这行多长时间了。他们说也不长，之前就是拿那些买来的身份证零首付买新车，然后把车拆掉卖零件。小伙子拍胸脯保证，他们办户口的路子很多，江西和湖南的都可以，这次如果不行，他们会帮我们想其他办法。说着，他们马上拿起电话和朋友联系，问最近江西的是否可以办理。对方说可以，但是要等等。

这时，河南中介晃晃悠悠地出来了，说刚才派出所所长在陪人吃饭，现在又去洗澡了。

我对他说："你根本就是在骗人！我们马上就走，现在都快5点了，不可能办好了！"

没想到他竟然急了，大声说："我中午饭都没吃，帮你们跑这个事情，不感谢我，还说我骗人！"说着，他从口袋里掏出三个写好的身份证号码，说是给我们准备的，让我们去查，我用手机拍了下来。

他说还要去找所长，让我们尽快把身份证号码发给他，争取今晚给我们办出一个，到时候给我们拿户口本和户籍证明。临时身份证要第二天去公安局办理。

我们回到车里，把拍摄下来的那三个身份证号码发给了张处。张处查询后回复，这三个身份证的信息都是2013年年底新建补录的。这下我心里有底了，至少现在已经拿到了内部办理的证据，完全可以处理他们了。

接近6点的时候，对方回复说派出所所长还在查，查完就给我们办，争取今天办出来。我对上海中介说这个人不可靠，天也快黑了，我们要先找个地方住下来，明天早上如果还不行，我们就走。

他们开车把我们送到新蔡县某酒店。上海中介很"敬业"，还是要去等，以免对方办出户口来找不到我们。我说我们先到酒店休息，一会儿晚上7点半一起吃晚饭，生意做不成没关系，我们还是朋友。

回到酒店，我们与后方人员进行了沟通，他们一直在通过内部网络关注我们要办理的户口信息动态。

晚上7点多，我叫上海中介过来一起吃晚饭，之后就与我们住同一个酒店。这样便于掌握他们的行踪，万一后方决定收网，他们会在我们的掌控范围之内。可是他们回复说，他们在办证的派出所外面等，如果一会儿拿到了户口本和户籍证明，就给我们送过来。没办出来的话，就明天早上再见面。

第二天一早,我打电话给上海中介,他们说等派出所上班后就可以办理,今天三个都可以办出来。

就在这时,后方侦查员反馈,说河南中介昨晚拿到我的身份证号码后,在网上查到了我之前打拐的相关信息,我的身份可能暴露了!河南中介准备逃跑。据内部线报反馈,嫌疑人还说要除掉我们。这时后方专案组一边请示领导是否开展抓捕工作,一边立即派警力到我们所在的酒店进行布控,对我们进行暗中保护。

这一消息让我们措手不及,我得想办法先把上海中介稳住。于是我给上海中介打电话:"刚才有一个河南本地人给我打电话,说给我办户口,只要给他6万块钱,就把户口本给我们。是不是你找人打的电话?"

"没有,不是我。你千万不要给钱。"对方连忙否认,顿了顿又说,"不会是那个河南中介吧?"

我顺势说:"这个人肯定是想骗我们,你们也要小心。你们开的是新车,又是外地的。"

电话里传来上海中介恍然大悟的声音:"哦,我知道他为什么要你的身份证号码了,原来就是想查你的手机号,跟你要钱!"他又说,刚才那个河南中介说找他们有事情,要当面谈。

我知道河南中介肯定是要说查到我打拐的事,于是我说:"千万不要见面,他肯定是想抢你们。有什么事不能在电话里说呢?"

这时,后方决定对犯罪嫌疑人实施抓捕。由于我已经暴露,张处长安排了警力到我们酒店楼下,防止他们对我打击报复。

上海中介打来电话让我们走,说估计这边是骗人的,让我们小心点。我说外面下雪,我们又没有车,问他们能不能开车过来把我们送到汽车站。

他们爽快地答应了。

20分钟后,他们到了酒店楼下。我提议一起吃早餐,他们说不吃了,着急要走。

车开了一段时间，我看到有警方的车跟上来了。如果实施抓捕，我们最好和他们分开。于是我说我们要先吃早餐，他们就把我们放在了大街上。后边警方的车辆便跟了上去。

半小时后，两个上海中介被警方在高速入口抓获归案，但河南中介已经逃离新蔡县城，前往平舆县。

这时，后方已经基本掌握了这个贩卖户口团伙的基本情况。河南中介的上线是当地派出所的一名治安员，他的一举一动都由这个治安员指挥。那个所谓的派出所所长，就是这个治安员。

公安部工作组决定异地用警，让驻马店的警方抓捕这个藏匿在幕后的治安员。央视记者说，抓捕的时候我们也一起去，拍摄现场画面。

将近上午11点的时候，抓捕治安员的警力到了，并已掌握了嫌疑人的行踪。

漫天大雪，路非常滑，我们的车开得很慢。就在这时，坐在副驾驶位置上的侦查员发现了目标。司机加大油门，大家决定在前方红绿灯处左右夹击，实施抓捕。跟踪了约一公里时，遇到了红灯，侦查员飞速下车，控制了目标车辆。两名犯罪嫌疑人很快被制服，被分别押上了我们的后两辆车。

其中一名嫌疑人还在使劲辩解："我是派出所的，你们是不是搞错了？"

警方表明了身份，希望他们能配合调查。侦查员随即对他们进行搜身，搜出了写有不同年龄信息的户口本，以及相关资料。

同时另一组侦查员正前往平舆县，对河南中介实施抓捕。晚上7点，前方侦查员传来消息，狡猾的河南中介也被抓住了。后来，听现场人员说，抓捕河南中介的时候，他们在平舆县城做了大量的排查走访工作。当时河南中介正在汽车站准备买票潜逃到开封，还做了伪装。在他身上，还搜到了七张电话卡。

警方把抓捕到的嫌疑人全部带回驻马店进行突击审讯。两名上海的中介认罪态度非常好，交代了相关案情。他们声称，这次过来是受上海朋友的委托。警方对这个"上海朋友"的身份进行查询，发现他叫徐某某，是被浙江警方网上通缉的在逃嫌疑人。公安部迅速部署上海警方对徐某某进行抓捕。

就在这时，我接到一个上海的电话，说是他朋友到河南给我办理户口，但现在电话一直没人接听，问我是不是还和他朋友在一起。难道这个人就是徐某某？

警方让上海中介辨认这个号码是否就是幕后主使徐某某，他们承认了。我得想办法把他稳住，绝对不能暴露。

对方继续联系我，我就对他说，我们感觉河南中介不可靠，决定离开，他的朋友把我们送到了汽车站，之后上高速公路回上海了，后面的事情我就不知道了。

电话那头焦急地问："会不会被绑架了？"

我说不知道，我已经坐车回到了驻马店。

他焦急万分，说在上海报过警，但上海警方不受理，问我能不能去新蔡报警。我立马就答应了。

"你报案时打算怎么和警察说？"他突然问。

我说："我就说朋友失踪了，可能被人绑架了。"

他说："行，千万别说是过去买户口的，不然也会出问题。"

我说："好，别着急，我们一起想办法。"

我把这些情况告诉了张处长，他也在与上海警方进行沟通，研究如何抓捕。

我突然想到一个办法：对方不是让我去帮他报警吗？那我就以这边的警方需要上海警方传资料为由，让他去上海的派出所报警。那么，只要我们和上海警方协调好，也许就能瓮中捉鳖。

大家都说可以试试。

徐某某多次催促我，问我报警了没有。我就说我在公安局，河南警方要求上海警方发函，需要他亲自去上海就近的派出所交材料，说明一下情况。

他说行，马上就去。

不久，上海方面传来消息，在浦东新区高行派出所，确实有一个人报案，说朋友在河南失踪了。但报案的是个女人！我们分析，对方知道自己如果去派出所报案，肯定会暴露身份，所以就找了一个女人去派出所。

上海警方为了稳住她，故意让她在派出所做了三个多小时的笔录。这边，上海中介在审讯中交代了徐某某的地址，上海方面安排了几路警力进行布控，等候徐某某的出现。

外围的侦查工作没有什么实质性的进展，上海警方就把这个报案女子放了回去。然后，警方安排人员对她进行了跟踪，发现她进了一个小区，与一男子见面后就迅速离开了。天正下着雨，男子很快就消失在夜色中。

这时，徐某某还在不停地和我联系，问我河南警方的情况。我说河南警方要我等到明天，如果还联系不上，他们再开展工作。

当晚，审讯工作取得重大突破，下午抓获的治安员张某交代了其参与贩卖户口的全部经过，并供述他的上线是新蔡县公安局的一名网警。公安部治安管理局张处长果断决定，立即对新蔡县公安局的这名网络民警实施抓捕。

专案抓捕小组人员赶到新蔡县的时候，已经是零点了。找到嫌疑人住处的时候，对方大概早有察觉，没有开门，而是在屋里销毁证据，将诸多户籍证明信息冲入了下水道。凌晨3点多，警方强制破门后，将该网警抓捕归案。

后来，这名嫌疑人交代了犯罪事实。他登录辖区派出所的户籍管理网络，生成一些户籍，然后找到派出所的治安员，为外地那些需要身份的人提供户口，从而达到敛财的目的。

这时，整个案件就差上海的幕后主使徐某某没有抓获了。第二天一早，我给徐某某打电话，说河南警方问我情况，让我9点钟去找他们。其实，上海警方头天晚上一直在他的居住地蹲点守候，但他没有回来。

我说河南警方需要失踪人的身份信息，他说他也不知道，我让他想想办法。

差不多半小时后，他又打来电话，说找到了他们的家庭地址，让我记一下。就在这时，我听到电话那头有人在吼："不要动，警察！"他还在电话里对我说："兄弟，警察来了！"电话就此挂断。

几分钟后，公安部工作组接到上海的报告，幕后在逃嫌疑人被上海浦东警方抓获！

谁也没有想到，抓捕贩卖户口的团伙，竟然抓到了一个逃犯，而这个逃犯竟然在做贩卖户口的勾当，想想真是让人毛骨悚然。

这次与公安部的合作比较顺利，成效显著。他们表示回北京后会向部领导汇报情况，并制订下一步的专项行动工作计划。

2014年2月21日下午，公安部在北京召开电视电话会议，部署全国公安机关开展打击虚假户口、重户、贩卖户口专项行动。时任公安部副部长黄明通报了我们在河南跟进的这起案件的情况，就户籍管理制度中存在的问题做了相关通报，就河南、安徽、江西、山东等问题突出地区做出了批示，希望各地公安机关严厉打击类似违法犯罪行为。

2月25日，我再次发现有人在网上发布广告信息，兜售河南商丘户口。我将这一消息迅速转告了公安部治安管理局相关领导，他随即将案情转交给河南省厅进行侦查。当天，我佯装要买户口，说已经坐车到郑州，问及对方具体位置，对方称在商丘夏邑县的一家宾馆内，就等我过去了，其他过去的人员都已经办好了。我将我得到的情报反馈给了河南省厅。我一边与中介周旋，一边与警方沟通案情。

当天傍晚，公安部反馈消息，说河南警方在商丘夏邑县抓获六名贩卖户口的犯罪嫌疑人，其中有来自云南、江苏等地的中介团伙。

公安部治安管理局的负责同志说，我们这样的办案方式快捷、精准，希望接下来进一步深化打击此类犯罪。

一点曙光

2013年年底的一天,我坐在从济南到聊城的大巴上,电话响了,是福州市公安局刑警支队张大队长打来的。他问:"你接触的案子比较多,知不知道广州有个用摩托车把小孩抢走的案子?"

我立即问:"是不是2010年的事情?孩子的父亲是云南的,在广州白云区打工。"

张大队长说:"是的,人贩子抓到了,小孩也解救了,但现在联系不到孩子的父母。"

我一阵激动,这个孩子叫王智。2010年12月5日,1岁多的小王智在家门口玩耍时,被人贩子拐走。第二天我得知消息后,就和南方电视台的记者去了他家。我们调取了监控录像,发现孩子是被一个骑摩托车的人抱走的。

在这几年里,家长一直和我保持着联系,让我帮他们想办法,逢年过节也会给我发短信。我也一直在关注他们的案子,去过他们家多次。

于是,我告诉张大队长,我可以联系上孩子的家人,让他稍等一下。随后我马上拨通了王智的父亲王尊荣的电话,是他妻子接的。我告诉她:王智找到了!电话那头立即传来大哭的声音。我告诉她孩子是在福建被解救的,现在福州警方正在寻找他们。王尊荣随后马上给我回了电话,他在电话里又惊又喜,痛哭失声。我让他直接联系福州警方,并把电话号码告诉了他。

挂了电话，我仿佛被他们幸福的哭泣声感染了。我看着窗外，那时正是冬天，田野里一片荒凉，树枝也都是光秃秃的。我难掩心中激动，忍不住流下了眼泪。

这幸福的眼泪毕竟属于少数人，还有无数父母仍奔波在寻找孩子的路上。

那段时间，我几乎一直是在孤军奋战。虽深感阻力重重，但是我相信，只要继续坚持，总有云开见日的那一天。

果然，两个月后，我和央视记者一起调查的案件引起了公安部的高度重视。不到一年时间，公安部三度力推户口登记管理专项清理整顿工作。之后，我们揭露的出生证地下黑市现象也引起了国家卫计委妇幼司的重视……我感受到了巨大的成就感，个人的力量虽然微小，但只要付诸行动，一点一点努力，就能改变现状，推动社会的进步。

回望来时路，我这个渴望成为屠夫、盼着天天吃肉的贫困孩子，少年时代在少林寺中磨炼了身体和意志，学会了为善；在部队中希望自己成为徐洪刚那样勇斗歹徒的英雄；退伍之后怀着英雄主义的情结去抓坏人……如今，我成为一个志愿者，用自己的实际行动一点点改变着社会，我真的实现了我的梦想。

"志愿者"这个称呼，对我来说只是一个光环。我是一名普通公民，是社会的一分子，我会以自己的行动去改变周围，面对发现的社会问题，我不会无动于衷、袖手旁观。

在这么多年的打拐路上，我见证了许多普通民众展现出的巨大力量。比如微博打拐，那是一场爱心接力，无数人伸出手，传递自己的善意；刘江珍被拐16年后与父母的团圆之路，也是由一朵朵善之花铺就的；小青被解救，也是因为有小蓝那样的年轻人，她没有对别人见怪不怪的现实无动于衷；我的很多举报线索也都来自年轻人……

是的，一个善念，可以拯救世界。

那天，我从济南到聊城，是要去调查户口买卖问题的。从打拐到打击户口买卖，我的公民意识越来越强，我深深感到自己是这个社会的一分子，如果发现了什么问题而不付诸行动努力解决，我会好几天睡不着觉。我在各个户口买卖群里卧底半年多，又花了两个月的时间奔波各地，掌握了11个省（区）28个县（市）总共78个被非法出卖的户籍信息，并且逐一进行了核实。

我针对这次调查的户籍制度漏洞问题，写了一份个人建议，希望能通过相关人士提交政协，让这个问题能够在国家制度层面上得以解决。下面就是我写的全部建议。

社会治安综合治理要从源头完善户籍管理制度
——致全国人大、全国政协关于解决户籍管理制度乱象的建议

众所周知，户籍管理是国家对人口进行统计和社会化科学管理的有效措施。只有对所有人口进行严格管控，才能保持良好的社会运行秩序；只有对户籍科学管理，才能摸清人口家底，预防各种危害社会的犯罪行为和活动，保持社会的安全稳定，为国家的政治、经济、军事、文化、教育等国计民生工作提供安全保障，使人民群众过上和谐幸福的美好生活。因此，公安机关的户籍管理是十分重要的。

然而，我从大批社会办证中介团伙中掌握到，在河南、河北、山东、江苏、安徽、湖北、广西、吉林、陕西、江西、云南等11省（区）28个县（市）中涉及的78起非法出卖国家人口户籍的案件证据。

我是长期协助公安部门进行打击拐卖妇女儿童犯罪、反扒、反传销、劝逃等工作的志愿者。在2013年6月，我接到被拐孩子家长举报，有黑中介组织勾结商丘市某地派出所个别户籍民警贩卖幼儿户口。我通过卧底获取了中介的信任，掌握到公安民警利用职务之便，勾结社会中介贩卖虚假户口给来历不明孩子的大量证据。

为了进一步核实、掌握更多证据，我假称自己要为领养的孩子办户口，与这些黑中介取得联系，并获得他们的信任。黑中介自称可代办户口，不需要任何身份证明，就可以根据客户想要的名字、出生日期，在几小时内办理出真实户口，要价3.5万元。由此可见，该派出所的户籍民警成了贩卖人口利益链条的重要节点。从打拐的角度来说，只要派出所提供"合法"户口身份，贩卖者就能"正大光明"地继续从事买卖人口的违法活动。

12月13日，商丘市公安局初步调查发现：该派出所临时工作人员李某在没有相关合法手续的情况下，找到该所户籍民警马某，马某按李某提供的信息，擅自为四名"新生儿"违规入户。另一名涉案人员金某在户籍管理中存在着严重的失职和渎职行为。

目前，仍有部分中介在从事贩卖户口的违法活动。这些犯罪团伙分工明确，社会中介负责招揽客户，收费2万元到6万元不等，再由公安机关内部人员在其辖区找到客户需要的同姓氏户主，将要出卖的户口挂靠在户主名下，整个操作过程户主并不知情。

这充分说明，户籍管理方面存在着严重的漏洞，缺乏严格的监督机制，比如一个工作人员就可完成申办户籍的全部手续，没有任何监督环节。

根据我的调查走访和部分公安机关的侦缉，目前贩卖国家户籍犯罪主要有以下几种类型：

一、很多地区存在"僵尸户口"，有一人多户、一人多证现象。据公安机关内部人员介绍，这些问题多为历史遗留问题，也有可能是公安机关缺乏监督监管，导致目前的户籍管理制度混乱。

二、部分计划外生育的孩子的父母冒着巨大风险，意欲在异地入户，逃避国家计划生育政策的监督。

三、在北京地区，有人为了获得当地的社会福利和住房、教育等条件，花费巨额费用非法取得当地户口。

四、部分被拐卖的孩子通过人贩子到了买家手中，买家为了让孩子获得合法身份，非法购买户口。这是当前拐卖犯罪最严重的漏洞。

五、境外人员偷渡到中国后，为了取得当地的合法身份，通过非法手段购买户口。

六、有人利用获取的非法身份，进行套取国家财产（银行贷款、购房、洗钱）等经济犯罪。

七、被公安机关追缉的涉案在逃犯罪嫌疑人，通过非法获取的合法身份逃避追捕，对社会治安造成极大的安全隐患。

八、部分学校、人才市场等集体户口单位被贩卖户口的犯罪分子利用，犯罪分子将非法户口建立在这些单位再进行贩卖，达到非法敛财的目的。

九、部分公安机关内部人员通过非法渠道注册异地身份信息，再将其迁移到辖区范围贩卖。

当前我国打击拐卖犯罪的力度空前，但不能等案件发生后再去打击，需要能从根本上解决问题的制度保障。如果疏忽了户籍管理制度，被拐卖的孩子身份合法化，即使我们打击力度再大，也不可能再找到那些丢失的孩子了。

由此可见，必须采用科学的户籍管理方法，规范工作流程，按照程序接受监督和审查。另外，申请人必须依法提供合法证明，必须避免编个名字就入户的类似现象再发生。我们的户籍管理必须实行责任终身追究制，必须奖惩分明，对严重的违法违规行为必须依法追究责任，绝不能姑息养奸。

为此，我建议国家有关部门严格规范户籍管理工作。

一、加强公安机关户籍管理人员自身素质教育，严格规范并落实监督制度，户籍员必须由民警担任。

二、新生儿及超出国家规定的新生儿落户时间之外的幼儿申报户口，必须由父母携带出生证明、结婚证、父母二代身份证、户口本申报出生落户，此外必须要求进行司法亲子鉴定，如有必要可要求提交住院分娩记录、民警调查报告等证明文件，同时需要省级相关部门进行审核，方能落户。

三、卫生部门出具的出生医学证明，建议实现与公安机关的户籍管理登记信息联网，以便公安机关在登记落户时对出生证明及时查验。

四、卫生部门出具的出生医学证明不能跨年度使用。《户口登记条例》规定新生婴儿出生一个月内应向居住地派出所申报户口，跨年度报生的应当到医院换取本年度出生医学证明，一般新证防伪技术更高。

五、成年人补录户口的，必须经由三级以上的公安机关严格审批。申报人应提供原始证明，提交征信报告，由公安机关核查其前期的学习、就业、医疗等基本的情况，特别是购房、银行贷款等方面的情况，方可补录户口。必要时要做亲子鉴定。

六、加强对学校、人才市场等集体户口重点单位的户籍监管。

七、户籍管理单位只能申报辖区内的身份信息，不能异地申报。

八、上级公安户政部门必须建立实时监控系统，对户籍员办理户口的工作全程监督，以便及时发现派出所户籍员违规办理户口和超时办理户口的行为。

九、建立责任倒查机制，明确各类违规办理户口行为的责任追究办法，严格遵循首问负责制、"谁办理谁负责"、终身追责制，严禁户协员办理户口。

我通过央视记者联系到了部分全国人大代表和政协委员，将我的这些建议呈交给他们，请他们代为转达。国家正在全面深化改革，我们每个人都有可能成为改革的推动者，虽然可能会面临挫折、遇到艰难险阻，但只要努力就会有希望！

后来我从新闻中得知，央视《东方时空》栏目曝光南昌等多地存在买卖合法身份的事件后，江西、四川等地警方立即成立了"1·22"专案组调查此事，一个涉嫌伪造、买卖国家机关证件、印章的犯罪团伙浮出水面。此后半年内，11名犯罪嫌疑人相继被抓，他们分别来自山东、安徽、江西、河南、吉林、江苏、陕西、河北。

经法院审理发现，此案中的熊某与张某通过网络认识后，决定由熊某负责从朱某等人（均另案处理）处购买户口迁移证，并加盖熊某伪造的河南省某县派出所及四川省某市派出所的户口专用章。张某则通过在网上发布出售户口的信息，介绍客户给熊某。然后，熊某单独或伙同张某对记载虚假户籍信息的证件进行销售。

据统计，2011年至2013年间，熊某与张某先后通过李某、彭某等人将110个（其中有24个落户在萍乡后又迁至南昌）无真实人员存在的虚假户籍信息落户在江西，将41个无真实人员存在的虚假户籍信息落户在河北，为他人按揭买房、落户高考、掩饰犯罪前科等提供便利。

根据涉案人员非法贩卖户口的数量及其他相关情况，南昌市东湖区人民法院以伪造、买卖国家机关证件、印章罪，一审判处被告人熊某有期徒刑四年；以买卖国家机关证件罪，判处被告人张某、彭某、李某、杨某等十人三年至六个月不等有期徒刑。

下面是来自由中华人民共和国最高人民检察院主管的"正义网"的相关报道（节选）。

"幽灵户口"背后的幽灵

检察官闻风而动

"幽灵户口"的新闻一经报道,立即引起了公安部高层领导的重视。公安部门组成了专案组进行侦查,发现这是一起中介与警察相互勾结的犯罪行为。除了江西等地的警察涉案外(目前江西已有三名涉案警察被检察机关立案侦查),还有涉及四川南充的警察和教师。央视记者办理的名为徐宇轩的户口,在江西一派出所新建户籍时,用的迁移证号码为"川迁证第00380002号",该迁移证正是由南充市嘉陵区公安部门开出的。

同时,南充市嘉陵区检察院也意识到,嘉陵区公安分局可能有民警参与了"幽灵户口"犯罪,遂立即向南充市检察院汇报,南充市检察院相关领导认为,这是一个可能涉及公安民警失职、渎职的犯罪案件,不但社会影响大,而且侦办的难度也大,必须立即介入立案侦查,不给犯罪分子任何缓和之机。

接到指示后,嘉陵区检察院立即安排反渎职侵权局干警对本案展开侦查,同时联系嘉陵区公安分局,对央视报道中出现的南充公安分局流出的户口迁移证编号进行调查。随着调查的深入,嘉陵区公安分局文峰派出所民警余某和嘉陵一中教师蒲小宇相互勾结的犯罪行为逐渐暴露出来,正是他们的违法行为致使嘉陵区公安分局木老派出所和文峰派出所的空白户口迁移证流向了江西。

蒲小宇和余某被公安部门抓获后,嘉陵区检察院反渎职侵权局侦查人员立即对二人进行了审讯。在大量证据面前,蒲小宇交代了自己从余某处得到空白户口迁移证之后卖给江西皮某某的犯罪事实,余某也对自己私自将盖有公章的空白户口迁移证交给蒲小宇的犯罪事实供认不讳。

从蒲小宇处购买户口迁移证的皮某某是山东济南人，在江西专门贩卖户口。一次偶然的机会，二人在网络上结识，但未见过面。2008年皮某某打电话给蒲小宇，说有一个发财的路子，只要蒲小宇搞到一些派出所的空白户口迁移证给他，就能够赚大钱。蒲小宇见有利可图就心动了，而自己刚好认识某派出所的民警余某，应该可以说服余某，从他那里搞到空白户口迁移证，便答应了皮某某的要求。

首次偷户口尝到甜头

皮某某和蒲小宇在电话里达成共识后，皮某某于2009年上半年专程从江西赶到南充，与蒲小宇约在一个宾馆里，商谈了买卖户口迁移证的具体事项。双方商定蒲小宇负责找空白的户口迁移证，并盖好派出所户口专用章，皮某某负责提供人员信息，由蒲小宇将这些人员信息打印在户口迁移证上再邮寄给皮某某，每张户口迁移证支付酬金2000元给蒲小宇。

2009年年底蒲小宇找到了自己的好友余某，当时余某在嘉陵区公安分局木老派出所负责内勤工作。蒲小宇对余某说自己有些学生想高考移民，将户口迁往高考录取分数低的省份去参加高考，要余某帮忙找一些空白的户口迁移证，并许诺事后会给予酬谢。余某作为派出所的内勤民警，知道户口迁移证是国家户籍管理的重要文书，不能私自交给其他人，但碍于情面还是答应了蒲小宇的请求。

2010年年初，余某利用自己的工作之便，在木老派出所的户籍室偷拿了20多张带存根的空白户口迁移证，并用其保管的户籍专用章在迁移证上盖了章。随后余某电话联系蒲小宇，在余某的居住楼下将这20多张迁移证交给了蒲小宇。不久，蒲小宇用报纸包了8000元现金给余某表示感谢。

蒲小宇拿到空白的户口迁移证后，为了在上面打印皮某某提供的人员信息，专程到南充一电脑市场买了打印机和打印纸回家，然后又打电话给余某，请教迁移证的裁剪方法。经过多次试验后，蒲小宇掌握了户口迁移证的打印方法。

2010年至2012年期间，皮某某多次给蒲小宇提供人员信息，每次蒲小宇都按照皮某某的要求在迁移证上打印好信息后寄过去。皮某某也按照约定以2000元一张的价格将钱打入了蒲小宇的银行账户。看到皮某某汇过来的钱，蒲小宇觉得自己找到了一条长期的生财之道。

冒领100张空白迁移证

2012年下半年，蒲小宇将余某给的20多张户口迁移证全部用完之后，又去找余某，让其再弄一些迁移证给他。这时余某已经调到了嘉陵区公安分局文峰派出所工作，成了一位片警，不再从事内勤工作。工作职责的变动使得余某要弄出空白户口迁移证没有以前那么容易了，但他还是想方设法找机会，偷偷拿出来三四张迁移证交给了蒲小宇。由于这次余某拿的迁移证数量较少，蒲小宇在将迁移证卖给皮某某之后，就买了价值近千元的香烟和牛肉送给了余某，没有给现金。

2012年12月，蒲小宇再次找到余某要空白迁移证。余某在前两次的过程中尝到了甜头，知道自己给蒲小宇的迁移证越多，蒲小宇给自己的感谢费就越丰厚，便决定一次性多搞一些迁移证给蒲小宇。

2012年12月12日，余某到嘉陵区公安分局治安大队以文峰派出所的名义领取了一本共100张的空白迁移证，编号为川迁字第××××001至××××100号。余某领取了这100张迁移证后径直带回了家，没有告诉派出所。

回家后，余某觉得如果将这100张迁移证全部交给蒲小宇数量有点大，自己心里不踏实，便将这本迁移证撕掉50张，在厕所里烧掉后用水冲走。次日，余某将剩下的50张迁移证悄悄带到了文峰派出所，准备伺机将这些迁移证全部盖上派出所的户籍专用章。

文峰派出所负责户籍专用章保管的内勤民警本来是一位年轻的女民警，前段时间刚好请了产假回家，派出所所长便将户籍专用章的保管职责交给了所里的一个临聘干警。余某便想找个机会支开临聘干警，趁机偷盖公章。

有一次余某见有群众到派出所来办理身份证，便到户籍室找到管理户籍章的临聘民警，让其到照相室给群众照身份证照，户籍室暂时由余某帮其看管。由于余某是老民警，又是正式干警，所以临聘民警便听从了余某的安排，到照相室去给群众照相了。余某多次成功支开了临聘民警，趁机将偷偷带来的50张户口迁移证全部盖上了户籍专用章。

虚假户口录入户籍系统

在迁移证全部盖好章的那天下午下班时，余某就电话联系了蒲小宇，说自己这次搞到了50张迁移证，让蒲小宇到余某住所的楼下来拿。余某回到自家楼下时，蒲小宇早已在此等候，余某便将50张盖了章的迁移证全部交给了蒲小宇，同时蒲小宇将用塑料袋装好的2万元现金交给余某作为感谢。

截至案发时，蒲小宇又将这50张户口迁移证卖掉了30余张，在央视报道了"幽灵户口"新闻后的第二天，蒲小宇便被嘉陵区公安分局的民警抓获。公安民警从蒲小宇家中查获了涉案的电脑、打印机，以及剩余的10多张盖有文峰派出所户籍专用章的空白户口迁移证等物品，同时余某也被抓获归案。

经侦查机关统计，皮某某先后打给蒲小宇购买迁移证的款项共计12.1万元，蒲小宇给予余某的感谢费共计2.8万元，以及价值近千元的香烟、牛肉。

余某归案后虽然承认了犯罪事实，但一直辩称仅有户口迁移证起不了什么作用，并且不知道蒲小宇把户口迁移证拿去做什么，自己私自将空白的户口迁移证给别人的行为虽然不对，但在这起案件中所起的作用不大。

为了让余某尽快认罪，嘉陵区检察院反渎局侦查人员远赴江西，调取了江西警方抓获的皮某某等人以及江西检方抓获的涉案警察的口供及相关证据。至此，"幽灵户口"产生的整个链条完整呈现出来。

原来，皮某某从蒲小宇处得到户口迁移证之后，通过江西的杨某某、金某等人将户口迁移证拿到江西南昌、萍乡等地派出所，将虚假户口录入户籍系统。这些民警早就得到了杨某某、金某等人的"好处"，又有正规的加盖了公章的户口迁移证，便堂而皇之地将这些虚假身份信息迁入了当地，使这些身份有了合法的外衣。中介老张则在网上发布买卖户口信息寻找买家，一旦有买户口的顾客上门，老张便带着顾客到已被买通的民警所在的派出所，帮助顾客取得新的身份。由此可见在"幽灵户口"的产生过程中，南昌、南充等地的涉案警察起着主要作用。

按照我国的户籍管理规定，正常的户口迁移程序是由迁移者本人到迁入地开具准迁证，然后凭准迁证和相关证件到迁出地开具户口迁移证并下户，最后到迁入地上户口。余某在没有任何证件的情况下，就将空白户口迁移证交给其他人员，任由其他人员在迁移证上捏造虚假的人口信息，使得这些凭空出现的虚假户口有了来源地，为"幽灵户口"顺利地录入国家公安户籍系统创造了条件。

由此可见，余某作为户口迁移证流出的源头，在这起犯罪活动中的作用举足轻重，其辩称的理由根本站不住脚。在大量证据面前，余某终于低头认罪，并主动向嘉陵区检察院上缴了非法所得的2.8万元"感谢费"。

买来的孩子，报假警也能洗白身份

一直以来，我都在不断打击贩卖出生医学证明和虚假的亲子司法鉴定，原本以为只要他们买来的孩子落不了户口，犯罪行为自然就会减少。可事实证明，我还是把问题想简单了。

2021年年初，我结识了湖北恩施建始县的罗某群，她和伴侣姚某婚后一直没有生育，尽管花了不少治疗费，可是生育问题始终毫无起色。后来，他们通过朋友介绍，花了8万元左右买了一个女孩。

罗某群说，之前错过了办理出生证明的机会。她所谓的"错过办理"，实则就是错过了花钱就可以买证的机会。现在有了孩子，却办不了户口，这让他们很是头疼。

其实，在他们还没有孩子的时候，我就知道他们，因为我们在同一个群里。之所以关注到她，是因为有一天，她突然在群里说领养的孩子既不用出生证，也不用做司法鉴定，照样能上户口，风险小，还花不了多少钱。

我在她发出信息没多久后，就假意向她了解情况。一开始她对我有所戒备，只是告诉我自己孩子的户口正在"走流程"，而她口中的这个"流程"，是指他们找到了当地的关系，报假警，说这个孩子是他们捡来的，这样就可以走收养程序落户。

她说的这些无疑透露出了洗白被拐儿童身份的一种新手段。为了掌握他们具体的违法行为，我希望罗某群能够把相关办理凭证发给我参考，可是对方的警惕心依然很高，我只能另辟蹊径，请上海的朋友帮忙，以关心她家孩子的名义，购买了一些儿童用品给她邮寄了过去。在不断的沟通中，罗某群夫妇终于慢慢放下戒心，告诉了我更具体的操作细节。

罗某群说，2021年6月16日，他们向建始县当地派出所报案，称在自家门口捡拾到了一名弃婴，当地派出所简单了解了情况，隔了较长一段时间后向建始县民政局出具了一份证明，备注了捡拾人的身份信息和捡拾孩子的信息为"情况属实"。

2021年6月18日，由罗某群出钱，请建始县民政局在湖北当地的报纸上刊登一则公告，内容如下："湖北省建始县罗某群于2020年8月14日在自家门前捡拾女弃婴一名，出生日期约2020年8月14日，请该弃婴的生父母或监护人自见报之日起60日内到建始县民政局认领，逾期政府将予以安置，特此公告。"

光凭罗某群的口头介绍肯定不够，为了进一步拿到确凿的证据，我先后两次前往湖北恩施建始县进行走访，同时在当地图书馆找到了刊登公告的报纸。

罗某群告诉我，其实这个公告就是走一个流程，60天后就可以办理领养登记，当然，这期间孩子还要做DNA入库比对，他们夫妻二人也要做生育检查，并出具书面证明说明无法生育，这些都是按照正规领养程序来走的，之后就不会出任何问题。

2021年9月2日，罗某群在当地卫生和计划生育办公室开具一张证明，证明他们夫妻登记结婚后不能生育，情况属实。

2021年9月13日，罗某群表示，此前民政局在当地报纸发布的公告所约定的60天时间到期，其间孩子的DNA入库后没有比对成功，她可以前往当地民政局去办理收养登记证了。罗某群夫妇为买来的孩子起名为"刘某丹"后，当天上午就在建始县民政局顺利办理了收养登记证。当天下午2点，他们拿着收养登记证，到当地派出所成功办理了户口。

就这样，一个花了8万元左右买来的孩子，通过报假警，以捡拾弃婴的名义办理了领养手续，上了户口，洗白了身份。

后来，我还发现，苏州也有人通过同样的操作方式给孩子上了户口，在取得证据后，当地警方介入调查，相关人员被追责。

针对这一现象，我向有关部门呼吁，要完善捡拾弃婴的办案流程，防止被人以这种方式洗白被拐儿童的身份。

据不完全统计，这类情况在各地均有发生，且呈上升趋势。基层公安派出所明知孩子有涉拐的嫌疑，却仍然出具相关证明，帮助其洗白被拐卖身份，给打击拐卖儿童犯罪带来巨大阻力。上级机关应及时出台应对措施，阻止并严惩此类违法犯罪行为的发生。

2013年，民政部、公安部等七部委发布《关于进一步做好弃婴相关工作的通知》，其中明确规定："公民发现弃婴后，要第一时间向所辖社区居民委员会或村民委员会通报，及时依法向当地公安机关报案，不得自行收留和擅自处理。公安机关要做好查找弃婴的生父母和其他监护人的工作，对查找不到生父母和其他监护人的，出具弃婴捡拾证明，送民政部门指定的儿童福利机构临时代养并签订协议。儿童福利机构要及时发布寻亲公告，公告期满后，仍查找不到生父母和其他监护人的，经主管民政部门审批后，办理正式进入儿童福利机构的手续。"

对此，我也向有关部门提出了建议（详见本书240—241页）。

可以买卖的司法亲子鉴定

司法亲子鉴定,既包括在诉讼活动中(譬如遗产继承纠纷、抚养权纠纷等),鉴定人运用科学技术或者专业知识对诉讼涉及的专门性问题进行鉴别和判断,并提供鉴定意见;也包括为寻子家庭认领被拐儿童,或未婚先孕落户、超生落户,以及其他需要确认亲子关系却无法提供出生医学证明的情况,提供科学有效的协助。

按照现行的户籍管理制度,新生儿出生后,超出规定时间进行户籍登记,户籍管理部门就会要求先进行司法亲子鉴定再进行落户。对司法亲子鉴定机构也是有要求的,其必须具备相关资质,不是随便找个地方鉴定,相关部门就会认可。所以,此类鉴定具备司法权威。

2020年年初,我卧底在一些买卖孩子的"售后"群体,经常会看到他们提到我:"现在买了孩子后不好上户口了,因为直接买户口和出生医学证明的风险越来越高,都怪那个叫上官正义的,大家要注意!"

每当看到他们这样抱怨,我都会暗暗自喜,这说明我做的事情让他们有所忌惮,也在一定程度上影响到了他们的"业务"开展。这是我和伙伴们经过这些年的不懈努力,共同凝聚而成的震慑力!

就在一片埋怨声中,群里突然有人说话了:"出生医学证明不用买,户口也不用买,一步操作就能为抱养的孩子落户,而且是得到官方认可的,有需要的私聊。"此话一出，如同沸水投油，群里顿时沸腾了起来。发布这个消息的人昵称为"马法医"，他说他可以为抱养来的孩子做司法亲子鉴定，拿着这份鉴定报告就可以上户口，但是价格稍微贵点，要3万多元。

那么，这位"马法医"所说的方法具体是如何操作的呢？按照常理，如果对买来的孩子进行正常的鉴定流程，其结果肯定是没有血缘关系的"非亲属"。但是，这名"马法医"表示，他们就是专门为抱养的孩子解决后顾之忧的，不需要客户提供血样，一切他们都会安排好，只要按要求填写信息就行，一周左右就能在相关网站上进行查询。这就意味着，不管是不是亲生的，只要钱到位，都能给做成亲生的。

其实，这些年我也遇到过专门利用因为领养、送养而需要购买出生医学证明的这群人的迫切心理，从而实施诈骗的案例。比如谎称可以办证，骗取订金后就人间蒸发的，还有为他人制作假证来骗取钱财的。不管哪类行为，他们都对买家的心理拿捏得死死的，那些人即使识破了他们的诈骗勾当，也不敢去报警，因为报警就意味着暴露自己买孩子的事情。

此前我还没有接触过这类花钱买司法亲子鉴定的案例，如果是真的，那就太可怕了。司法鉴定是法律最后的一层保障，如果它都被金钱操控，后果将不堪设想。因此，我决定做更深入的了解。

2020年8月17日，在某"未婚先孕互助群"里，出现了一位领养到孩子的人咨询落户问题。这时候，此前一直潜水的一名叫"知秋"的网友就说话了，通过"知秋"说话的口气，我判断应该是一个女的。她说自己是重庆的，2020年4月时，通过别人介绍，在甘肃领养了一名女婴，直到8月，通过朋友的介绍和帮忙，她才终于搞定了孩子的落户事宜。

于是，我加了这个"知秋"好友和她私聊，她应该之前就注意到了我，因为在群里我是比较活跃的，但凡有相关新闻，我都第一个分享到群里，所以群里的人对我比较信任。"知秋"给我发来了她办理成功的出生医学证明，上面显示女婴是 2020 年 4 月 12 日出生的，出生医学证明签发的时间是 2020 年 8 月 18 日，用的是补发专用章。

她之所以能给领养的女婴补办到出生医学证明，正是因为我前面提到的那位"马法医"。她和丈夫并未提供任何检测用的 DNA 样本，只是在鉴定的委托书和血样袋上签署了夫妻的名字，几天后，她就收到了从广东邮寄过来的司法亲子鉴定法律文书，同时还能在相关的网站上进行查询，确系为真，她也感到很惊讶。

后来，我专程前往重庆接触"知秋"，可等我到了重庆后，"知秋"却迟疑了，原本约好了见面时间和地点，她却没有出现，从中午起就一直推托不见。直到晚上 9 点，在我等待了将近十个小时后，她才出现在夜色中，然而就只说了简单的几句话：她买的证是真实的，户口也已经上了。我提出想看看户口本和出生证原件，都被她拒绝了。整个见面过程不到一分钟。

其实，在与"知秋"见面前，我已经掌握了较为充足的证据，之所以还要到重庆去见她，是想看看能否掌握更多证据，我想知道这背后是否有更大的利益链。我让"知秋"把我介绍给了"马法医"，这样能让"马法医"对我更加信任。

重庆之行，让我确定了"知秋"通过那位"马法医"买到了司法亲子鉴定报告，于是我与同行的媒体伙伴一起，佯装需要办理司法亲子鉴定，约见这位神秘的"马法医"。然而，对方警惕性很高，强调说：既然大家都有共同的朋友，没必要过去见面，要见面就在深圳，按照要求提供信息即可。

随后，"马法医"给我们邮寄了采血卡、司法鉴定委托书、亲子鉴定情况说明、鉴定风险协议书、检验鉴定委托书和检验记录表。在我们收到邮寄过来的材料后，"马法医"就指引我们签字，我们随便编写了身份信息。至于采血卡的问题，他表示不用采血，只需要在采血卡上签字就行。"马法医"说，他会找一对亲生父子的血放在我们的采血卡上，这样就可以顺利鉴定过关。

三天后,"马法医"告知我们:鉴定结果出来了,纸质的鉴定报告需要快递,但是在相关网站上已经可以看到我们的鉴定报告了。我们登录了网站,看到了用随意填写的信息和非本人的DNA信息鉴定出来的亲子关系司法鉴定报告。

随后,我们根据"马法医"办理出来的这份鉴定报告,联系上了该鉴定机构,工作人员确认:我们咨询的这份报告是真实的。

接下来的时间里,"马法医"就开始不断要求我们支付鉴定费用,他表示,如果我们不支付办理费用,他们随时可以把网上的鉴定报告撤销。我们以为他只是吓唬吓唬我们而已,没想到,几分钟后,此前可以在网上查到的信息竟然再也无法打开了。

当媒体将司法亲子鉴定买卖公之于众时,怒不可遏的"马法医"立刻意识到是我提供的线索,他对着我一通怒吼。我平静地劝他去向公安机关投案自首,争取宽大处理,他依然不依不饶地骂我,说我"不够意思,为什么要害他",还说他"马上要当爸爸了"。我对他说:"就是因为你们为了敛财,把买来的孩子鉴定成他们的亲生孩子,多少被拐儿童再也找不到回家的路。"我不知道他听了我的话,心里是否会生出一丝愧疚,但毫无疑问的是,他对我的恨是真切的。

不久,新华社也进行了跟踪报道,广东当地随之开展调查,"马法医"等团伙全部落网,涉案的司法鉴定机构被司法机关撤销鉴定资质。该事件轰动一时,在业内影响很大。

谁能想到,司法亲子鉴定机构的违法作为,竟然能为来历不明的孩子洗白身份。后来,我又先后到上海、湖南等地的司法鉴定机构卧底,掌握了大量违法犯罪证据,经由媒体报道后,相关部门也介入调查。

这些年,针对司法鉴定机构管理的混乱,以及违法违规操作的频繁发生,我多次呼吁完善司法鉴定流程,遏制司法鉴定领域的乱象。

据我接触到的该行业的从业人员所说,自从广东、湖南、上海等地司法机构出事后,相关部门正在进一步完善司法鉴定领域从业规定,这无疑是好事。只有不断完善机制,堵住管理漏洞,才能让涉拐犯罪没有立足的空间。

阻断当前涉拐儿童身份被洗白的建议

一、对出生医学证明管理部门的建议

当前出生医学证明管理制度存在缺陷，签发环节也有重大漏洞，助长了部分卫生管理部门内部人员和社会中介敛财的恶风。就此类问题，提出如下建议：

（一）希望卫生管理部门尽快建立全国性的出生医学证明管理系统，将孕妇从产检至住院分娩等环节的记录纳入系统，统一联网管理，以便异地跨省区核查。

（二）希望卫生管理部门的全国出生医学证明管理系统，与全国公安户籍管理部门进行联网，以便公安机关在登记入户时，进行基本信息查验。

（三）加强对出生医学证明的第三方监督制约，特别是对具有助产资质的医院、管理出生医学证明的部门和个人，要提出第一责任人制度，谁签发，谁负责，且是终身责任制；分管及主管部门承担相应的领导责任。

二、对户籍管理部门的建议

针对前期存在的公安机关内部管理人员违规违法为涉拐儿童落户的问题，提出以下建议：

（一）加强对新生儿落户登记制度的管理，应明确新生儿出生后的落户注册时间，加强对规定时间外落户情况的原因追溯和管理。

（二）以下三种落户情况，应纳入户籍管理部门的三级审核查验：持有补办的出生医学证明落户、持有司法亲子鉴定落户、持有收养登记证落户。

（三）严格规范辅警在户籍申报，尤其是需要三级审核（补录户籍、持补办出生证落户、持收养登记证落户等）的情况下的操作权限。

（四）结合公安部门的"团圆行动"，建议户籍管理部门针对前期未取得出生证落户的孩子进行复查，如发现问题，应及时移交刑侦部门予以处理。

三、对严厉打击代孕行业的建议

代孕不仅违反法律法规，还违反社会公序良俗等。近几年，代孕行业日益猖獗，不少代孕机构甚至直接参与违法犯罪行为，如贩卖婴儿等；代孕中介勾结部分医疗机构，套用他人信息，骗取出生医学证明，为涉拐儿童洗白身份。建议卫生健康管理部门会同公安机关、司法部门，在全国范围内开展严厉打击代孕机构犯罪行为的专项行动，严惩组织、参与代孕的违法犯罪行为。

四、对遗弃婴儿管理制度的建议

（一）全国公安机关针对捡拾弃婴出具的相关证明，必须严格规范管理，统一编码、电子入档；上级公安机关对此类案件应实行监督管理。

（二）全国公安机关针对捡拾弃婴警情，应全面启动刑事案件侦查制度。以刑侦部门调查（结案）得出的法律文书为出具相关证明的依据，严防涉嫌遗弃罪或报假警问题。

（三）全国公安机关应会同民政部门、福利机构，全面清理、复核近五年来持收养登记证"合法"上户的信息，发现问题及时移交刑侦部门处理。

（四）公安派出所在受理"弃婴"警情后，应第一时间将弃婴移交民政部门妥善安置，并会同民政部门开展查找监护人、生父母等工作。坚决杜绝

"谁报警，谁收留""谁发现，谁抚养"等现象。

（五）会同民政部门优化捡拾弃婴流程，建立并完善社会监督制度，切实采取社会公示方式，如登报公示、定期家访等，方能有效杜绝违法犯罪行为的发生。

五、对司法亲子鉴定管理的建议

（一）严格落实对司法亲子鉴定机构的监督制约，全国统一司法亲子鉴定意见书的规范格式，由鉴定机构承担主体责任，鉴定人员为第一责任人。

（二）鉴定人员必须与被鉴定人同框合影，对采集鉴定过程全程录音录像，并作为鉴定附带材料附在司法鉴定意见书内。

（三）司法鉴定机构应对被鉴定人的基本信息和材料进行核查，对其真实性负责，并明确责任主体。

（四）司法鉴定机构的信息管理档案应与司法鉴定主管部门同步、共享。

六、对儿童疫苗信息管理制度的建议

（一）加强对新生儿疫苗本签发部门的管理，落实好主体责任，儿童疫苗本应全国统一编码、统一管理。

（二）针对疫苗本的签发和补办应实行全国统一管理制度。

（三）对儿童疫苗信息登记实施严格监测，严防无接种补录、多补录等现象。

（四）加强对疫苗本载体的管理，加强对疫苗本系统的信息管理，完善社会监督管理体系。

> 除了打拐之外,这些年我也是一名反诈骗志愿者。
>
> 于我而言,凡是有利于社会稳定、社会和谐,能够打击犯罪,对老百姓有警示作用的事情,我都会去关注。
>
> 作为这个社会的一员,我们每个人都应该去关注。

"缅北行动" 77

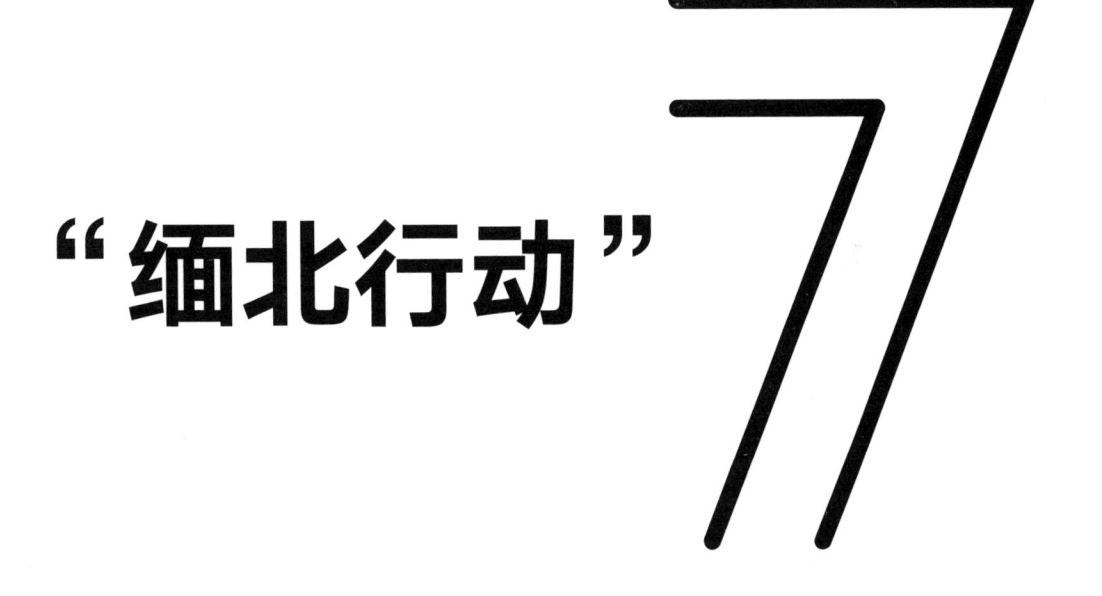

警惕境外电信诈骗

"外面"真的有赚钱之道吗

2013 年，我就已经接触过类似的电信诈骗了。现在大家赚钱都不容易，特别是近几年，我关注到这类事情越来越多地发生，不少人加入了境外诈骗团伙，结果就回不来了。

为何那么多人会选择去境外寻求赚钱之道？诈骗团伙利用了他们的无知，特别是一些未成年人，将他们骗了出去；还有很多成年人可能真的是为生活所迫，经济压力比较大，一直找不到工作，就想到国外碰碰运气，于是轻信了那些骗子的话；此外，还有一些人可能明知出去是干什么的，依然选择铤而走险。

不管是哪种情况，只要收到相关求助，我都会去提供帮助，给予受害者一些安慰。

据我了解的情况，公安机关一直在不懈努力，解救回来了很多人。我能参与其中，协助公安机关把困在缅北的同胞救回来，这让我感到自己所做的都是非常有意义、有价值的事情。

当然，与缅北相关的事件，网络上有很多相关报道，但我们也要注意分辨混杂于其中的一些虚假信息。缅北那边的乱象到了何种程度，我不是非常清楚，但我看到有些网络博主跑去缅甸直播，其实他们拍出来的所谓的缅北并不是真的，他们并没有真的去了那里，只是伪造了直播的地址。所以我希望大家对于此类信息不要轻信。

电信诈骗的形式

最近两年，国内对电信诈骗的打击力度和国民的防范意识都在不断提高。我们可以看到，国家高度关注这件事情，所以，现在对电信诈骗的打击已经不是公安机关某个部门的行为了，而是国家和政府的行为，全国各地从上到下形成合力来打击与防范。

公安机关反复提醒老百姓要提高风险意识，对这种诈骗形式多加防范。比如，不断推广反诈 App，很多地方的手机铃声也都设置成防范电信诈骗、警惕高薪诱惑这类内容，更不要提相关的新闻宣传，可以说已经覆盖到了百姓日常生活的很多方面。这些都说明我们国家正在不断加大力度，完善防范举措。

但是境外势力的手段也在发生变化。原来把你骗出去，可能单纯就是让你做电信诈骗，但现在对诈骗团伙来说，由于国家的高度关注和有力打击，实施诈骗的风险和成本都越来越高，他们在忌惮之余改变了策略，直接对那些被骗过去的人实施敲诈，这样做既"短平快"，又"稳准狠"。

电信诈骗的收益是周期性的，一般为半年到一年时间不等。如何理解呢？比如说，按照过去的做法，他们把你骗过去以后，让你替他们干活儿，搞些投资理财类的"项目"。这就要求你通过网络与别人聊天，谈情说爱或者培养兄弟感情，只有在取得对方的信任之后，你才能骗到钱。但是，他们毕竟是在境外，与境内的聊天通话很容易被有关部门发现，那就有可能前功尽弃。于是，他们就改变了诈骗做法——不要你去骗别人了，直接敲诈勒索你的家人。

"我们想要出去博一把"

2023年3月,我在网上发现有人说他有"资源"。这是他们圈子里的黑话,意思就是他手里有几个人愿意出去打工。如果我们想要他把人介绍给我们,就要向他支付每人10万块钱的介绍费,俗称"人头费"。这种行为也属于贩卖人口了。这个"蛇头"把骗来的人介绍给买家,买家再把他带去国外实施电信诈骗,那就是多重犯罪了,因此这个人立刻引起了我的高度关注。

当时,我们接触到这个"蛇头"以后,他说手里有三个年轻小伙子愿意出去打工,前提是我支付给他一人10万元的酬金。于是,我和媒体朋友们就想与他接触一下,看看到底是一个什么情况。这个人以为我们也是干电信诈骗的,所以给我们透露了这个信息,我们就顺水推舟,说没问题。

3月底,我们动身去了贵州。赶到约定地点的时候,天色已经黑了,天空中还飘着雨,所以体感很阴冷,再加上这个县城很偏远,当时给我一种很瘆人的感受。

我们一行五人,其中还有媒体朋友。虽然人不少,但毕竟是外地人,人生地不熟地跑到一个小县城里面去,就想尽快找个落脚处。我们联系的那个"蛇头"一直催促我们尽快住下来,然后将酒店地址告诉他,但我们不想暴露住的地方,就决定找个饭店来"交易",这样对我们自己也是一种保护。

后面万一表明了身份,即使他想打击报复我们,难度也很高。

在我们找饭店的过程中,他还在不断催促我们到了没有。因为他了解当地地形,很清楚从高速出口到县城有多远,我们不能拖太长时间,于是尽快确定了地点,约他们在饭店见面。

到饭店时已经是晚上9点多了,饭店里基本上也没什么人了,我们原本计划在大厅里碰头,但考虑到这样不便于我们拍摄取证,就让老板给我们安排了一个包厢。取证的设备就是手机,因为手机拿在手上比较自然,不容易引起别人注意。

进入包房后,我们先安排好座位,把他们三个人的位子都预留好了。这当然也是有针对性的安排,比如他们来了之后,哪个人拍哪个角度,如何收音、录音,等等,这些我们都事先做了准备。

等点好菜,他们进入包厢,我傻了眼——原来以为他带来的是三个人,结果来了五个想要出去的小伙子,真正重点关注的"蛇头"却没有出现。

那个包厢很小,原本想着我们出面三个人,他们来三个人,那就是六个人,桌子也就堪堪够坐六个人,现在一下子来这么多人。

我们必须调整计划了。

最开始,我并没有进包间,因为媒体朋友想先去聊一下,我们就在外围观察。

当时我们很紧张,担心我们的行踪被发现了,但好在里面的情况还是比较平稳的。我们留在外面,还有一个出于安全的考虑,万一里面的人因为拍摄暴露了身份,我们在外边也能有所接应,这是一个最基本的保护和防范措施。

媒体朋友聊天的角度与我是不一样的,他们想获取更多有效的、真实的一手信息,比如"蛇头"跟他们是怎样接触的,这五个人彼此之间又是怎样接触的。据里面传出来的信息,我们得知这次来的五个人年龄都在20岁左右，最大的 22 岁，最小的 19 岁。

大概 40 分钟后，他们聊得差不多了，就发信号叫我进去。媒体邀请我的目的，是希望我能够规劝他们不要铤而走险。我不是媒体人，进去后，我就以一个普通大哥的身份，或者说一个志愿者的身份与他们沟通。

这五个人最开始进包厢时表现得很局促、紧张，氛围没有那么融洽，我想先和他们轻松一些地聊聊，拉近彼此间的距离。

我一进去，开口就先逗他们说："哎呀，大家看着还是挺帅的嘛，差一点就赶上我了。"

我为什么这么说呢？因为他们几个都染了黄头发，整体穿着看着给人一种挺新潮的感觉。他们听我这么一调侃，就都笑了。

接下来，我就问他们为什么要出去。我一个个地问，他们也是一个个地回答。

第一个说是因为贷款，自己很缺钱，家里人也不管他。其实，后来我发现，他们几个人的回答基本上都是这种情况。第二个说没钱，第三个也是因为借了网络贷款，第四个说是因为赌博，输了钱之后借了网贷，第五个是因为信用卡透支。

我跟他们聊的时候，媒体记者还是在偷偷地拍。

我继续问五人中的一人："你知道出去是去哪里，具体是做什么的吗？"

他说知道，出去是做电信诈骗的。

我问："你们现在一个月能赚多少钱？"

他说如果努力点的话，也就是两三千块钱一个月，之所以想出去，就是因为网上中介许诺他们一个月可以赚好几万。

聊到这里，我感觉可以切入正题了。

我问他："你在国内的工资也就两三千块钱一个月，出去之后每个月能拿好几万块钱，你有没有想过，自己没有文化、没有技术，凭什么能赚到这么多钱？"

他眼神有点闪烁，但还是回答说："听他们说打打字、打打电话，就可以赚到这些钱。"

　　我又问他们："你们出去，家里知道吗？你们都是什么学历？"

　　我得知，他们有的是小学毕业，有的是初中上了几天。家里人基本都不管他们，所以要自己想办法去赚钱。

　　随后，我话锋一转，开始施压。我说："我要把你们都带走的话，每个人要给中介10万块钱。也就是说，在没有出去之前，我在你们每个人身上已经投入了10万块钱。这么多钱，如果你们赚不回来的话，那对不起了，我可能就不会让你们好受了。"

　　听了我的话，这几个小伙子都不说话了，只是默默地听着。

　　其实那个时候，关于缅北的事情，网上已经有很多报道了，包括一些官方媒体，公安机关也在不断地宣传打击电信犯罪、警惕境外高薪招聘之类的。我故意调整了语气和表情，面露不善地问："你们看过那些被摘腰子、下水牢、被电击的新闻没有？"

　　他们说看到过。接着，我对正在偷拍的记者说："把手机拿出来，接下来的对话我要留作证据。"

　　那几个小伙子其实并不懂我说的"证据"是什么意思，只以为我是为了防止他们以后逃跑，不认那每人10万元的账。

　　我前边也说了，我刚进门时是乐呵呵的，每说一句话，他们都会笑。但现在说到"摘腰子""下水牢""电击"的时候，我就带有一定的肢体动作了。

　　我对离我最近的一个小伙子说："你的腰子还在不？"

　　我假装过去摸他的两个肾。他说："放心，还在的。"旁边的那几个小伙子也笑了。

　　我看他们这副样子，知道他们对出去之后的凶险程度还没有什么概念，只以为"摘腰子"是我在跟他们开玩笑。

　　我冷冷地说："我要你们写个东西，否则万一有一天，你们家里人找我要人,而你们还没有帮我把钱赚回来,那我怎么办?"

我让他们把父母的联系方式和身份信息都写下来。这一步其实很重要,因为不仅可以了解到他们家里的信息,还可以为接下来的规劝做铺垫。

戏演到这里,我已经让那几个小伙子产生了错觉——我是为了保证我的利益,才让记者把手机拿出来直接对准他们,拍他们向我们承诺他们是自愿出去的。就这样,我成功地把取证工作放到了明面上来。

我当时说得很清楚:"万一你们在摘腰子的过程中死了,我们好通知你们父母过来收尸。"这是我当时的原话。

等他们把父母信息和电话号码都写出来之后,我再一次问他们:"我不是跟你们开玩笑,将来真的可能会被摘腰子、下水牢,你们确定要去?"

我给他们时间商量一下,他们五个左顾右盼之后,之前与我聊天的那个小伙子提出让我一个一个问,我指着他说:"那就从你开始,你对着我们的镜头说,还愿不愿意去?"

他说还愿意去,哪怕被摘腰子,他也想去博一博。

然后,他们一个接一个地都对着镜头这么说。

因为我已经掌握了他们的身份信息,规劝的时机成熟了,我可以摊牌了。于是我问他们:"你们知不知道参与境外诈骗是犯罪?如果要出去,第一步就是偷渡,偷渡已经是违法的了,因为我国《刑法》第 322 条是偷越国境罪,你们难道宁愿犯法也要去冒险吗?"他们说没问题,只要能赚到钱,总比在国内好。

我直截了当地告诫他们:"你们这种行为已经触犯了国家的法律,我们并不是想带你们出去,而是过来了解你们的情况,特意劝你们回头的。你们不要以为年纪小就没事,按照正常程序,我们可以直接通知本地公安机关。但考虑到你们还年轻,所以想着还是先跟你们沟通一下,我们不希望你们铤而走险。"

我边说边观察那几个人的表情和动作，发现其中一个人假装起身去打电话，试图逃离，而坐在我正对面的长头发小伙子正在偷偷拿着手机拨号码。

我大声呵斥了一声："你给我坐下！听我把话说完！"

我担心他们得知我们的身份后逃离饭店。从我的角度来说，我希望能够一次性彻底打消他们的念头，而非只是这次短暂地阻止了他们，不然以后他们还会找机会出去。

前面我也了解了他们的情况，有的是独子，有的是姐姐已经出嫁了，有的是自己一个人，有的是有好几个兄弟姐妹。我告诉他们："既然你们说父母不想管你们，那好，我就通知你们的家长来问一下，征求一下他们的意见，看看他们到底是一个什么态度。"

之前这五个小伙子已经把父母的电话号码写给我了，现在一听要与家长联系，登时紧张起来，恳求我不要打电话，否则父母会担心的。

话说到这个份上，我真诚地给他们分析："你们还没有出去，虽然现在我告诉你们的父母，他们是会担心，可是，一旦你们在外边被坏人折磨、伤害，甚至被打死了，尸体都回不来，哪一个情况更严重？"但他们只是求我不要跟家里人联系，对于我的问题，并不愿做正面回答。

我继续向他们施压："你们有这种想法和行为，我是可以向当地公安机关举报的。"

他们马上央求我不要通知警方："我们又没真的出去，只是有这种想法而已。"

我说："你们现在还要出去吗？"他们终于松口，说不敢了。

接着，他们提出，能否不要把拍摄的视频放出去。我告诉他们："我们就算放视频也是为了警示更多的人，因为有很多人跟你们一样被人忽悠了，想铤而走险。其实这种行为是非常危险的，你们今天是有幸碰到了我们，我们把相关的一些法律法规甚至境外的陷阱告诉了你们。

"你们自己好好想想，在国内一个月才赚两三千块钱，出去之后一个月就能赚好几万甚至十几万，凭什么？凭的是诈骗我们的同胞？凭的是损人不利己吗？"

　　小伙子们听了之后，终于明白我确实不可能带他们出去了，立马就有一种坐立不安的感觉，手脚都无处安放了。有的人掏烟，有的人想出去嚼槟榔，还有的人屁股在椅子上扭来扭去。但是，因为他们的位子都靠包厢的里面（这也是我特意设计的），一时半会儿出不去。

　　我见他们又是拿出打火机，又是想嚼槟榔，严厉地喝止了他们。我心里很清楚，这时候必须一鼓作气，如果这时候让他们出去"透口气"，这口气就泄了。

　　我缓了缓，语重心长地继续说道："你们还小，除了今天我跟你们讲的这些法律常识和法规，怎么去做人，怎么去看待你们面临的许多实际问题，这些话我想不会有第二个人给你们讲，甚至你们的父母都不会告诉你们，因为他们很可能不懂这些。"

　　话说到这里，我又一次问出了之前问过好几遍的问题："你们还要出去吗？"

　　我从左到右一个个问。他们都表示不想再出去了。

　　我说："好，此时此刻，你们答应我了，但你们父母的电话还都在我这里，你们的身份信息我也有，我们会隔一段时间联系你们的父母，了解你们是否出去了。"

　　他们终于明白，原来之前的一切都是我的"套路"，要父母的联系方式的用意原来在这里。他们再次请求我别通知公安机关，让我再给他们一次机会。

　　从法律的角度来说，虽然他们确实没有出去，公安机关也不能对他们采取措施，但是如果真的通知公安机关的话，可能会对他们有一些影响。所以，我当时想，既然已经让他们认识到了问题的严重性，就给他们一次机会。我告诉他们，作为成年人，即使学历不高，也完全可以通过正常途径获取一定的劳动报酬，只要肯干，机会还是有很多的。但是，一定要远离网络贷款，自己能赚多少钱就花多少钱，而不是盲目地去消费、去贷款。一旦陷入网贷的套路中，可能就会把自己的人生给赔进去了。

我与他们聊了很多法律常识、心理调整方法等话题，其实这已经超出了我作为一个志愿者的工作范畴，因为我不是他们的长辈，也不是他们的亲人，我没有这个义务跟他们说这些。但是，从一个社会人的角度来说，我除了规劝他们迷途知返外，也应该给予他们一些正面的引导，告诫这些涉世未深的年轻人，这个世界没有他们想的那么简单，天上从来不会掉下馅饼。

当天的规劝工作取得了不错的效果，后来，很多媒体都对我们当天的情况做了报道。这几个小伙子看到了之后又找到我，可能是出于恐惧，他们向我保证以后一定好好工作，但希望我能把相关内容删除。

那天之后，小伙子们删除了我的微信。后来，我从知情人那里了解到，他们已经好好地在外面打工了。再后来，通过媒体朋友的努力，我们再次成为微信好友，可能他们已经放下了心防。他们对我们说现在已经不想再出去了，对当时的行为也感到很后悔，他们几人都很感谢我们的付出，并为自己当初的妄想感到后怕。

我觉得，虽然我们跋涉千里，以带他们出去为借口去接触他们，但能让这些涉世未深、险些被骗的年轻人悬崖勒马，哪怕再辛苦也是值得的。后来，我们陆续收到很多家长的求助，他们是看了报道就来求助于我们。对于他们的情况，上级部门也都很重视，正在想尽办法帮助他们。

警惕高薪诱惑

我们现在已经走了十多个省份，见到了很多求助者，他们的孩子、丈夫、孙子都被人以高薪招聘为诱饵给骗出去了。

现在这些高薪招聘的诱惑是面向很多人的，特别是被骗到境外的人，一类是无知型的，比如未成年人，当然也不排除现在有的年轻人没有接受过很好的教育，家里条件也不太好，他们在不知情的情况下，三两下就被别人骗出去了；另外一类，就是有最基本的判断能力，明知出去是干什么的，他们还是要出去，其中有些甚至文化程度还可以，家里各方面条件也不错。

比如贵州那五个小伙子，我都已经表明了身份，明确地说出去了就是做电信诈骗，要是完不成任务、做不出来业绩，就要被"摘腰子"，他们还是坚决地想去。假如他们真的出去了，家里人来求助，也只会说他们是被别人骗出去的。

还有一个现象值得注意，我们一般都以为只有叛逆的孩子才会想出去，其实不是的，出去的人里面有不少是家里的"乖乖仔"。他们的父母求助的时候，都想不通孩子为什么会选择走这条路。他们在外边打工的时候，自己只留几百块钱，剩下的钱全部寄回家里来了。他们对家庭的责任心太强，当有人说他们打工赚得少，有别的法子可以让家里人过得更好时，他们就很天真地相信了，然后突然就不去上班了，等家里人收到他们从境外发回的求助信息，才知道他们被骗到境外了。

所以，境外高薪招聘的这种诱惑，它不是针对某一个特定的群体，而是会全方位地物色人选。当然，未成年人目前看来还是最大的受害群体。

我们每一次直播都会遇到那种字字戳心的求助。因为受到高薪招聘的诱惑，有的人被骗出去后，两三年都回不来；有的人是前面还与家里人有联系，后面再也不联系了；有的人只说让家里人照顾好爸爸、妈妈、爷爷，这辈子再也没有缘分相见了。

每当这时候，直播间里都会有人发出一些不同的声音，比如问我们劝住了没有，解救回来了没有。"你们直播的意义是什么？赶紧去救人啊。"

当然，救人很重要，但宣传也不可或缺。我们有很明确的分工，媒体的作用就是去传播这些新闻，把这种现象呈现出来，给予大众警示。

我们不是万能的，我们就好比一座灯塔、一个路标。前面是悬崖，如果告诉你要左转，你非要直走，非要一意孤行，我也爱莫能助。即使这一次我把你强行拉回来了，下一次趁我们不注意，你还是会走老路。我们就是路边的一个指示牌，告知你向左或向右；我们就是一个红绿灯，告诉你红灯停、绿灯行。

在河南都市频道的求助现场来了一位妈妈，她告知我们，其实她知道儿子就是要出去做境外诈骗，她一直在劝儿子，结果没劝住，过几天儿子还是出去了。

你想想，他妈妈都劝不住，我们能劝得住吗？

虽然劝不住，但我们不断去提醒，总会有人听的，我们做这件事情是有价值的。

从我的角度来说，我所做的就是辅助公安机关和官方媒体，协助有关部门加大反电信诈骗的力度，把身边这些活生生的案例展示出来，警示大家千万不要铤而走险。我相信，我们所做的一切必然能够起到警示的作用，总会让人回心转意；我们能多挽救一个人，就是多挽救一个家庭的希望。

真诚真的是"必杀技"

无论是打击拐卖儿童,还是拯救电信诈骗的被困者,沟通都是特别重要的环节,因为当事人往往有颇多顾虑,并不会第一时间说出真话。在帮助他们的过程中,我需要注意时时引导,让他们愿意吐露更多有效的信息,这样公安机关和媒体才能够更好地帮助他们。

起初我是个少言寡语的人,但现在很多人说我特别会沟通。如果非要我提炼出什么诀窍,我想就是尊重和真诚。

无论在生活还是工作中,我们都会认识很多人,能够跟你一路走下来,彼此能够聊得来,甚至能够成为知己,我觉得这中间有一个最基本的前提,那就是彼此尊重。只要把你内心的担忧和我心中的想法都讲出来,可能就不会存在误会了,这是我们消除沟通障碍的基本方法。

我做人的一个标准就是要对别人真诚,可能有人会问:"你在跟那些坏人接触的过程当中,也是真诚的吗?"我觉得那是一种善意的真诚,这种真诚是发自骨子里的。

我之前说自己最初是出于虚荣心,开始参与打击拐卖儿童。我没有那么豪迈的志向,我所做的只是每次发现一个新的问题之后,通过自己的方式去解决,协助有关部门去打击。这种虚荣心未必是负面的。

我有时候也会想,我的这种虚荣心是为了什么?我不需要别人看见我,不需要别人来认同我，我想这是一种自我价值感——哪怕没有人知道我的名字、我的长相，我也会产生的这种价值感。

回顾我这十多年的工作经历，我越来越深刻地体会到这种价值感的重要性。

说一个很小的事情。当我协助官方媒体把参与跨境诈骗的一个小伙子救出来后，电视台的另外一组记者就按照此前的约定，去他家进行直播采访，但小伙子一直在房里不露面，记者们只好在外面苦等。

媒体在他家等着直播，网友们也都在等他出面，他却不出现。后来，他给他妈妈打电话，在电话里出言不逊。

我和他妈妈在一个车上，我听不下去了，把电话拿了过来。我对他说："今天这件事情，我实在看不下去了。我们现在不是求你，而是想通过你告知大家你在那边遭受了什么，目的是给这个社会更多的警示。至于你担心的隐私问题，我们一定会保护好你。我们给你买好了帽子，准备好了口罩，你的名字用的也是化名。"

我继续说："如果早知道你是这种态度，我们压根不会来直播。你有没有想过，你妈妈为什么要站出来求助于我们？我们是男子汉，要担当起这份责任。现在，你竟然还斥责和谩骂你的妈妈。在出去之前，你已经22岁了，你应该有独立分辨的能力，也已经成为有承担法律责任和自主行为能力的人了，你不是一个未成年人，对吗？你不愿意采访也没问题，我们不会强求你。"

他沉默良久，同意了。

没想到的是，媒体采访他时，他有说不完的话，一直不停地说了两个小时，到我们决定停止直播时，他还想继续说下去。

同车的记者们和我说："哇，你太厉害了，你怎么就能够说动他？"

我想，可能是我说到了他的心里。虽然我的话给了他压力，但是他也感觉到了自己是被深切关怀和理解的，而不是被逼迫的。我完全理解他的感受，也把这种感觉表达出来了。

在此前的接触中，我也曾告诉他："在这个世界上，我不知道你的父母对你的关心到了怎样的程度，但是，我们在对你这件事情的处理上是认真的，我们把你当成我们的同胞。其实我们也没那么伟大，只是觉得你是中国人，是我们的同胞，我们不忍心看你在外面受苦。"

我觉得他心里是有一份羞愧的，或者说是感到有些不堪，他不愿意让别人看到自己这么不堪的一面，所以他会用攻击、谩骂、拒绝来保护自己的自尊心。

我没有与他对着干，而是问他："你为什么能回来？其实这就是媒体的力量，你现在是侥幸回来了，但并不是每个人都像你这么幸运。如果你能主动站出来，把你的经历通过媒体传播出去，就能帮到更多的人。"

我的话说到他心里去了，让他觉得自己被保护、被理解，特别是让他感到自己被社会需要——他不是那么不堪的人了，他也可以对社会起到正面的作用。

每个人心中都有向善的一面，我的话激起了他心中的社会责任感。

结果是出乎大家意料的，当他知道自己还能够起到社会警示作用时，他的心门就打开了。我们开始以为他只会敷衍几句草草了事，谁知他面对镜头滔滔不绝。

其实，他心里有委屈，也有愤懑，他也很想抒发、很想表达。最初的拒绝，是因为他心里有一些结没有解开。我们得让和他有相同处境的人感觉到，他们不再是被别人嘲笑的，或者说是被家人抛弃的人。

再比如，我平时关注山里的小孩子。我去看他们，给他们送衣物，帮他们对接一些资源，但我也会对他们提要求。

最开始去的时候，那些小孩子说脏话、没礼貌、不讲卫生，我对他们说："我关心你们，不是说要送给你们多少东西，也不是说要求你们考多少分，我不是以你们的成绩来评判你们是否优秀的。我的要求就两点。第一，你们要有礼貌。见到长辈也好，见到陌生人也好，都要有尊称、要有礼貌。第二，你们要讲卫生。你们缺衣服，我就千辛万苦给你们送来，但你们要爱惜。否则，无论多漂亮的衣服，你们都搞得脏兮兮的，那我送衣服又有什么意义呢？还有，看看你们的手指甲那么长，从来不去洗，脸上都是泥印子，也从来不洗。我希望你们讲卫生、有礼貌，如果你们做不到的话，我可能不会再来关注你们了。"

讲卫生、有礼貌，我觉得这两点是很重要的，至少以后他们走到哪里都不会吃亏。至于说在学习方面能考多少分，那是个人的天赋问题，是他们和老师之间的事情，我介入不了。目前我能做的事情很有限，我要把当下的事情做好。

后来再去山区时，我觉得很开心，因为这些小朋友变得有礼貌了，知道叫人了，也懂得收拾屋子、注意生活卫生了。

人的积累是连贯的、持续的，不是正向的积累，就是负向的积累，你如果变得不好，你的人生就会越来越不好。我想，帮助他们把基础的事情做好了之后，正面的东西肯定会越积越多的。

> 我们需要了解一些关键的常识和方法，这不仅可以预防我们的孩子走失或者被拐卖，还能帮助我们在不幸遇到此类意外情况后，尽最大努力补救。

让我们一起
守护孩子

孩子失踪后应该马上做的几件事

1. 报警，督促警方立案并索要立案凭证，调取孩子失踪地点及长途汽车站、火车站等处的监控录像。

2. 去孩子常去的地方寻找，向经常一起玩的孩子及关系好的同学打听。

3. 联系当地交通广播电台、电视台、报纸等媒体发布寻人启事。

4. 复印附有近期照片的纸质寻人启事，在车站、商场、路口等人多的地方张贴。

5. 向出租汽车公司发放寻人启事，请出租汽车司机关注。

6. 通过网络，如在新浪微博、腾讯微博、百度贴吧等平台上发布寻人启事，或通过比较正规的公益组织发布寻人启事。

（通过各种途径发布寻人启事的时候，应附上孩子拍摄时间最近的正面照片，面部特征要清晰。最好是证件照，尽量不要用艺术照。同时写清楚孩子的身高体形、体貌特征、说话口音，明显的胎记、疤痕、黑痣等特征，以及失踪时的衣着打扮及发型等，这些都有利于寻找孩子。）

被拐卖儿童长大后怎么寻亲

1. 向辖区派出所报警说明情况，并要求采血样做 DNA 入库。

2. 尽量向知情人（养父母、亲戚或者邻居等）打听自己幼年的情况。

3. 在新浪微博、腾讯微博、百度贴吧等网络平台上，以及向正规的公益组织等发布寻亲启事。

4. 向正规的公益组织寻求帮助，在有经验的志愿者的帮助和提示下尽量挖掘自己幼年的记忆。

5. 有了一定线索后，可向线索地的媒体求助。无论是在疑似拐出地，还是在被拐卖到的地方，又或是在发现线索的地区，都可以求助当地媒体。因为媒体的消息一旦发布，传播范围不分区域，我们让更多有责任感的媒体参与，也能够在更大程度上帮助寻子家庭和公安机关寻找孩子。线索是有限的，但媒体和社会关注的力量是无限的。

（发布寻亲启事的时候要写清楚自己到养父母家的时间、自己当时的大概年龄、对家的记忆，还有自己的体貌特征，身上有无胎记、黑痣、疤痕等。要附上自己的正面近照，如有儿时照片最好。）

孩子如何自我保护，防止被拐

1.陌生人来学校接自己，说家中有急事或家人没时间接时，要及时告知老师。就算对方叫出自己的名字，也要让老师联系家长，不能随便跟其他人走。

2.外出游玩前一定要得到家长同意并告知家长行程和返家时间。

3.进出家门要随手关门，独自在家时遇陌生人敲门千万不要开门。

4.外出时要与人结伴，节假日人流较多，与家长上街或外出游玩一定要与家长牵手，紧随家长。在公共场所发现自己受骗或受到威胁，要立即向人多的地方靠近或跑进旁边的店铺（如果可以的话，最好是机关单位），并大声呼救寻求帮助。

5.不搭陌生人的车，不收陌生人给的食物、玩具、礼物或钱财。

6.有不认识的人问路，不要跟他人走，也不要太靠近陌生车辆的车身。

7.不独自通过狭窄街巷和昏暗的地下通道，不独自去偏远公园和无人管理的公厕。

8.不要把家里的钥匙挂在胸前，不炫耀父母的地位和财富。

9.熟记自己的家庭住址、电话，及家长的姓名、工作单位、电话等。

10.若人身自由被限制，设法了解自己所在地址及对方人数、口音等基本情况，尽可能外出求援或逃走，尽量向外界传递求救信息。

必须记住的防拐常识

孩子

1.孩子能说话时,就要教会孩子背诵家庭成员的姓名、电话号码,所住城市和小区的名称等,还要教孩子学会拨打110求救。

2.教会孩子识别警察、保安等所穿的制服,教会孩子一旦在商场、超市、公园等公共场所与父母走散或者遇到危险,马上找穿制服的工作人员。

3.给孩子佩戴有家庭相关信息的物品,贴身衣服可缝上附有家庭联系方式的布条。条件允许的话,也可让孩子随身携带信号发射器和定位手机等。

家长

无论是何种情况,孩子丢失后第一时间打110报警,除非特别紧急,不要亲自前往派出所报案,因为派出所只负责本辖区的事情,而110指挥中心是联网的,可以在第一时间综合部署,孩子找到后家长也会在第一时间得到消息。

老人

1.尽量不把孩子交给老人单独照看，若一定要由老人照看，需先带老人熟悉周边环境，告诉他们哪些地方可能不安全，尽量少带孩子去。

2.让老人携带手机等通信工具，同时给他们的手机预存110报警电话，教会他们用电话报警及求助，一旦出事及时报警和通知家长。

保姆

若老人无力照顾孩子，应聘请保姆照顾小孩。一定要到正规中介机构进行挑选，也可经熟人介绍，但一定要留下相关身份信息，同时告知保姆若孩子丢失第一时间拨打110报警并告知家长。

老师

与老师约定孩子上下学时不能把孩子交给陌生人，若父母不能亲自接送一定要及时和老师确认。大龄孩子失踪后一定要及时和老师沟通，了解孩子最近有无情绪波动，以及同学是否了解其去向。

邻居

避免孩子一人在家。与邻居和睦相处，遇事彼此照应。

防拐关键场所

家

1.时常提醒家人和保姆提高防范意识,家里房门要时刻关好,不是家人或熟人不要轻易开门。

2.不放孩子独自一人在家。要留孩子一人在家时,可以有意识地在门口放几双大人的鞋子,并告诉孩子不要给陌生人开门。

3.通过正规渠道聘请保姆,保留其身份证复印件和生活近照,核查其家庭电话、地址等信息,留意与保姆来往密切的人员。若发生保姆拐卖孩子的情况,警方可以利用这些信息尽快解救孩子。

小区、公园、商场、超市、医院

1.小区、公园、商场、超市、医院门口经常有人搭讪,夸孩子长得聪明漂亮,若对方想要抱小孩,就要提高警惕,切忌把小孩交到他人手上。坐手推车的孩子要系好安全带。

2.小区、公园、商场、超市、医院厕所外不要把孩子交给任何陌生人看管，包括自称老乡的人，以及自称是家人朋友、同事的人。警惕有人为你"搭把手"抱孩子，然后一去不复返。

3. 遇到有人问路时，一定要牵好或抱好小孩，留心有人趁家长和别人说话时故意引诱孩子离开家长的视线，将孩子抱走。

4. 在公园等开阔的场所，家长视线容易分散，要警惕陌生人利用同龄孩子一起玩耍把孩子带离父母视线。（2013年2月27日，南昌八一广场5岁男孩俊宇因与一老年妇女亲外孙玩耍被其借机拐走，幸被警方跨省解救。）

5. 在医院不要把新生儿交给不认识的医护人员，小孩的名字、出生时间、出生医院等信息不要泄露给陌生人。当医护人员提出要带宝宝去检查时，家长应确认对方身份。晚上产妇及家人在病房休息时记得锁上房门。

6. 在商场、超市等地方，家长应使用婴儿专用背带将孩子挂在胸前，或用带子把孩子的衣服系牢在手推车上，使孩子不能轻易被人抱走。在商场里，不要让孩子走出自己的视线范围，发现有陌生人抱孩子，要立即呼救并拨打110报警。

7. 一旦孩子在公共场合走失，除即刻报警外，应通过广播寻人，还要教会孩子在这些场合走散后向服务台及穿制服的工作人员求助或拨打110报警。

学校门口、上下学途中

1. 学龄儿童上下学最好有家人接送或者与同学结伴。走路时不要选择偏僻的地方，尽量走与机动车道逆向的人行道并靠里行走，以防摩托车、面包车飞车绑架。

2. 尽量不让外人代接孩子，若有人代接，一定要直接与老师通话确认来人身份。有的拐骗者能叫出小孩的名字，并告诉孩子受其父母委托前来带他回家，甚至说得到了老师的同意，这类"权威诱惑"往往能骗取孩子信任并带走孩子，家长应对此加强防范。

旅途

家长要避免一个人带孩子出远门，路途中应时刻留意，不让孩子离开视线范围，在火车站、汽车站、港口、机场等地千万不能把孩子交给途中刚结识的人或不了解底细的"熟人""老乡"帮忙照应。

DNA 采血重要政策：
两类父母、三类儿童应进行 DNA 采血

全国"打拐"DNA 数据库已于 2009 年 4 月建成，可运用 DNA 远程比对技术等高科技手段查找被拐卖儿童。

公安部要求一线公安机关在群众报告儿童失踪、被拐卖时必须立即立案，组织查找和侦查调查工作，同时做好采血工作。公安部要求包括两类父母、三类儿童在内的五类人员必须采集血样进行检验，并将数据录入全国数据库。两类父母即已确认被拐儿童的亲生父母，自己要求采血的失踪儿童亲生父母。三类儿童包括：解救的被拐卖儿童，来历不明、疑似被拐卖的儿童和来历不明的流浪、乞讨儿童。

公安部强调，在报案、查找、侦查调查和采血、检验、比对工作中，不得以任何理由向群众收取费用。

后 记
别称我为"英雄"

"英雄"是个负担

很多人都称呼我为"打拐英雄"。我偶尔在网上看到一些关于我的新闻,在描述我时,也会用这样一个前缀来形容。

"英雄"是一个厚重的词,一个伟大的词,于我而言,我没有感觉到骄傲,取而代之的是巨大的心理负担,这让我战战兢兢。

我不认为我是什么英雄,我还远远没有到可以被称为"英雄"的高度,我只是在做一些自己力所能及的事情。现在听到"打拐英雄"这个词,听得多了,我甚至会有一些排斥。在我看来,英雄意味着会被很多人铭记,但我却并不希望大家记住我。英雄是呈现在大众面前的,英雄如果逝去,会被大众感怀。我不想这样,我只想继续做更多的事情,隐姓埋名比较适合我。

我之所以说"英雄"这个词是个负担,还有一层原因,那就是诱惑随之而来。

也许是因为我在打拐这个领域积攒了一定的影响力,所以很多媒体都想采访我,有国内的,也有国外的,甚至我还会遇到很多不同程度的诱惑。从我个人来说,我深知自己无法掌控社会舆论,但作为一名退伍军人,我始终坚守应有的底线思维。对于一些我无法判断后果的媒体采访,我会果断地拒绝，如果连这么一点常识性的自我保护意识都没有的话，何谈关注这一社会现象呢？

此外，语言的表达必定意味着信息的延展或者丢失，当我的话说出口后，我无法判断自己的表述是否能让他们有一个客观的采信。无论是有意的还是无意的，我想有些人会曲解我的话，甚至会出于某些目的去刻意改变、歪曲。我现在仍然走在打拐这条路上，我更愿意成为一个默默无闻的人，而不是耀眼的"英雄"。我不希望别人给我贴上这样一个标签。

比起"英雄"之类的称号，我更在意的是我当下的付出能够给拐卖儿童、贩卖医学证明这类犯罪现象带来多大的改变，这些年虽然还有这样的现象发生，但我能深切感受到从上到下的制度在不断地完善。每次看到有关部门召开加强出生医学证明管理会议的新闻，看到政府一直在针对拐卖儿童采取防范措施和加强打击力度，我都会感到与我有关。我想，哪怕我只是作为普通公民参与了一点点，也是有我的一份努力在里边的，这是让我真正感到骄傲和自豪的地方。

我的"虚荣心"

"为什么会选择做打拐这样一件无比'小众'的事情呢？你第一次卧底解救儿童时，内心感到恐惧吗？"

这些问题很多人都问过我，甚至还有人私底下问我是不是被拐过，哪怕是特别熟的朋友，也都问过我是不是经历了什么，才会选择走上这条路。这是一条大多数人觉得不可思议、无法理解的路。

对于这个问题，我想说，我其实没有多么伟大的想法。难道所有正面的行为，都一定是因为有一个崇高的理想吗？从人性的角度而言，未必。相反，我回忆起我踏上这条路的初衷，思考自己当时心中有怎样的需求，我发现，那时更多的是出于一种虚荣心。

这种虚荣心并不意味着"纯粹的虚荣"，不意味着我渴望得到名或者利，而是对自我实现的一种需求。也许以前真的是因为年少无知吧，我希望通过做这件事情，自己能有成就感。人的内心是很复杂的，尤其以我的性格，不知道世界上正在发生这样的事情就算了，一旦我知道了，假如我不去做点什么，可能就会有一些愧疚感。

这些综合因素都是我迈出打拐第一步的内在驱动力。

关于我的"虚荣心"，还有一件事儿。以前我用新浪博客的时候，每一起案件结束了，我就会特意地去计数一下。但是后来我就不再刻意地去统计了，一方面是没有时间，另一方面就是我觉得数字对我来说已经不再重要了。最开始我可能是为了追求一种成就感，但随着我慢慢关注到这些群体后，我就不再是为了解救而去解救，我的心态逐渐发生了变化。

我不是愤青，其实我也可以不去关注这些事情，但每当我看到这些被拐孩子的家庭，看到山区那些小朋友的现状，我都会不由自主地想到自己。不是大家猜测的那样，我没有经历过他们遭遇的那些，我只是想去发出一些声音，为他们去发声。虽然我受的文化教育不多，但我也是在部队里历练过的，我的爱国情怀、家国情怀可能真的还挺激昂的。

在我眼里，他们都是我的同胞，我不能眼睁睁看着被拐孩子的父母在那里撕心裂肺地痛哭而不做点什么。我们都是社会的一分子，本身就有关注这些事情的责任，只有大家都去关注他们，事情才会好起来。你看现在社会上或者社交媒体上，大家对违法犯罪的事情都很愤怒，我觉得这种愤怒也是一种激情所在。打拐也好，关注弱势群体也好，都是通过做某些事情，唤起大家对社会的责任感。

在2010年的时候，我作为《感动中国》的候选人去参加评选，有一家媒体在采访我的时候直接问我："你做这些，是为了名还是为了利？"

当时我也不知道该怎么回答，就反问了他一句："你知道我的名字吗？"

他说他不知道。

我又问:"那你知道我长什么样子吗?"(我那时戴着帽子和墨镜。)

他摇了摇头。

我经历过的案子,常常黑暗到无法想象,我很感恩大家对我的关心,他们不仅为我不能留下名字、不能露脸感到不公平,还为我日复一日接触这样的事情而揪心,担心时间长了,我的心态不免会受到影响。

但我早已经习惯了这种状态,在这么多年的历练中,我的心态也已经调整到了一个平衡点,压力也没有过去那么大了。

为什么能达到这样的状态呢?一方面,因为我做的是自己喜欢的事情,而且我还能去帮助那些被拐卖、被诈骗的人,能够协助公安机关去打击这些犯罪行为,这让我感到充实,也让我收获了一种自我价值感。

另一方面,我对于"结果"有着执着的追求。当我跟进一个案子后,哪怕我会花十个月,或者一年、两年,我都会跟下去,直到有个结果,我不会因为寻不到结果而丧失信心。

当你看到很多寻子家庭的凄惨状态,是不是就要对社会失去信心,或者抱怨不公呢?其实这是没有必要的,因为当下的社会正处在螺旋式发展的一个阶段,虽然是在进步,但这种进步会体现出台阶性,是一步一步往前走的,是斜着向上走的,而不是跳高,一瞬间就达到顶点。当你希望我们从1米一下子就跳到20米的高度时,这中间一定会产生很多问题。

当然,螺旋式发展的过程中依然会产生一些问题,这些问题由谁来解决呢?我们每个人都是社会中的一分子,都需要承担一份责任和义务。比如说,看到哪条路坏了,我们不是要去一刀把它砍掉,然后朝它吐一口唾沫,而是要去俯下身子,把这一段路去修好,去维护好。只有把路修好了,接下来走的路才会平坦,才能越走越宽阔。

面对不完美,抱怨是没有任何意义的。

你一定会觉得我说得太高尚了,其实这并不是什么高尚,而是我的真心话。这些年来,我的心态也随着我的坚持越来越豁达,斗志也更加昂扬了。而且,现在很多人都开始关注打拐和防诈骗的相关新闻,这是好现象。当然,作为国家和社会的一分子,我也要做得更好。

或许我不是父母眼中的"好儿子"

说心里话,别说我这么一个普通人,哪怕条件再好的人,完全自费的话,他也不一定能承受得起经济上不断的付出。我算了算,这十几年来的支出加起来有几十万了吧,其中还涉及物价的变化,十几年前的几百块与现在可不是一个水平的。

说到花费,我也不得不陷入反思。因为现在想想,我以前真是花了很多冤枉钱,当然,这里的"冤枉"要打个引号。为什么这么说呢?以前我发现一个什么案件,会立刻花好几千块钱买机票赶过去,过程中我也不太会去关注钱是怎么花出去的,回去后一复盘,才惊讶地发现家里一两个月的生活费都被我花掉了。

后来,我就开始调整,哪怕是一块钱,我也要发挥出它最大的价值。

我现在吝啬到什么程度呢?比如现在是上午 10 点,突然遇到什么紧急情况,需要我晚上赶到某个地方,我为了保证不耽误事情,肯定是哪一个班次最合适就买哪一趟。但我到达目的地后,就会选择用最便宜的方式解决吃住问题。

每个人赚钱都是很困难的,我自己也是从小苦过来的,我父母直到现在仍然在农村里劳作,我爷爷差不多快 100 岁了,还在靠着自己去努力种地。他们对我的教育就是不能大手大脚花钱,要懂得节俭。这么多年,我花着自己的钱去做与自己没有关系的事情,我想很少有家人能够真正接受吧。

起初的好几年,我的家人根本不知道我在做这个事情,后来有媒体报道，他们也就知道了。对于家人来说，除了为我花钱的事情担忧以外，他们更多的还是担心我的人身安全。

家里人知道后，先是表达了心疼。他们劝说我："这些钱都是你自己辛苦挣的，哪怕不给家里花，留着自己花也好啊。"我的父母只是让我节约花销，但没有明确反对我去做这件事情。我知道他们很想阻止我，但这些旁敲侧击的劝说非但没有改变我的想法，反而让我对这个事情的渴望越加强烈。现在，他们也知道我执拗的性格是无法改变的，也就默许了。

不过，担心还是有的，毕竟在老百姓的传统观念里，人贩子具有极大的威胁性、暴力性，而我终日要与这些丧失底线的人斗法。为人父母，谁能不担心自己的孩子呢？

我后来就想了一个办法，有什么事我就主动告诉他们，我讲的时候，还会把某些听起来有点危险的事情轻描淡写地说出来，给他们打个预防针。他们与其从其他渠道听到些什么，不如从我这里知道来得踏实。我就是以这种方式去减轻家里人对我的担忧。

我很感激家人对我的理解，父母对我从小的教育就是不要去做违法乱纪的事情，其他的事情他们不会去过多干涉。时间长了以后，他们也会通过一些媒体看到与我有关的报道。我母亲偶尔也会发一些视频过来，说谁家的孩子如何了，问我有没有关注到。通过彼此之间这样的一种交流方式，我能够感受到家人对我的支持。

对于我来说，花钱好像还不是最大的付出，我付出更多的是我的身体，特别是 2016 年之后，我的失眠情况特别严重，可以说身体其实一直在透支。

还有时间上的付出。我觉得人都是很自私的，我真的没有那么伟大，特别是有了孩子之后，我想拿出更多的时间陪伴孩子。孩子每次看到我准备出门，就会眨巴着眼睛叫："爸爸，你又出去了。"或者叫："爸爸，你去哪里出差？我也要跟你一起去。"

别人出差是为了赚钱，是去为家里创造价值，我反而总是去做一些看起来跟自己没有关系的事，还要自己掏钱。所以，现在如果有什么案子，我会把它们尽量综合在一起，集中几天的时间出去。

为什么要做"与自己无关的事"

作为一个普通公民，我只是做到把法律赋予老百姓的权利用起来。我想我在打拐这件事情上比较敏锐，我可以协助公安机关去获取线索，让他们能够更快地将案件侦破，解救出更多的被拐儿童和妇女，把犯罪分子绳之以法。

在有些案例里面，受害人虽然找了公安机关，但还是需要我们协助，最后公安机关才成功解救，这就是因为我们的身份不同，能起到的作用也不一样。

还有一个原因，与老百姓的传统观念有关。比如之前遇到过的盲女案，一个盲女，两个小孩，那个男的也很难承担起责任，当地公安机关介入之后，其实承受了很大的压力。因为在当地百姓的认知中，没有这个男的已经违法的概念，觉得至少这个男的还能养活这三个人。我也是个普通的老百姓，我理解他们这种传统的观念，我也许能够以更多方式进行解释、劝说，这样才能更好地协助公安机关。

再后来，公安机关介入之后，两个孩子被政府妥善安置了。

打击电信诈骗和打击拐卖犯罪是一样的，不仅仅是某一个部门的职责，这是全社会的问题，需要全社会来共同解决。这也不是某一个单位或责任人能够单独去做的事情，大家一起防范，就能够减少而后杜绝这一类的犯罪和现象发生。

我不是在单打独斗，整个社会，包括政府各级机构，还有我们的老百姓，其实凝聚成了一股合力。这肯定不能仅靠某个方面的力量去推动。我作为一个老百姓，希望能通过自己具体参与过程中产生的思考，给政府和公安机关一些建议，使我们的社会可以越来越好。

如何成为一名称职的打拐志愿者

做这件事情的人并不多，我想这是因为，要做这件事情，不管是在主观上还是客观上，还是有门槛的，它需要参与者足够冷静、有头脑，还要会保护自己，而不是说靠着一腔热情就去干。

所以，我不会盲目鼓励本书的读者都要和我一样去做打拐志愿者。我当然希望大家都参与进来，但参与的方式是多种多样的，你选择多了解这方面的信息，多学习相关的知识，也是一种参与。

有好多人来找我，问能不能和我一起参与打拐。其实，这件事情不是仅凭有热情、有时间、有钱就能做的，最重要的是要懂得法律层面的分寸。比如，在取证的过程当中，该如何取证？取完证之后怎样有效地反馈给公安机关？对于公安机关来说，他们需要的是能够将这些犯罪嫌疑人绳之以法的证据，而不是说"我今天看到一个小偷"，口说无凭。我们需要知道的是，小偷是谁，偷了什么东西，又去了哪里，法律上需要这种实质性的证据。

以前也有过很多民间组织，比如反扒组织等，但很多由于缺乏经验，没有处理好自己与法律的关系，最后结果并不好。再举个例子，有人认为自己做了很正义的事情，比如协助公安去抓小偷，抓到小偷之后，越看小偷越不顺眼，干脆把他狂揍一顿，揍完了之后再送去公安局，这就触犯法律了。哪怕是公安人员都不能打人，你凭什么打人呢？

我们只是普通老百姓，我们和小偷是同等的公民身份，我们能做的就是配合取证。如果小偷在反抗过程中暴力对待我们，那出于正当防卫，我们可以反抗，否则就是故意伤害罪，是违法的。

所以，我认为一个称职的志愿者一定要有法律意识，要摆正自己的位置，要保持冷静，这很重要。

图书在版编目（CIP）数据

微光 / 上官正义著 . — 北京：北京联合出版公司，2024.2
ISBN 978-7-5596-7347-3

Ⅰ.①微… Ⅱ.①上… Ⅲ.①纪实文学－中国－当代
Ⅳ.①I25

中国国家版本馆 CIP 数据核字（2023）第 254155 号

微光

作　　者：上官正义
出 品 人：赵红仕
责任编辑：刘　恒

北京联合出版公司出版
（北京市西城区德外大街 83 号楼 9 层 100088）
三河市中晟雅豪印务有限公司印刷　新华书店经销
字数 247 千字　　700 毫米 × 980 毫米　1/16　18 印张
2024 年 2 月第 1 版　2024 年 2 月第 1 次印刷
ISBN 978-7-5596-7347-3
定价：59.80 元

版权所有，侵权必究
未经书面许可，不得以任何方式转载、复制、翻印本书部分或全部内容。
如发现图书质量问题，可联系调换。质量投诉电话：010-82069336